文創風
1204

勞祿命女醫

4
完

南風行 著

目錄

第七十六章 …… 005
第七十七章 …… 017
第七十八章 …… 031
第七十九章 …… 043
第八十章 …… 055
第八十一章 …… 067
第八十二章 …… 079
第八十三章 …… 091
第八十四章 …… 103
第八十五章 …… 115
第八十六章 …… 127
第八十七章 …… 141
第八十八章 …… 153
第八十九章 …… 165
第九十章 …… 177
第九十一章 …… 189
第九十二章 …… 201
第九十三章 …… 213
第九十四章 …… 225
第九十五章 …… 237
第九十六章 …… 249
第九十七章 …… 263
第九十八章 …… 275
番外一 …… 287
番外二 …… 295

第七十六章

天還沒亮，梅婆婆靠坐在床頭，滿額頭的冷汗。夢裡梅妍一直在叫她、在找她，腳下的路泥濘不堪令人深陷，呼喚忽近忽遠，兩人明明靠得很近，卻始終見不著面。

稍作調息，梅婆婆怕吵醒孩子們，摸黑起身時絆在門檻上磕了腳踝，破了一層皮。

秀兒睡得淺，聽到響動就起來，將梅婆婆扶到廚房歇下，急忙去拿藥油。

梅婆婆見腳踝很快就腫起來，起來準備拿水冷敷，起得重心歪了，一手撐向小桌，桌上的碗盞、筷子掉了一地，碎裂聲四起。

姑娘們被嚇醒，紛紛起身去廚房看，嚇得驚呼的、幫忙收拾的、問梅婆婆是不是哪裡不舒服的……廚房裡亂作一團。

秀兒拿著藥油跑去廚房，立刻出聲阻止，為了防止亂上加亂，先把姑娘們勸回裡屋，再清掃收拾，最後才走到近前，問：「婆婆，要不我去找梅郎中回來吧？」

梅婆婆擺了擺手。「老毛病了，沒事，不用去。」

秀兒望著碎瓷犯了難。「婆婆，這是刀廚娘從綠柳居帶來的，這可怎麼辦？」綠柳居的吃食貴，餐具更貴，這怎麼賠得起？

梅婆婆開始頭疼。「摔了人家的東西，自然是要賠的，到時我來想法子。」

很快，刀廚娘帶著孩子們來了，一進廚房看到摔碎大半的碗盤嚇了一跳。「梅婆婆，您是哪裡不舒服嗎？我去請胡郎中。」

梅婆婆還是擺手。「刀廚娘，姑娘們就暫且交給妳，我駕著牛車去醫館走一趟。」

秀兒不放心。「婆婆，我也會駕牛車，陪您一起。」

刀廚娘趕緊附和。「是啊，秀兒姑娘是能幹的，路上也好有個照應。」

就這樣，秀兒扶著梅婆婆上了牛車，駕車向胡梅醫館駛去。

行了大半路，就與綠柳居花掌櫃的牛車遇上，花落攔住她們，說得直截了當。「昨晚清遠大牢被劫，梅郎中也在裡面。」

秀兒驚得捂住了嘴，眼淚立時就下來了。

梅婆婆顫著指尖，意識到自己惡夢成真，抓住花落的手，嘴唇都有些抖。「有人去找妍兒嗎？」

花落據實相告。「昨兒後半夜的事情，雷捕頭和差役們帶人找到天亮，鄔桑將軍在天亮時返回清遠，聽到消息就帶著親兵去追了。」

梅婆婆狠狠掐了一把自己的手心，追問。「知道是誰劫走的嗎？」

「巴嶺郡太守溫敬和爪牙們。」

梅婆婆目不轉睛地望著花落，又看向秀兒，覺得天都暗了，越來越暗，直到不省人事倒地。

「婆婆！」花落和秀兒眼疾手快地扶住她，合力將梅婆婆送上牛車，向胡梅醫館駛去。

牛車在醫館門前停下，先一步得到消息的胡郎中和柴謹，兩人像熱鍋上的螞蟻團團轉，見到花落只覺得腦袋嗡嗡作響，異口同聲地問：「妳怎麼又回來了？」

秀兒在牛車上招呼，哽咽得很明顯。「柴師兄，婆婆聽到消息暈倒了。」

花落和秀兒合力將梅婆婆扶下牛車，又與柴謹一起將她扶進醫館。

胡郎中掛了休診牌，專心為暈厥的梅婆婆把脈，之後望、聞、問、切，略加思索後施了六根金針，足足一刻鐘，梅婆婆才幽幽轉醒。

梅婆婆望著胡郎中，強行擠出一點笑意。「老了、不中用了，有勞胡郎中。」

胡郎中頗為感慨。「妳的身體有多糟，心裡沒數嗎？」

梅婆婆臉上沒了笑意。「胡郎中，不瞞你說，我這是老毛病了，瞧了許多郎中也不見效，索性就這樣過一日、算一日。」

胡郎中眼裡滿是惋惜。「妳怎麼能這樣說？」

梅婆婆十分平靜。「胡郎中，病痛本就辛苦，再日日苦藥相伴，那真要夜不能寐了。」

花落怎麼也沒想到，梅妍被抓走，梅婆婆還病重，老天爺果然是個瞎子，這樣兩個好人都劫難重重，讓人憤怒。

胡郎中想了想，開了藥方，然後遞給柴謹。「抓藥熬了。」

柴謹猛地想到。「胡郎中，梅郎中今早的藥已經熬好了，現下都涼了，怎麼辦？」

這話花落和秀兒是第一次聽，心同時揪緊。怎麼回事？

「留著，等梅郎中回來熱了還能喝。」胡郎中不假思索地回答。「沒有人不在，就倒藥的道理。」

柴謹慌亂不安的內心因為這句話略微平靜了一些，梅妍那麼好的人，善有善報，不會有事的。

梅婆婆這才找了個空檔問：「胡郎中，妍兒的身體怎麼了？」

胡郎中實在心疼得不行。「妳們呀妳們！都不顧自己，都病到了要影響壽數的地步！」

秀兒咬緊了下嘴唇。阿爹、阿娘就是病死的，怎麼婆婆也得了重病？梅郎中也身體有恙？自從遇上婆婆與梅郎中，她先前時不時的腹痛反倒無影無蹤，她恨不能繼續痛，換得她倆身體安康。

梅婆婆伸手遮住雙眼。「胡郎中，不要麻煩柴醫徒了，妍兒回來以前我不喝藥，她要是有什麼三長兩短，我就跟她一起去了。」

這話一出，周遭的人都呆住了，包括胡郎中。

醫館的氣氛沈重到了極點，秀兒死死咬緊下唇，不讓眼淚落下來，雙手成拳，指尖掐得掌心很疼很疼，問：「是不是因為我上次逃了，所以他們要抓梅郎中去……」

花落輕拍了秀兒一下。「別胡說。」

「我不是小孩子了！我今年十二了！」秀兒整個人像快繃斷的弓，泣不成聲。「如果知道他們會抓梅郎中來抵，我就不回來了……她那麼好的人……」

「秀兒，不是這樣的。」梅婆婆想勸，可勸說的話很勉強，不應該是這樣的。

花落卻笑了，輕蔑又諷刺。「秀兒，妳梳妝以後確實很美，但妳的美貌和見識遠遠比不上梅郎中。妳就算被抓了，他們發現了更好的祭品，也會不擇手段地抓走她。別高估了自己，也別替那群畜牲開脫，我比妳更了解他們。」

秀兒的淚水一滴又一滴落在衣襟上，滾落到地上，不斷哽咽。「為什麼啊？梅郎中那麼好的人啊！」

花落說話是前所未有的尖刻。「因為他們就是一群畜牲不如的東西，不知道頭上有青天！」

正在這時，門外傳來急促的馬蹄聲，很快，鄔桑大步流星地走進醫館，看著梅婆婆，問道：「聽說，妳手中有秋草巷的地契，所以到清遠時住在那裡。」

梅婆婆點頭。

「妳以前是清遠人？」

梅婆婆再次點頭。

鄔桑看向胡郎中。「那好，本將軍問你們，將清遠縣衙建得地下和地上一樣大，是什麼時候的事情？」

梅婆婆想了想。「三十年前。」

胡郎中搖頭。「我不是清遠本地人，不清楚。」

鄔桑又問：「巴嶺郡太守的馬車和牛車近十五輛，雷捕頭徹夜追趕沒有收穫。清遠山多水多，我們沿著蹤跡追到了廢棄碼頭那裡，就斷了所有線索。山路、水路我們都追了，所以我想知道，清遠有沒有什麼地方能藏匿他們那麼多車和人？」

梅婆婆又皺了眉頭。「有，從育幼堂後山的半山腰繞過去，向西行走十里不到，能看到一條湍急的溪流，那裡樹林茂密，藏有暗門，暗門後面是個極大的山洞庫房，可以容納那些車馬。小心，那裡易守難攻，以前是土匪劫盜的窩，清遠縣衙地下建成那樣，就是為了防住他們。」

胡郎中和柴謹他們像聽到謠傳一樣驚愕。為什麼梅婆婆會知道這麼多？

「多謝！」鄔桑扭頭就走，一秒都不耽擱。

「有勞將軍！」梅婆婆的呼吸又急促起來。

鄔桑只是舉了一下手，就消失在門外。

梅婆婆的眩暈感陣陣來襲，鄔桑來去匆匆的身影讓她心懷一線希望，他對妍兒是真心的。不然，堂堂從二品的驃騎大將軍，何必為一名區區女郎中奔波忙碌？

秀兒拉著梅婆婆的手，急切地問：「婆婆，大將軍會把梅郎中救回來對不對？梅郎中會毫髮無傷地回來，對不對？」

梅婆婆當然希望這些心願能實現，可現實裡，怎麼可能？她不敢想，更不敢問其他人。

這樣一想，暈厥前的陣陣眩暈感又再次襲來。

胡郎中看了眼窗外越來越強烈的陽光，臉上不動聲色，內心卻糾結、又難過，從昨日半夜到現在，這麼長時間過去了，梅妍還能毫髮無傷嗎？

柴謹憤怒地暴捶藥櫃一下。梅妍那麼好的姑娘為什麼會遇到這種事情？

花落努力維持著應有的儀態和說話語氣，平日能言善辯的嘴，現在什麼都說不出來，既安慰不了秀兒，又安慰不了梅婆婆，更加沒法騙過自己。這麼長時間了，梅妍凶多吉少，她只能盼著鄔桑的動作夠快，只希望蒼天開眼，能眷顧一下她。

可是，這世上稱心如意、虛無縹渺的心願，最後絕大多數都被湮滅了。

醫館內安靜極了，落針有聲。

秀兒跑到醫館外，左顧右盼地等，一次又一次虔誠祈禱，梅郎中會回來的，會好好的、不受半點傷回來的。好不容易有了梅郎中和梅婆婆，她一個都不願再失去。她倆像伸進黑暗的手，把她拽出泥濘過往和荊棘陷阱，不會有事的，她倆都不會有事的！

阿爹、阿娘，求你們在天之靈，保佑梅郎中吧！

進入蜿蜒的山路，大馬車越來越慢，育幼堂管事夏氏盯得很緊，連馬車兩側的簾子都繫緊了，不忘提醒。「這裡從早到晚都沒幾個人，妳死了呼救的心。」

梅妍無視夏氏陰狠的目光，也不在意她不時的挑釁，而是琢磨著怎麼對付鮫鍊，秀兒手腕上的勒痕讓她見識過鮫鍊的厲害，只要稍加掙扎就能勒進皮肉裡。

當時秀兒掙扎時，幸虧雷捕頭阻止及時，不然一雙手腕被生生勒掉也不是難事。雙手對任何人都非常重要，更何況她是一名婦產科醫生。沒有劉蓮和鐵匠鋪，鮫鍊無法解開，但這個車隊有鑰匙，在不在夏氏身上不清楚，但可以試探出來。

想到這裡，梅妍一直低垂的眼睫緩緩抬起，十分篤定地開口。「夏氏，這輛大馬車裡，我是最美的一位，對嗎？」

夏氏被梅妍的眼神驚著了，短暫的慌亂以後，厲色喝斥。「天生一副臭皮囊啊！再美又怎麼樣，被玩膩了、玩破了皮相，還不是荒山孤魂？」

梅妍笑得令人驚心動魄。「夏氏，秀兒都能明白的事情，我自然知曉，但妳是不是清楚，如果我還沒梳妝就殘了雙腕，妳會有什麼下場？」

「妳要做什麼?!」夏氏慌得站起來，注視著鎮定的梅妍，忽然意識到自己正被牽著走，又轉了語氣。「鮫鍊這東西呢，遇弱則弱，遇強則強，妳乖乖聽話怎麼會殘了手腕？還有，我提醒妳，妳可是梅郎中，殘了手腕還能做什麼？哦，對了，上了這輛大馬車，妳再也回不去了。」

夏氏一針見血，要斷了梅妍的妄念。「乖乖聽話，錦衣玉食、香車良馬；不聽的，手腕殘了就殘了。」

梅妍笑得更加驚人。「夏氏，我方才說得是，若我現在雙腕就殘了，妳會有什麼下場？」說完，她壓住雙肩，雙手握拳用力一掙。

夏氏驚叫著撲過來，用厚厚的棉布握住梅妍的手腕。「住手！」

即使夏氏阻止得及時，梅妍白皙如玉的手腕內側也勒出了小半圈鮮紅的痕跡，疼是真疼，但這試探也值了。「妳能阻止以後的每一次嗎？如果我的手腕損了，妳是不是連命都沒了？」

夏氏彷彿看到厲鬼，驚叫。「妳是不是瘋了？毀掉自己，毀了我，這有什麼意義？」

梅妍笑得輕輕淺淺。「對，妳只是一個梳妝的工具，沒了妳，還有許多人可以做這樁事情；但沒了我，他們會怎麼樣對妳？」

梅妍黑白分明的大眼睛，幾乎近到夏氏的鼻尖。

一陣寒意從腳底竄上後背，夏氏清楚意識到自己的困局，她不可能一直這樣摁著梅妍的雙手，也沒法獨自一人完成用厚棉布纏緊她雙手的事情。

梅妍繼續微笑。「這列車隊裡強悍男子多得是，為何帶著妳，因為那位大老爺或者大人有執念，我這樣的物品只有妳能觸碰，才不至於壞了他的興致。是不是？」

夏氏倒抽了一口氣，眼前的梅妍哪是十八歲少女，明明是城府極深的老者，心狠手辣，對自己狠，對別人更狠。

梅妍舒緩地靠著軟枕，內心很不是滋味，臉上依舊雲淡風輕。「不管用什麼法子，解了鮫鍊，妳才有命活下去。」

夏氏像被人突然掐住咽喉，她當然清楚梅妍接下來想做什麼，但她手中沒有籌碼，只能照做，否則自己分分鐘就會被拋屍荒野，螻蟻尚且偷生，想活著又有什麼錯？

梅妍笑得更加讓人信服。「只要不是鮫鍊，什麼繩子都可以，梳妝更衣我都會順從，保證妳不會因我而死。」

夏氏渾身一個激靈，從裡衣取出頸上掛繩，繩子中央墜著一枚精巧的鑰匙。梅妍說得沒錯，那位大人，不是，那些大人非常挑剔，容不得被玷污過的瑕疵品。

叮噹一聲響，鮫鍊從梅妍手腕垂落，發出清脆悅耳的細碎聲音。

梅妍特別舒服地靠坐著，閉上眼的同時舉高手腕。「妳綁吧。」

夏氏給梅妍解開時，手心緊張得出汗，卻怎麼也沒想到，她就這樣讓自己捆。短暫的震驚以後，迅速取了棉繩，將她的手腕捆得結結實實。

梅妍很配合，沒有一點掙扎的意思。

夏氏在短時間內經歷了這樣劇烈的衝擊，整個人都快癱了，但正事還要做，替梅妍梳妝的時間到了。

梅妍任由夏氏挽髻梳頭，敷粉描眉、貼花鈿，還體貼配合變換姿勢，好讓她的頸項、腰背不那麼疼。

這樣一來，夏氏就更加放心了。是啊，錦衣玉食的生活，怎麼也比每日奔忙要舒心得多，更何況梅妍有這樣的儀態和姿容。

人嘛，都是往高處走的，男子靠春試科舉，女子靠美貌年華，誰能和誰不一樣呢？

夏氏放心了，替梅妍換上特製的、不用解開手腕就能方便穿脫的華美衣物，人靠衣裝、馬靠鞍，花了足足半個時辰才收拾完畢。

梅妍垂著眼睫，只覺得自己被臉上塗敷的香粉捂得呼吸不暢，望著繡工精湛的華美衣服，更覺得自己像被精心妝扮的傀儡偶人。

夏氏被梅妍的美麗驚得好半晌說不出話來，總以為那些文謅謅的「傾國傾城」都是坊間話本的戲說，可真出現在面前時，仍覺得不可思議。

好半晌，夏氏才喃喃開口。「妳美成這樣，這輩子都不愁了。」

梅妍抬起眼睫，給了夏氏一個謎之微笑，逃脫第一步已經完成，接下來就是伺機而動了。

第七十七章

育幼堂後山腳下，鄔桑和親兵們的馬隊突然停住，因為羅玨叫停了。

鄔桑向來平靜的臉龐，已經變得平板，連日奔波，鬍渣根根，整個人顯得狠戾而陰森。

羅玨坐在馬車裡，從簾子裡探出頭招呼。「上來換藥。」

鄔桑進了馬車，開始脫衣服，眼神像刀子。

羅玨完全無視他的眼刀，邊換藥邊念叨。「梅婆婆說了，易守難攻，如果那裡可以強攻的話，縣衙也不用修成那個樣子。你現在就像殺紅了眼的猛獸，身體在前，腦子在後。」

「啪！」鄔桑抬手就是一巴掌，打在羅玨的肩膀上。

「靠！瞧瞧你現在這個樣子，全身血液都衝向四肢，腦子都快缺氧了。」羅玨的嘴巴從來不饒人。「先去探路摸底，其他人原地休整才是正事！」

鄔桑鐵青著臉，總算瞥了一眼羅玨，但沒有聽勸的樣子。

「你沒命地趕回來，路上連眼睛都沒合一下，就現在的狀態，你去強攻能堅持多久？你總不能讓梅妍眼巴巴地盼著盼著，盼來個繡花枕頭，戰五渣（注）？」

鄔桑整個人像瀕臨噴發的火山，鼻息都是熾熱的。

注：戰五渣，完整句為「戰鬥力只有五的渣滓」，一般是用來形容戰鬥力低下，能力不足等涵義。

羅玨衝著鄔桑勾了手指，湊近小聲地問：「梅姸肯定是從小美到大，跟著梅婆婆的這幾年，她都能安然無恙，必定有許多手段傍身。梅姸是郎中，對她來說，救人和殺人只是一念之間的事情。溫敬那樣步步算計的老混帳，遇到梅姸這樣可遇而不可求的絕色美人，肯定把她包裝成禮物送出去巴結，不然他憑什麼在巴嶺郡作威作福？」

鄔桑察覺羅玨話中意思，但神情還是充滿怒意。

「他們知道逃不遠，所以選擇躲藏，但溫敬是太守，還帶著一群要犯，不能離開巴嶺郡太久，夜長夢多，必定會盡快離開清遠。所以，被當作珍寶送出的梅姸現在應是安全的。」

鄔桑的臉色緩和兩分。「若溫敬忍不住？」

羅玨笑了。「聽三腳貓說，梅姸剛到清遠，就和挑事的俞婆幹過架，也曾發過怒，對著富戶鄉紳的指責毫無懼意。她呀，披著人見人愛、花見花開的好皮相，內心卻堅定又鋒利。溫敬若是用強，倒楣的是誰還真不好說。」

鄔桑的臉色陡然轉變。「若是用藥呢？下三濫手段多得是！」

羅玨還是笑。「藥？我當初給她兩大包藥，裡面可有不少好東西！放心，她就像荒山野嶺裡的豹貓，看著嬌小可愛，真要動手就會發現，牙尖嘴利，爪不留情。」

鄔桑怔住片刻，理順了其間的要點，事情確實是像羅玨說的。

羅玨太了解鄔桑，打趣道：「平日裡八風吹不動，不過是事不關己呀！哪天梅姸知道你像沒頭蒼蠅一樣在清遠亂轉，嘖嘖嘖……鄔桑大將軍，你的形象不保啊。」

鄔桑面無表情。「她沒事最重要。」

羅玨打鐵趁熱。「你們換藥的時候，沒發生什麼？」

鄔桑無辜又無奈。「沒。」

羅玨皺起眉頭。「你的臉長得這麼有欺騙性，身材又很好，梅妍怎麼也得有些心動才行。不對，你倆就沒有牽個小手？她看著你這麼好的身材就沒有臉紅一下？」

鄔桑無言以對，忽然就想到梅妍換藥時緋紅的耳朵，以及有天晚上攬著自己安睡的樣子，真的像羅玨說的大眼睛豹貓，又乖、又可愛。

羅玨低聲怪叫。「哇靠！你倆發生了什麼？為什麼你剛才笑得這麼不值錢?!」

「滾！」鄔桑惱羞成怒，剛要把羅玨趕走，卻發現這是醫帳馬車，轉身跳下馬車。「三腳貓和六子木去探路，其他人原地休整！」

不知過了多久，梅妍快被顛暈時，馬車忽然停了，簾子外隱約可見跳動的火光，聽到嘈雜凌亂的腳步、模糊的呵斥，以及空盪盪的回聲，這是……進了山洞？

忽然，夏氏一個激靈堵在馬車的車廂口，生怕有人進來似的。

梅妍眨了眨眼睛，順著夏氏焦灼的視線，落在自己的手腕上，立刻明白，夏氏擅自解開鮫鍊也是冒了極大風險的。

偏偏就在這時，車外傳來聲音。「夏氏，準備得如何？大人要進來。」

梅妍一顆心提到了嗓子眼，表面卻平靜得很。

夏氏抓著車邊的雙手都在抖。「回大人的話，梅氏，梅氏，她……」

梅妍靈機一動，故作虛弱，乾嘔連連。「我頭好暈，還要吐……好難受啊……」然後隨手將小几上的茶水潑在衣襟上。

夏氏一下炸毛了。「梅氏，妳瘋了嗎？那麼貴重的衣服怎麼可以吐髒了呢?!」

腳步聲遠去。

夏氏雙腿一軟，癱在馬車門邊，望著淡然的梅妍，滿眼的不可思議。

梅妍做戲做全套，整個人歪歪斜斜地靠在軟墊上，順手抹亂嘴巴上的敷粉和唇妝。

夏氏趕緊湊過來。「哎呀！這妝還要重化……哎喲喂，這衣服要重換啊……」

「原地休整兩個時辰！」傳令帶著回聲，顯然山洞十分空曠。

一時間，山洞裡大小響聲嘈雜得厲害，很快，簾子外的火光越來越少，越來越暗。

夏氏著急上火地替梅妍更衣、補妝，著實忙活了一番，只覺得腰痠背疼。

夏氏先是挨板子，然後蹲女監，被牢舍裡的老女囚欺負，牢飯只能讓人餓不死；好不容易被救出來，就是看守梅妍的苦差事，這一路上，真的快累死了。

可為什麼梅妍的精神還這麼好？

梅妍的神經緊繃了一路，撐到現在又累又餓，但夏氏的情形比她糟，萬幸的是，鼓鼓囊囊的背包就在手邊，挺好。

她。

夏氏對梅妍恨得牙癢癢的，還被她牽著鼻子走，聽她這樣一說頓時就不睏了，繼續盯著

梅妍繼續微笑。「妳都把我綁成這樣了，還怕我跑？趕緊瞇一會兒。」

夏氏狠狠掐了一下自己的大腿，疼得眼淚都快出來了，還是忍不住打呵欠，又餓又累。

梅妍這時覺得應該感謝胡郎中的安神藥，她睡得好，現在雖又累又餓，但精神百倍，思維敏捷，絕對耗得過夏氏。

夏氏用盡所有辦法，都抵不住陣陣來襲的疲倦，硬撐了十分鐘就伏在車廂壁上打盹，起初還能自己驚醒，二十分鐘後就徹底睡了過去。

梅妍悄悄活動著手腕，她看著配合，其實刻意往外繃著手腕，放鬆後繩子還有些空間。在心裡默唸「三、二、一」，一鼓作氣雙手就從棉繩中掙脫出來，雖然手背的皮蹭掉了一些，但比起鮫鍊掙斷手腕的代價，這點小傷可以忽略不計。

逃脫計劃第二步達成，手腕自由！

黑暗中很安靜，梅妍取出背包裡的乾糧和水，吃了個五分飽，見夏氏一動不動，悄悄掀起車簾，藉著極少的火把亮光，發現這裡真的是山洞。

車伕們一字排開靠著岩石打盹，三個爪牙舉著火把四處巡視，其他的都在睡覺，鼾聲此起彼伏，一聲高過一聲，漸漸的，鼾聲堪比打雷。

梅妍很慶幸背包裡常備著衣服，火速換裝完畢後，她從背包裡取出鎮靜劑，隨手給了夏

氏一針，讓她徹底睡死。

趁著巡邏的爪牙不注意，梅妍隱在馬車和牛車的黑影裡，一段又一段往外走，途中意外發現了好幾個大水囊，大概是為了分配問題，所以集中管理。

這樣的機會怎麼能放過？

梅妍找到水囊放置處附近的小黑角落，一袋又一袋地下安眠藥，看到亮光來就隱到角落裡，亮光走遠再繼續下藥。等安眠藥全都下完，她又藉著黑暗和身體嬌小的優勢，摸到山洞口溜出去，再穿過隱蔽幽深的林地，找到了下山的路。

月亮又大又圓，月光很亮，可梅妍並不熟悉山路，只能憑直覺跑，跑一陣、歇一陣，臉頰和手肘被樹枝、樹葉打得生疼。

時間就是生命，梅妍告訴自己，一定要盡快下山。

拚命跑的結果就是，梅妍覺得肺都要炸了，喉頭發乾而灼熱，汗水不斷沾濕眼睫毛，踩在滿是樹藤、竹根的山上，沒有現成的路，視線忽好忽壞，稍有不慎就是一跤。

不知跑了多久，不記得摔了幾跤，梅妍再次摔倒時，左腳踝劇痛而且根本走不了，更別說跑了，腦海裡浮出一個念頭：完蛋，這下一定會被抓回去。被抓回去會有什麼下場？

梅妍不寒而慄，心跳漏拍。她必須自救，不到最後一刻絕不放棄！

梅妍忍著疼痛，撿了樹枝將左腳踝固定住，又努力扭斷兩根樹枝當成枴杖，可拄著枴杖走山路，比方才艱難得多。枴杖不是插到地裡拔不出來，就是支撐瞬間重心不穩摔倒或者撞到，走得跌跌撞撞，到最後完全走不了。

梅妍大口大口地喘氣，汗水浸透了衣服，體力也接近極限，更可怕的是放眼望去哪裡都一樣，一樣的山石，一樣的樹枝……風吹時整片林子都沙沙作響，黑暗中影影綽綽。

梅妍清楚地意識到，自己迷路了。

怎麼辦？還能怎麼辦？

梅妍抬頭望著圓月，忽然聽到隱約的馬蹄聲和犬吠聲，心陡然一沈。

溫敬的爪牙追來了？不，她不能被抓！梅婆婆還等著她回家！

梅妍被求生慾激起鬥志，撐起樹枝柺杖，拚盡最後一點力氣向下挪一步、兩步、三步……可聲音離自己越來越近，越來越近。

突然，梅妍整個人騰空被人抱起，扔了柺杖伸手成拳捶向左後方。萬萬沒想到，拳頭瞬間被擋住，還被包握住，她整個人劇顫。

「我是鄔桑！」鄔桑抱著梅妍，緊緊的，調整姿勢抱得更穩妥。「別怕，我在。」

鄔桑的心跳得比梅妍的還快。如果剛才自己沒能抱緊她，她就要一腳踩空滾下山澗了！幸好，幸好。

梅妍只覺得眼前一黑，咬著嘴唇不讓自己暈過去，在月光下看清了鄔桑的側臉，怔怔地看著，視線越來越模糊。

「汪！汪！汪！」純白細犬狂搖尾巴追過來。

「汪！」另外兩頭細犬也追過來，圍著鄔桑轉悠，努力抬頭要搆梅妍。

鄔桑吹了一聲呼哨。「安靜！」

三隻細犬立刻不叫了，但還是向梅妍使勁搖尾巴。

梅妍伸手摸狗頭，指尖、掌心都是溫暖細柔的狗毛，這才意識到自己真的被鄔桑救了，身體一斜，嚇得立刻伸手環住他的頸項，喘著氣。「多謝鄔將軍的救命之恩。」

鄔桑注意到梅妍捆著樹枝的左腳。「腳怎麼了？」

梅妍苦笑，實在沒力氣了，只能先掛在鄔桑身上。「摔了一跤，腫得厲害。」

鄔桑安慰道。「羅玨也跟來了，有他在，不怕。」

「多謝。」梅妍靠著鄔桑，心裡迷惑，她有些不明白，怎麼和上次睡著時的觸感差不多？難道……自己上次在馬車裡是靠著鄔桑睡的？

思及這個可能性，梅妍又驚又慌，一臉混亂。

山洞裡，火把一根接著一根燃起，越來越亮。

「起了！醒醒！」

「十分鐘後出發！」溫敬一聲令下，然後招來爪牙。「去夏氏那裡看看，準備得怎麼樣了。」

「是！大人！」爪牙心癢癢的跑到夏氏那輛造型不同的大馬車旁，用力拍了拍車廂，大聲問：「夏氏，溫大人來問，準備得怎麼樣了？」

大馬車靜悄悄的，沒人回答。

「夏氏！」爪牙更大力地拍車廂，同時看向馬伕。「怎麼回事？」

馬伕剛醒，一臉糊塗。「不知道啊？都睡著了嗎？」

溫敬嚴令任何人不得擅進夏氏馬車，更不可從車簾偷窺，膽敢違反者直戳雙眼。

因此，爪牙不敢，馬伕更不敢。

爪牙又趕到溫敬的馬車旁。「啟稟大人，大馬車裡無人回答，小的們也不敢進去。」

溫敬眉頭一皺下了馬車，趕到夏氏大馬車前面，師爺舉起火把掀簾而入，只見夏氏蜷在角落睡得正香，鮫鍊散在地上，上好的衣服、簪子、鐲子都散落在小几上，唯獨穩婆梅氏不見蹤影！

「大人，夏氏還在，梅氏不見了！」師爺急了。

「什麼?!」溫敬用力一拍車廂。「把夏氏拖出來！」

爪牙將夏氏拖下馬車，抬手就是兩巴掌，夏氏的臉立時腫了，人還沒醒。

正在這時，又有人來稟報。「大人，溫大人，那邊一片弟兄都叫不醒！鼻息都有，就是不醒！」

溫敬的臉頰不明顯的抽動，布滿血絲的雙眼格外駭人。「這群廢物，本官要你們有何用?!來人！立刻找到穩婆梅氏！找不到提頭來見！」

爪牙們慌了，按東南西北四個方位，舉著火把將山洞翻了個遍，一無所獲，只能硬著頭皮返回稟報。

「大人，東邊沒找到！」

「大人，西邊沒有！」

接下來的回報都是沒有，溫敬每聽一個「沒有」，臉色就陰沈幾分，聽到哪兒都沒有時，勃然大怒。「來人，將夏氏手指釘入竹籤！」

「是！」

師爺開口。「大人，出發的時辰不能再拖了，因小失大不值當。」

溫敬陰鷙地盯著師爺。「沒有穩婆梅氏，還能拿什麼送出去?!」

師爺小聲回話。「大人，留得青山在，不怕沒柴燒。清遠沒有，不代表其他地方沒有。」

溫敬沈默片刻，大喝。「叫不醒的都扔上車帶走！出發！」

「要喝水的趕緊喝，要解手的也趕緊，上路就是趕路！」

「是！」爪牙們齊聲回答。

隱蔽的洞口打開，爪牙舉著火把開道，馬車和牛車魚貫而出。

靖安縣令溫錚和差役們擠在一輛馬車裡，幾雙眼睛都毫無睡意，能離開清遠大牢實在太好了！

溫錚滿臉蔑視。「本官之前說過什麼?!」

差役們一臉諂媚。「溫大人，小的們佩服！」

山風不知道中了什麼邪似的，忽然變得很大，吹得樹林東倒西歪，火把數次被吹滅，爪牙們一次又一次地點火把。

山路狹窄難行，月亮又藏進雲層裡，光照不足，馬車和牛車走得很慢。

溫敬皺眉挑起車簾，所有的車輛離開山洞足足用了三刻鐘，到現在還這樣慢慢走，什麼時候才能離開清遠地界？

正在這時，只聽到前方一陣騷亂，馬嘶聲和驚呼聲混成一片。

溫敬怒不可遏。「怎麼回事?!」

一名爪牙前來稟報，聲音發顫。「回大人的話，三名兄弟突然栽下馬背，人事不省。」

溫敬和師爺互看一眼，不約而同地想到了昏睡不醒的夏氏那些人，在這種地方發生這樣的事情，不慌是不可能的，但他們不能慌。

溫敬厲聲喝道：「怕什麼？繼續走！」

「是！」爪牙離開，車隊再次行進起來。

又走了兩刻鐘不到，又有六名爪牙栽下馬背，而此時的山風吹得更加猛烈，氣溫也在降低。

溫敬問道：「現在能用的人手還有多少?!」

爪牙們平日作惡多端，在這樣的境地，難免心虛腦補，尤其是看到弟兄們紛紛倒地的樣子，實在太嚇人了，忍不住想逃。

「回大人的話，原有三十二人，還剩十三人醒著。」

「回大人的話，還有五名馬伕突然就睡了，倒在車前。」

溫敬只覺得頭裂開似的疼，難免想到美婢臨死前微笑著說「報應來了」，一時間內心抑制不住地慌亂。

爪牙來請示。「大人，能不能等天亮以後……」再走兩個字都沒出口，就被打斷。

溫敬和師爺互看一眼，彼此心中都慌亂到了極點。「等天亮？那就是等死了！走！越快越好！」

爪牙們只得繼續趕路，可是只憑火把在深山裡走，認路實在是個大難題，越走越慢，越慢越慌，人一慌、一緊張就忍不住想喝水。結果半個時辰以後，所有爪牙們都一睡不起，連馬車、牛車都停了。

溫敬在車內大發雷霆。「人呢？都死了嗎？怎麼沒人回答？」

師爺膽戰心驚地下馬車，又以極快的速度逃回車內。「大人，馬伕們都睡了，侍衛們也睡了，連從大牢裡救回來的人都睡了……溫大人，怎麼辦？」

溫敬不是第一次感到害怕，卻是第一次感受到令人窒息的恐懼，山風一陣高過一陣，隱約夾雜著野獸的嚎叫，沒有爪牙可以保護自己，他一介文官該如何自保？

正在這時，黑暗的某處衝出一列馬隊舉著火把靠近，不是其他人，正是等得不耐煩的鄔桑親兵們還有清遠縣衙的差役們。

差役們要一洗大牢被劫的恥辱，紛紛跑到鄔桑營地請求一起追擊。

一刀帶頭衝在最前面，單手執刀揮向第一輛馬車的馬伕，衝到近前才發現，怎麼睡著了?!這是什麼情況？

很快，一刀就發現，馬伕也好，爪牙也好，睡的睡，躺的躺，這次伏擊不費吹灰之力就大功告成，怎麼能順利得這麼邪乎？

滿腔怒火的差役們也驚呆了，一股氣無處使。這……這算什麼情況？

因為太順利也太詭異，親兵和差役們不得不想，這是不是一個陷阱？

一刀高舉大刀喊：「暫停前進！容我回稟。」

第七十八章

很快，一刀就衝到鄔桑和羅玨的馬車前面。「回將軍的話，溫敬爪牙都睡著了，馬伕和車伕也睡著了，實在怪異得很。」

羅玨正在處理梅妍的左腳踝，聽了這話，抬頭看她。「妳撒了我的安眠藥？」

梅妍睜著無辜大眼。「我肯定打不過他們，逃跑時怕他們追上，就往水囊裡撒了點。」

鄔桑笑得寵溺，梅妍真的冰雪聰明，轉頭下令。「但抓無妨，一網打盡，不得遺漏。」

「是！」一刀聽到馬車裡的問答，忽然就很想笑，梅郎中真是出人意料的奇女子，虧大夥兒這麼擔心她，結果她一人就撂倒了溫敬一幫人。

片刻後，親兵們和差役們聽到了一刀的解釋，哈哈大笑著，該捆的捆，該綁的綁，看不順眼的踹一腳，看順眼的踹兩腳，從前到後一個不漏，很快就找到了面如土色的溫敬和師爺。

溫敬神色俱厲。「大膽盜賊，本官乃是巴嶺郡太守溫敬，休得放肆！」

一刀隨手就是一刀背。「溫敬是吧？抓的就是你！」

師爺望著被一刀背拍傻的溫敬，嚇得渾身如篩糠。「你們、你們是何人？襲擊朝廷命官是殺頭的大罪！」

一刀甩手又是一刀背。「驃騎大將軍鄔桑麾下先鋒官，姓刀名屠，抓你們綽綽有餘！」溫敬和師爺像挨了晴天霹靂，回清遠養傷的大將軍？此命休矣！

不得不說，這次伏擊順利得出奇，讓親兵和差役們既高興、又有點遺憾，一個個睡得這麼死，想讓他們掛點彩都難。

鄔桑再次傳令。「原地休整，靜待天亮。」

雷捕頭按捺不住內心的激動。「將軍，容小的先回縣衙報個信。」

鄔桑點頭同意。

縣衙裡，莫石堅和夫人帶著蓉兒，守在書房裡，燈火通明，他們的心比燭火更焦灼。

蓉兒抱緊了莫夫人的腿，帶著哭音問：「夫人，雷捕頭他們能救回梅郎中嗎？蓉兒想梅郎中了……」蓉兒強忍眼淚的小模樣，讓莫石堅和莫夫人心疼不已。

如今這樣的情形，莫夫人也不敢把話說得太滿，只能安慰。「蓉兒啊，雷捕頭和差伯伯們都去了，鄔將軍帶著親兵也去了。」

「這麼多人去，梅郎中一定會回來的對不對？」蓉兒眼巴巴地看著莫夫人。

莫夫人勉強擠出微笑。「蓉兒累了吧，先去睡覺，說不定醒來後就能看見梅郎中了。」

蓉兒確實睏得不行，緊緊地靠著莫夫人。「真的嗎？莫夫人，您不能騙小孩子……」

莫夫人抱起蓉兒向內院臥房走，可「真的」二字怎麼也說不出口，只能換個語氣。「蓉兒，妳想啊，梅郎中回來以後，知道妳不好好吃飯、也不睡覺，會不會擔心妳？」

「會。」蓉兒點了點頭，大眼睛合得只剩一半，還在強撐。「梅郎中對我們可好了，尤其對我，因為我最小……」

莫夫人的心都在顫。梅妍，妳千萬不能有事，千萬要好好的回來。

兩刻鐘後，莫夫人總算把蓉兒哄睡著了，回到書房，見到莫石堅，忽然紅了眼圈。「梅郎中要是真回不來，我會內疚一輩子。」

莫石堅長嘆一口氣，眼神複雜地望著妻子，他也會內疚一輩子。

莫夫人哀哀地說：「夫君，你能想得到嗎？我還欠了梅郎中的診費沒給。」

莫石堅一怔。「此話怎講？上次那次看診，妳沒給嗎？」

莫夫人苦笑。「我那時心煩意亂，完全忘了這事，以為夫君給過了。」

莫石堅臉上的表情更苦澀。「夫人啊，我那時慌得不行，根本沒想過這件事情，真是……」

莫夫人斬釘截鐵地要求。「等梅郎中回來，我就認她當義妹，要一直對她好，補償她！」

「行！可以！」莫石堅一口應下。

胡梅醫館裡的燭光搖曳，胡郎中、柴醫徒、梅婆婆、花落、胖大廚，還有綠柳居的大夥兒都擠在醫館裡，因為這裡離縣衙最近，能第一時間得到消息。

花落都快把手裡的帕子捏爛了。

梅婆婆坐著一動不動，像廟裡的佛像，臉上無悲無喜，眼神平靜。

可梅婆婆越是這樣，胡郎中和柴醫徒越擔心。

胡郎中第十次勸。「妳這樣子，梅郎中回來看到可如何是好？不管怎麼著，好歹吃些喝些，湯藥熱了又熱的。」

梅婆婆的嘴角上揚，硬擠出的微笑令人不忍。「胡郎中，有勞了。」客客氣氣地道謝，客客氣氣地說，就是滴水不進。

胡郎中實在忍不住了。「梅郎中只是被抓走，又不是死了躺在妳眼前，人還沒死妳做這等悲戚模樣太不吉利了！」

這話一出口，醫館裡的大家都驚了，下意識地看向梅婆婆。

花落咬著牙捧來米湯。「婆婆，梅妍救了那麼多人，她那麼聰明，又那麼厲害，她不會有事的！」

胖大廚虎著臉。「就是啊婆婆，等梅郎中回來以後，看妳這個樣子，她得多難過？」

梅婆婆閉上眼睛又睜開，重複了好幾次。「妍兒就算能平安回來，也必定遭了不少罪，這孩子一直都是心裡越苦、笑得越甜，她怕我老婆子擔心難過。」

花落急忙轉過臉，掩飾眼角滑落的淚水。

月亮還沒下山，朝陽的光線已經透過雲層，灑向清遠。

臨時營地裡的男孩們照例做早操，一個個都心不在焉。領操的虎子和石頭兩個大聲吼著口令，眼神卻不停地瞥向山間岔路口，這是進清遠的必經之路。

一個小男孩怯怯地問：「虎子哥，將軍和叔叔們怎麼還沒回來？」

虎子特別嚴肅。「別問，沒消息就是最好的消息！」

小男孩根本不懂。「才不是，沒消息也很難過！」

石頭大吼。「操練呢！說什麼話?!」

男孩們的操練照常進行，但都不那麼專心，虎子和石頭也沒有刻意糾正，他們心情都一樣憂煩。

忽然一個小男孩大喊：「快看，那是縣衙的雷捕頭！」

男孩們一窩蜂地圍過去。「捕頭叔叔，捕頭叔叔！」

雷捕頭怎麼也沒想到，會被臨時營地的孩子們圍住了，只能逐個摸一下頭。「別擔心，鄖將軍很快就會回來，梅郎中也救回來了。」

孩子們一蹦三尺高，個個拍手叫好。

雷捕頭調轉馬頭。「好好練！」

虎子再次大吼出聲。「整隊！」

男孩們眼神炯炯，握緊手中的樹枝劍，整齊劃一地刺劈砍，吶喊。「殺！殺！殺！」

縣衙裡，蓉兒剛睜眼就一骨碌地爬起來，抱緊莫夫人使勁撒嬌。「莫夫人，早安，蓉兒真的睡了，睡得可香可好了。莫夫人您快告訴蓉兒，梅郎中回來了嗎？」

莫夫人眨回眼中的淚水，笑著回答。「天還沒亮呢，還在等消息。」

蓉兒小嘴一癟，大眼睛裡含著淚水，不說話。

正在這時，夏喜一路小跑，把平日教習的儀態規矩都甩到腦後，還沒到臥房前就大聲喊：「夫人，好消息，好消息！鄔將軍救回了梅郎中，天亮以後就能回城。」

「老天爺總算開眼了！」莫夫人抱起蓉兒一通親。「聽到了嗎？梅郎中天亮以後就能回城！」

蓉兒格格笑著，稚嫩的嗓音沖散屋內的沈悶和枯燥，然後在床上跳來跳去。「莫夫人，蓉兒自己穿衣服，能帶蓉兒去看梅郎中嗎？」

「行，趕緊穿！」莫夫人答應。「我們先漱洗，吃過早飯就出去。」

而縣衙書房裡，莫石堅和師爺聽完雷捕頭的稟報，還有些不敢相信。「真的嗎？」

雷捕頭滿頭汗水亮晶晶的，卻是喜笑顏開。「莫大人，屬下親眼所見，弟兄們動手捆上的，無一逃脫，溫敬和師爺也在裡面。」雷捕頭滿臉喜色。「天黑山路難行，天亮以後就啟程回清遠，屬下先回來報信，兄弟們沒有受傷的。」

莫石堅還著急一樁事情。「梅郎中呢？她怎麼樣？」

雷捕頭的笑容凝在臉上。「梅郎中逃跑時傷了左腳踝，鄔將軍的軍醫在替她治傷，傷得不輕。」

莫石堅撫著額頭，只傷了腳踝真是不幸中的萬幸，可到底還是傷著了，傷筋動骨一百天，梅郎中要受不少罪。

雷捕頭稟報完畢，又問：「莫大人，屬下再去胡梅醫館報個信吧。」

「快去，快去！」莫石堅哪能不同意。

雷捕頭離開縣衙，翻身上馬，騎了沒多久，還沒看到醫館，先看到館外翹首引領的人群。

柴謹眼睛最尖。「梅婆婆，快看，雷捕頭來了。」

胡郎中一聽，趕緊走出醫館，拄著枴杖迎出去。

雷捕頭翻身下馬。「胡郎中，鄔將軍救了梅郎中，天黑山路難行，我先回來報信，晌午時分應該就能回清遠。」

胡郎中的語速難得變快。「梅郎中有沒有受傷？」

雷捕頭非常慶幸梅郎中夠聰明也夠機警，笑著回答。「梅郎中傷了腳踝，軍醫在為她診治，其他沒事。」

胡郎中長舒一口大氣，一口又一口，拱手道：「有勞雷捕頭。」

梅妍沒事的消息傳回醫館，花落和秀兒兩個人喜出望外，梅婆婆傷了腳只能坐著，臉上總算有了笑容，綠柳居上下拍手稱快。

胡梅醫館難得一大早就充滿了歡聲笑語。

梅婆婆對秀兒說：「既然妍兒沒事，我們回去吧，小屋裡的大家還在等消息。」

胡郎中不同意。「梅婆婆，妳和梅郎中的身體都要好好將養，還是等鄔將軍把梅郎中送到醫館來，讓她喝完藥再回去。」

梅婆婆思量再三，又有秀兒在一旁勸，總算同意了。

綠柳居後廚重新裝修的工作即將收尾，花落和眾人雖然想等梅妍回來，但裝修事宜耽誤不得，只能先回去忙活綠柳居的事情。

晌午時分，清遠山路的岔路口，一列長長的馬車、牛車隊，緩緩向前，鄔桑親兵開道，清遠差役們墊後。

溫錚怎麼也沒想到，好不容易逃獄成功，一覺醒來又回到了清遠，還被捆得嚴嚴實實，逃生無門，欲哭無淚。而靖安縣的差役們醒來，望著被捆緊的自己和同僚，一個個都嚇得要瘋了，為什麼又回來了?!

溫敬望著自車簾透進的陽光，只覺得無比刺眼，被捆綁得極為結實的繩索，以及外面的差役，都異常殘酷地提醒著他，完了，都結束了。

如果清遠只有莫石堅，溫敬還能「留得青山在，不怕沒柴燒」，可是，鄔桑明明已經離開清遠，為何又回馬槍似地殺回來？巴嶺郡太守對上驃騎大將軍，無異於以卵擊石。真是天要亡我！

溫敬的師爺面無表情地望著自家主子，在眼神意外接觸時，不動聲色地別開，樹倒猢猻散，是該好好想想該如何為自己爭取的時候了。

操練完畢的男孩們看到車隊異常興奮，笑著鬧著，開心極了。

鄔桑示意親兵們回到臨時營地去，剩下的事情交給清遠差役們，只是他還有事要吩咐莫石堅，所以跟著差役們一起去縣衙。

醫帳馬車裡，梅妍平躺著，剛入睡沒多久，羅玨面沈如水地觀察著。

天黑風大，火把和馬燈的亮度還是有限，羅玨是天亮以後才發現梅妍受了這麼多小傷，傷口消毒時又讓她狠狠疼了一遍。

鄔桑守在梅妍身邊，心疼得望著她的額頭、臉頰、手背、手指……一道道劃痕，只有平躺才能儘可能少壓到傷口，幾次伸手又放下。「會不會留疤？」

羅玨搖頭。「要看她是不是瘢痕體質。」

鄔桑怕吵醒梅妍，沒有追問，只是靜靜地守著。

羅玨壓低嗓音。「你對她是認真的？」

鄔桑點頭。

羅玨恨鐵不成鋼地念叨。「既然是認真的，拜託你有點行動，不管大鄴怎麼樣，在她這裡，愛你在心口難開的全是狗屁。」

鄔桑瞥了羅玨一眼。「怎麼做？」

羅玨翻了個大白眼。「對她來說最重要的就是梅婆婆，你先去打動梅婆婆再說。」

鄔桑點頭。

車隊停在縣衙前的廣場上，差役們將逃犯拎下車，用繩索繫得嚴嚴實實，押著他們關進大牢，嚴加防範。

早就等在縣衙門口的莫石堅、師爺和雷捕頭，全程監督，親眼見到逃犯們逐個押入牢籠、上鎖、造冊，離開大牢後才長舒一口氣。

三人回到縣衙的書房裡，雷捕頭將見到的事情經過詳細講述了一遍，莫石堅和師爺驚得從椅子上跳起來。「梅郎中竟然有這等聰明機巧？」

雷捕頭到現在都不敢相信。「我們當時都傻了，一刀回稟大將軍後，軍醫傳下話來說，那些人是用了他的藥都睡過去了，我們才敢繼續抓捕。如果沒有軍醫說話，我們只當他們是中了山邪精魅的法，天道要除惡！」

莫石堅小聲地問一遍。「雷捕頭，梅郎中有沒有被……」他不想問可又必須問，若梅郎中真的遭了毒手，他必須給她一個交代！

雷捕頭搖頭。「莫大人，梅郎中是鄔將軍救下的，立刻送到軍醫帳治傷去了，詳細的屬下也不知道，但是看鄔將軍和羅軍醫的反應，她只是受了傷。」

莫石堅皺緊眉頭，聲音裡帶著狠意。「梅郎中被抓的事情，到此為止，不得讓人隨便討論！」

「屬下明白。」雷捕頭當然知道這裡面的利害關係，梅郎中那樣人美心善，不能因此被潑上污點，早就和兄弟們商議過，這事情要爛在肚子裡。

莫石堅這時才慢一拍反應過來。「鄔將軍人呢？沒進縣衙嗎？」沒有及時接待大將軍，這可是大不敬！

雷捕頭也反應過來。「鄔將軍沒來，馬車直接離開了。」

莫石堅被這突如其來的轉折嚇得夠嗆，驃騎大將軍親自追回縣衙逃犯，屬實是大恩大德了，就算將軍本人不進縣衙，他也應該按禮去拜見。「那個，師爺，準備一下，我們去拜見驃騎大將軍，快，越快越好！」

師爺立刻從椅子上跳起來，和雷捕頭一起，準備拜見事宜，問題來了，拜見要先遞拜帖，可是拜帖寫好了，要往哪兒投呢？

莫石堅吩咐。「雷捕頭，快，去找找將軍現在何處？那裡是否方便拜見？」

「是，大人。」雷捕頭跑出書房，又折回來。「大人，以屬下所見，大將軍多半是帶梅郎中去了醫館。」

「你，你，快去確認！啊回來，帶上拜帖一起去。」莫石堅難得如此慌亂。

鄔桑的馬車確實去了胡梅醫館。

鄔桑抱著梅妍下車，大步走進醫館，無視胡郎中和柴謹，徑直來到梅婆婆面前。「婆婆，我把梅郎中送回來了，她受了不少傷，抱歉。」

梅婆婆望著眉頭微皺的梅妍，先是一笑，而後就是心疼。這滿臉滿手的劃傷該多疼？腳踝怎麼又傷了呢？

鄔桑看向梅婆婆的眼神，坦率又真誠。「隨行軍醫已經處理過傷口，腳踝受傷處要好生養著。」

「多謝將軍！」梅婆婆拄著枴杖要向鄔桑行大禮。

鄔桑生得高大，走路帶風，胡郎中和柴謹都沒能看清他懷裡的梅妍，聽說梅妍受傷了趕緊過去，這才看到梅妍滿是劃傷的臉和手，倒抽了一口氣。

「草民見過鄔將軍。」胡郎中和柴謹立刻行禮。「梅郎中已開診數日，那邊有檢查床，可以將她暫時先擱到床上休息。」

「免禮，床在哪兒？」鄔桑對胡郎中仍然極為冷漠，但眼神裡已經沒有憤怒和恨意。

柴謹立刻帶路。「將軍，這邊請。」

鄔桑用對待珍寶的小心謹慎，將梅妍輕輕放在檢查床上後，直接轉頭看向胡郎中。「這麼多劃傷會不會留疤？你這兒有沒有好用的藥？」

第七十九章

胡郎中欲言又止，看了一下梅婆婆，然後鼓起勇氣。「鄔將軍，能否先讓草民替梅郎中診脈？」

鄔桑退了出去，活到現在，也許是經歷過太多生死關頭，殺過許多人，也救過更多的人，人性的美和醜在他心裡都過於深刻，由此生出了無法言說的直覺。

也因著這些直覺，鄔桑能看透朝堂之上的利益之爭，看透每張笑臉後面隱藏的真實，漸漸的，他喜歡狗勝過人，因為狗的心思單純，而現在，他喜歡梅妍，因為她美好。他見過梅妍兒時的美好，驚訝於歷盡磨難卻仍然美好的她，是心裡的彌足珍貴。

山林裡，看梅妍拄著枴杖差點一腳踩空掉落的瞬間，鄔桑拚命衝上前抱緊她，像抱住了自己的生命，雖然傷口又裂開了，但是沒關係，能救她才最重要。

鄔桑看向梅婆婆，看出她內心的悲愴，對梅妍真摯的心疼和無奈，更看出她暗藏了許多的故事，或許她本人就是「大隱於世」的傳奇。

梅婆婆滿心滿眼都是梅妍，原本一直擔心自己撐不住的時候，又有誰能保護她？現在的擔心少了許多，因為鄔桑出現了。

胡郎中診完脈出來，走到梅婆婆面前。「梅郎中受的都是皮肉傷，除了左腳踝都不嚴重，她的病情並未加重，從現在起好生調養還有轉圜的餘地。」

鄔桑看向胡郎中，帶著不怒自威的氣場。

梅婆婆真誠道謝。「有勞胡郎中了。」

柴謹見此情形，趕緊問：「師父，梅郎中的湯藥現在就去熱？」

「去吧。」胡郎中點頭。

胡郎中看向梅婆婆。「妳和梅郎中的身體都需要好好將養，養好以前容不得勞心，並需要每日診脈調整藥方，所以，妳們還是住得離醫館近些為好。還有，育幼堂的孩子們託給其他人照顧，免得妳們太過操勞。」

秀兒一聽，嚇得趕緊挽住梅婆婆的胳膊。「婆婆，我們都很聽話，不要把我們送給其他人。」

梅妍醒了，掀開檢查室的布簾子，咧嘴一笑。「胡郎中，秀兒她們能幹又聽話，不會影響我們休息，不用另外尋人。嘶……」

她一說話就臉疼是怎麼回事？

秀兒這才有機會看清梅妍的臉，跑過去又不知道說什麼才好，眼淚止不住地流。

梅妍眨了眨眼睛。「秀兒，妳這樣眼淚汪汪地看著我，我很慌啊，怎麼了？」伸手的同時看到手背和手指上的一道又一道傷口，立刻明白了。

樹枝、樹葉看著柔軟，劃起人來這麼狠的嗎？

秀兒伸手想摸，又放下。

梅姸笑著安慰。「沒事，羅軍醫已經處理過了，不沾水、不感染，很快就能結痂，掉了就好了，妳別哭。還有，我不是瘢痕體質，不容易留疤，放心吧。」

秀兒還是一陣陣地難過。而鄔桑、梅婆婆、胡郎中和柴謹聽了，都悄悄鬆了口氣。

梅姸繼續安慰，順便為了自由而努力。「胡郎中，我只是傷了腳踝，找木匠做個輪椅，我就可以到處蹓躂了，臥床靜養真的不適合我。」

鄔桑吩咐外面騎馬的六子木。「替梅郎中做個輪椅。」

「是，將軍。」六子木騎馬向臨時營地馳去。

這時，外面傳來雷捕頭的聲音。「清遠縣令莫石堅求見驃騎大將軍，這是拜帖。」

「不見！」鄔桑冷漠至極。

「是。」雷捕頭立刻退走。

雷捕頭突如其來的打岔，將剛才好不容易緩和的氣氛又降回冰點。

梅姸清了清嗓子。「婆婆，我們回家吧。」

鄔桑忽然開口。「胡郎中，柴謹，離開醫館。」

兩人立刻離開，順便替醫館外清場。

梅婆婆與鄔桑視線交集，僵持片刻，隨即微笑。「鄔將軍，老婆子同意，但，您要先問姸兒，她什麼都好，但就是有些遲鈍。」

「婆婆，您在說我笨？」梅妍不解地望著鄔桑，又看了看梅婆婆，不能忍。

鄔桑一陣驚愕，很快回神，正色道：「梅郎中，雖然按大鄴律我應該先請媒婆登門，但大鄴律對妳我並非必須，我欲娶妳為妻，不知妳意下如何？」

羅玨在外面聽見了，被自己的口水嗆了個半死。鄔桑這個笨蛋！

「啊？」梅妍像突然看到一個怪物，好半晌才回答。「鄔將軍，您拿我這一介草民尋什麼開心？」

從二品的驃騎大將軍，娶一個女郎中為妻，大鄴這森嚴的階級制度在鄔桑眼裡是搞笑的嗎？

「我很認真。」鄔桑格外嚴肅。「梅婆婆與妳相依為命，帶著她一起，我沒有意見。」

梅妍依然滿臉震驚。

「我戰功顯赫，回清遠養傷前，陛下親口應允我可以自行挑選女子為妻，只要我稟報，陛下會替我求娶的女子備下豐厚的嫁妝。」鄔桑更加嚴肅。

梅妍雖然是個社交好手，但在感情這方面毫無經驗，雖之前就有感受到對方的心意，但她剛對鄔桑沒有懼怕、生出一絲好感和信任，就這樣當面求娶，腦子裡一片空白，好不容易回過神來，第一反應就是拒絕。

「鄔將軍，民女很有自知之明，我不嫁！」

梅婆婆雖然擔心自己走了以後，沒人照顧保護梅妍，但仍是什麼事都順著她，感情當然是兩情相悅為好，活得恣意也十分重要。

鄔桑再次表態。「別人如何我管不著，但我只願一生一世一雙人。」

梅妍假笑。「我不信。」

羅玨聽了兩人的對話，在外面笑得好大聲。

梅妍聽了暗暗磨牙，鄔桑聽了很想當街爆打羅玨。

梅婆婆出來打圓場。「老婦感激鄔將軍的青睞，但妍兒年輕不懂事，方才多有冒犯，還請將軍別往心裡去。」

鄔桑臉上有些燙，沈默片刻，才開口。「我先回營地去了，秀兒，好好照顧梅郎中和婆婆。」

「是。」秀兒趕緊行禮。

鄔桑的馬車隊很快離開醫館。

胡郎中和柴謹不由對梅妍刮目相看，對上鄔桑那樣自帶殺神氣場，還能堅定地拒絕，一時不知該誇她有膽識，還是說她無知無懼？

梅妍單腳跳著，從檢查室出來，招呼道：「秀兒，我們先回家，其他事情以後再說。」

柴謹端來湯藥堵在門口。「梅郎中，喝完才能走。」

梅妍望著黑漆漆的湯藥，直皺眉頭，心裡一百個拒絕。

梅婆婆卻囑咐道：「妍兒，良藥苦口利於病。」

梅妍嘴角一抽抽，接過湯藥就被藥味熏到了。她看到梅婆婆篤定的目光，只能捏著鼻子一口氣灌完，飛快地從背包裡取出蜜餞罐，塞了一把蜜餞到嘴裡。

又從背包裡取了乾糧和水出來，吃了一會兒，才勉強壓住不斷從胃裡返出來的藥味，好苦、好難聞啊……太難了！

秀兒捂著嘴直樂。梅郎中怎麼比蓉兒還像孩子？蓉兒都不怕喝藥的。

胡郎中對病人如沐春風，但對不願意喝藥的病人非常嚴厲。「梅郎中，傍晚時分還有一碗湯藥，到時讓秀兒駕著牛車來取。」

「是，胡郎中。」秀兒一口應下，先將梅妍扶上牛車，再將梅婆婆扶上車，順便保證。「傍晚時分，我一定會來取藥的。」

胡郎中這才放心地回到醫館。

柴謹望著秀兒明媚燦爛的笑容，心跳得飛快。

秀兒駕牛車的技術很好，前進得很平穩，還沒到小屋，就看到刀廚娘帶著妹妹們站在門外，遠遠看到以後立刻揮手。「梅郎中回家啦！」

姑娘們立刻向牛車跑去，爭先恐後地問：「梅郎中怎麼樣了？有沒有受傷？累不累，餓不餓，廚房裡有吃的……」

梅妍望著跑來的姑娘們，內心百感交集，不感動是假的，看著她們的純真笑臉和熱情，積蓄在內心的恐懼就這樣散去。

唯有人心暖人心。

可是……梅妍又遲疑了，自己的命是鄔桑救的，方才拒絕得那麼直接，是不是應該委婉一些？以後再見的時候，會不會很尷尬？

「哈哈哈！笑死我了……哈哈哈……」羅玨在馬車裡笑得前仰後合，完全不看鄔桑黑得嚇人的臉。

「閉嘴！」鄔桑面無表情地威脅，任誰被人拒絕心情都不會好，更何況這人笑得實在太誇張了。

「哈哈哈……咳咳咳……」羅玨又嗆到了。

「咳不死你！」鄔桑被笑到沒脾氣。

羅玨咳得滿臉通紅，好不容易緩過來，才變得正經。「我不是讓你先試探梅婆婆的意思嗎？」

「梅婆婆說同意，我才向梅妍求娶。」鄔桑伸手就是一巴掌，打在羅玨肩膀上。「你出什麼餿主意？」

羅玨看鄔桑就像看不可雕的朽木。「嘖嘖嘖！梅婆婆同意，你可以慢慢對梅妍施展好感，她只是看著好接近，但內心未必如此。她模樣擺在那兒，梅婆婆又沒權沒勢，兩個人靠當穩婆餬口。你沒聽過一句話嗎？窮困之人的美貌是最惡毒的詛咒。她和梅婆婆但凡少一點心機，早就被人啃得骨頭渣都不剩了，你看看育幼堂的孩子們就知道了，一個個跟刺蝟似的。」

鄔桑沈默，但並不完全明白。

羅玨又嘆氣。「你的模樣也擺在這兒，也是在育幼堂長大的，親眼目睹了那些事情，如果沒上戰場，早就被埋到後山林子裡當農家肥了，設身處地想一想，你辛辛苦苦地活，忽然有位高權重的公主要你當駙馬，你會怎麼想？你會信她說一生一世一雙人？只會覺得她拿你當玩物而已。」

鄔桑茅塞頓開。「那我明日請媒婆登門遞聘書？」

羅玨白眼翻到天上。「你急什麼？你今天被拒，還想明天被退聘書？你這個樣子，誰會信你是兵者詭道的驃騎大將軍啊？」

鄔桑有些著急。「那怎麼辦？邊關戰事稍緩，卻不會一直安定，我……」

羅玨嘆了第十二次氣，又順便八卦了一下。「說，你今天為什麼笑得不值錢的樣子？」

鄔桑乾咳了一聲。「有次在馬車裡她太累睡著了，攬著我睡的；她給我換藥的時候，耳朵紅了……」

「我靠！」羅玨兩眼發光。「不錯啊，哎，她雖然是個人人好，但你發現沒？她和人相處從來都是維持社交距離。她能靠著你睡，已經不容易了！」

「真的嗎？」鄔桑的心跳得飛快。「接下來怎麼辦？」

羅玨勾了勾手指。「附耳過來。」

鄔桑立刻湊過去。

梅妍回到小屋躺平，起初沒覺得怎麼樣，但素來敏銳的感覺總讓她有些不安，尤其是看到姑娘們欲言又止，以及她們的視線集中在自己臉上的時候。

「秀兒，幫我端盆水。」

秀兒很快端了水來，又有些擔心。「梅郎中，妳臉上那麼多傷不能隨便沾水吧？」

梅妍借窗邊的光，看盆裡搖晃的水面。嗯……這臉根本就是毀了吧？又看了看劃痕累累的雙手……唉！真禍不單行。

梅婆婆勒令。「妍兒，歇著去。」

「哦。」梅妍老穿越人，從沒因為美貌得過什麼好處，反而總有人因為外貌質疑她的婦產科醫生的實力，有時候希望自己長得普通一些，至少別那麼吸引人。可臉和雙手同時毀成這樣，內心有說不出的複雜。

老老實實地躺在床榻上，梅妍兩眼望著帳幔，毫無睡意，卻見梅婆婆支開秀兒，拄著枴杖進了臥房，帶上房門，明顯是有話要單獨和她說，趕緊坐起來，又因為起得太快，左腳踝一陣椎心地疼。

「躺著。」梅婆婆把梅妍摁回床榻上。「和老婆子我說說鄔將軍。」

「啊？」梅妍眨著眼睛。「他有什麼好說的？」

「還在我老婆子面前繞彎子？」梅婆婆沈著臉，不高興。

嗯，裝傻失敗。梅妍換了一副表情。「這麼年輕的驃騎大將軍，英氣逼人，身材又好，多的是高門貴女、公主、縣主、郡主等著他挑。他娶我，圖什麼呢？」

梅婆婆的臉上難得不怎麼慈祥，帶著些質問。「妳討厭他？」

「不討厭。」

「妳呀，他是身在高位，卻不留在國都城，硬要回清遠這個窮鄉僻壤養傷，也沒有讓莫縣令修將軍府，寧願窩在半山腰的營地裡，就足以證明他不是貪圖榮華富貴的人。妳說的那些高門貴女，自然也進不了他的心。」

見梅妍神情沒怎麼動容，梅婆婆又道：「戰場是個什麼地方？那裡最能磨滅人的憐憫和良善。他從育幼堂出去，知道那裡的苦楚和黑暗，回來的第一樁事情就是把育幼堂的孩子們救了，這就已經難能可貴了，還照顧著男孩們，順帶連我們都照顧著，足以看出他的人品。」

梅妍內心吐槽，婆婆說的很有道理，一時無從反駁，話到嘴邊還是說出口。「婆婆，您沒看見他怎麼對胡郎中的，我那天看著真的快嚇死了。」

「妳說說看。」梅婆婆詫異得很。

梅妍把鄔桑和胡郎中那晚的對話詳說了一遍，望著梅婆婆。「我總覺得，他看上我，無非是外貌和醫術，歸根結柢是我在他心裡有價值。」

梅婆婆看出梅妍逃避的小心機，氣得一指戳過去。「妳自從當穩婆以來，保了多少母子平安？救了多少人？也沒誰說要娶妳為妻啊？他如果只覺得妳有用、好用，雇妳就是了，為何要娶妳？妍兒，我真的老了，妳這孩子只是看著親和，但妳只信我一個，這不行。我總有離開的時候，到時妳一個人怎麼辦？」

梅妍不言語。

「妳這是作繭自縛。」梅婆婆見梅妍不為所動，從懷裡掏出一塊木牌。「知道妳好奇我那幾個箱子，我一直不說，妳也不問，說到底，妳也只信自己，遇事也只願意自己撐。」

梅妍看清木牌時，眼睛都直了，她知道梅婆婆肯定是有身分的人，但這遠遠超出了她的預想。

「沒錯，我是已故大將軍林城的遺孀，夫君的林家軍全滅，換來大鄴西南邊疆的十五年安寧。」梅婆婆眼中有淚，更多的卻是愛慕。「我是高門貴女嗎？不，我是西南大山中的女匪。我出生在清遠，家裡是行鏢的，跟隨父母去西南，路上太多變故，最後只能落草為匪。第一次見到林城時我也是妳這個年紀，我一箭射翻他的良馬，用長槍與他戰了五十回合都不分勝負。」

梅妍瞪大了眼睛，滿腦子問題到了嘴邊，轉了兩、三圈又嚥了下去，資訊量太大，需要好好消化。

梅婆婆見梅妍的表情，露出一個狡黠的微笑。「嗯，老婆子我現在雖然乾樹皮似的，當年也是響噹噹的文武雙全一枝花。林城一諾千金，招安我們，還娶了我。我跟著他去了國都城，他請聖上賜婚，我就是正妻，沒有平妻，沒有良娣。

「一個將軍娶了個西南女匪為正妻，國都城像水滴入了油鍋似的，高門貴女自然瞧不上我，但是呢，辦茶會、詩會、春會、秋會的總發帖子來請我，就是想看我出糗。」說到此，梅婆婆哼了一聲。

「人啊，生下來既不會吃飯、也不會走路，哪樣不是學來的？林城對我好，我對他更好，只花了半年時間，我禮儀規矩比宮中的教習嬤嬤做得都好，吟詩作畫也不輸她們，連律法都背了。人啊，總是捧高踩低的，也總是欺軟怕硬，林城處處護著我，我也不是好欺負的。他的軍功越立越大，我得了誥命，將軍府也越來越大，規制越來越高，國都城的風向就變了。咱們不欺人，也不被欺，赴宮宴也不怵，宮中賞賜就沒斷過。」梅婆婆說到這裡就笑了。

「怎麼，聽傻了？這才到哪兒啊！」

「婆婆威武！」梅妍真心誠意地豎起大拇指，這才是妥妥的大女主呀！

第八十章

梅婆婆的笑意就此停住。「一將功成萬骨枯，林城殉國，林家軍全滅，國庫因為打仗而虛空，那麼多軍士的撫恤不能全額發放。妳說，夫君和兒子都死了，我一個人守著那麼大的宅子做什麼？我帶著管家和可靠的僕傭們，賣田、賣地、賣宅子、賣賞賜，走遍各處送到軍士家屬手裡，最後把管家他們也都妥善安置了，我一個人駕著車離開了國都城。」

梅妍聽得眼睛都紅了，誰不想要這種相知相守的愛情？

「然後就撿到了妳，卻偏偏是我散盡家財的時候。」梅婆婆哽咽了。「帶著妳東奔西走，其實是覺得跟著我太苦了，想給妳找個好人家。可妳這孩子怎麼這麼黏人、這麼惹人疼？」梅婆婆伸手揉了梅妍的頭頂。「羨慕嗎？我老婆子這一生沒有後悔的事情，但我怕妳錯過鄔桑後悔。」

梅妍點頭如搗蒜。「可羨慕了！」

梅婆婆笑了。

梅妍忽然想到，每年清明、中元節和冬至，梅婆婆都要花許多錢買祭祀用品，尤其是中元節，更要在河邊放許多盞花燈。

梅婆婆看著梅妍，眼神卻穿過她看著很遙遠的地方，臉上的笑意慢慢褪去，思緒飄遠。

梅妍望著梅婆婆斑白卻一絲不茍的髮髻，想像著她在國都城豔冠群芳的颯爽模樣。其實，在許多臥床不起的時候，她一定很想念林城大將軍吧？

梅婆婆心疼地用指尖摩挲梅妍的臉龐。「妍兒，這世上的人多汲汲營營為名利，妳現在這模樣，鄔桑還提親，足以證明他的真心了，妳不要妄自菲薄，妳值得。」

梅婆婆見梅妍沒有表態，笑咪咪地繼續說：「人啊複雜得很，但也可以很簡單，關鍵在妳怎麼看。這六年裡，我們見過許多面孔，富戶鄉紳也有好人，貧困之家也有惡人。鐘鼎之家的司馬家也有司馬玉川這樣的，武人無禮易怒也有鄔桑這樣溫雅的，不要給別人設限，也別作繭自縛。」

「知道了，婆婆。」梅妍臉上笑得特別甜，內心嘛……

梅婆婆看梅妍飄移的眼神，交互揑著的手，知道她多少聽進去了，微笑著離開。

自此，梅婆婆和梅妍兩人被姑娘們照顧得無微不至，雖然各種不習慣，但都抱著盡快康復的心理，只能勉強接受。

胡郎中平日對病患如沐春風，對柴謹極為嚴苛，對梅婆婆和梅妍這兩個難纏的病患，則用上了恩威並施的法子。他一大早先趕到梅家小屋診脈，然後再去醫館開藥方，秀兒在柴謹的指導下取藥熬藥，再帶回梅家小屋。

梅婆婆和梅妍都是內心柔軟的人，自然架不住胡郎中、柴謹和秀兒的三重攻勢，再苦的藥梅婆婆都一飲而盡，梅妍小臉皺成苦瓜，恨不得時刻抱著蜜餞罐子。

幾日下來，兩人的氣色略有好轉，但胡郎中說了，喝藥這種事情，得做好三個月起算的打算。

五日後，一輛嶄新的輪椅和兩雙枴杖由羅玨送到梅家小屋外。「煩請轉告梅郎中，鄔將軍在外面。」

輪椅在小屋裡引起了極大的好奇心，梅妍坐上去以後就能在小院裡自由活動，除了不能過門檻、不能上下坡，其他都挺好。

秀兒將梅妍推到鄔桑的大馬車前面，行禮以後，頗為知趣地告退。

鄔桑和羅玨背靠馬車，打量梅妍，細小的劃痕結痂都已經掉了，讓他們擔心的是那些大劃傷，最關鍵的是，梅妍自己好像無所謂。

梅妍坐在輪椅上，努力躬身行禮。「多謝鄔將軍和羅軍醫，民女感激不盡。」

鄔桑先前聽過胡郎中對梅婆婆和梅妍身體的評價，告訴了羅玨，羅玨頓時緊張起來。好不容易有個溫柔美好的萌妹子老鄉，怎麼能年輕的早逝呢？

羅玨望著梅妍。「妳和婆婆的身體到底怎麼回事？」

梅妍很無辜。「自我感覺很良好，但胡郎中說我殫精竭慮，需要細心調養。」

「就這樣？」羅玨有些受不了。「胡郎中是死板了點，但他成為公認的名醫必定有兩把刷子，他每天必到一趟梅家，必定是妳倆的身體出了什麼大事。」

梅妍皺緊眉頭。「婆婆怎麼了？」

羅玨忍不住吐槽。「胡郎中說，梅婆婆活不了多久了，妳不知道？」

梅妍驚愕地望著羅玨，有些慌了。「沒人告訴我，她怎麼了？」

正在這時，一輛馬車停在附近，胖大廚跳下馬車，跑起來讓人有地動山搖的感覺，先向鄔桑和羅玨行禮，然後小心翼翼地問：「將軍，軍醫，草民和梅郎中前幾日就預約複診的。」

鄔桑和羅玨交換眼神，上了馬車。

梅妍迅速調整自己的狀態，用透視眼檢查了胖大廚的腰背部，確實痊癒了。「你已經完全康復，接下來就是減重了。」

胖大廚鄭重其事地點頭。「請梅郎中指教。」

梅妍從背包裡取出減重方案，遞過去。「你先按照前三頁寫的，一日三頓的正餐可以吃，其間不能零嘴不斷，若實在餓得厲害，第四頁有加餐須知；如果綠柳居的事情特別繁重，參考第六和第八頁。最後一頁是減重紀錄，今日回去先秤重，記下，以後每兩天秤重一次。七日後把這些拿回來給我看。」

胖大廚簡直不敢相信，自己什麼都還沒說，就得了一份這麼詳盡的計劃。「梅郎中妳傷得這麼重，怎麼還惦記著我的事情？」

梅妍笑了。「花掌櫃允諾了我一張永久免費的飯票，不管何時何地去綠柳居吃喝都不收錢，我當然不能一直白吃白喝是不是？再說了，我傷的是腳，雙手還是好的。你手裡的這份帶回去讓綠柳居的大家都看過，然後交給花掌櫃保管，大家盯著你，你就比較能忍住。有任何問題，隨時可以來找，我都在。」

胖大廚感激地行了禮，從馬車上搬了三個大食盒送進梅家小屋，然後駕著馬車離開了。

梅妍目送馬車駛遠，扭頭一看，發現羅玨正用極為怪異的眼神盯著自己。「你這是什麼眼神？」

「妳怎麼知道那個胖子腰椎已經復位了？」羅玨以前是骨科醫生，自帶敏銳的觀察力。

梅妍打心裡感激羅玨的慷慨贈藥，故作漫不經心又極小聲地回答。「我能看到。」

羅玨驚得嘴巴張大而不自知，忽然就上捂下遮。「妳、妳、妳……」

鄔桑也聽懂了，倒是淡定得很。

梅妍沒好氣地回答。「只在需要時才能看到，看一次很累的。」

羅玨的臉脹得通紅，很小聲地問：「妳……有沒有偷看過我……」

「沒有。」梅妍噗哧樂了。「你這麼個大男人還怕被人看？我不用仔細看，都知道你的身材不行，呿。」

羅玨自尊心嚴重受創。「我身材哪裡不行？我要臉有臉，要身材有身材。」嚷嚷完，才發現旁邊鄔桑的鄙夷眼神，又一次炸毛。「妳不能拿我和他比！」

梅妍努力抿著嘴，不讓自己笑出聲，見羅玨還在抓狂，安慰道：「羅軍醫玉樹臨風，一定有無數少女芳心暗許。」

「這還差不多！」羅玨被哄開心了，忽然又一臉悲傷。「軍營裡哪有許多少女？」

梅妍的思維向來跳躍，腦海裡忽然萌生出一個念頭，自己的眼睛可以看清孕婦子宮內裡，可以看到胖大廚的腰椎移位，是不是也可以看梅婆婆的腿病？雖沒和胡郎中確認梅婆婆的病況，但婆婆腿病多年，想來多少有關聯。

「哎，哎，哎，正說著話呢，妳自己推輪椅去哪兒？」羅玨見梅妍費力地轉動輪椅，急忙問。

「我去看婆婆的腿！」梅妍的力氣不小，但這輪椅到底不是現代工業的傑作，輪軸卡得很緊，靠自己很難推動。

下一刻，鄔桑推動輪椅，平穩地向梅家小屋走去。

梅妍扭頭一看，嚇得不輕。「將軍，使不得，我自己可以，不，我可以叫秀兒……」秀兒一直在小院裡，聽到外面有聲音，立刻開門，驚訝地發現鄔桑推梅妍回來，趕緊迎上去。「將軍，還是民女來推。」一邊說，一邊要努力抽開門檻。

正在這時，鄔桑連輪椅帶梅妍，整個抱進小院裡。

忽然騰空的梅妍，抓緊了扶手，急忙阻止。「將軍，您還帶著傷呢……」話音未落，自己和輪椅已經落在小院。

鄔桑彷彿沒聽見。「快去瞧婆婆，羅玨在外面。」

小院裡的姑娘們見了紛紛拍手。「大將軍好厲害！」
「鄔將軍真厲害！」
秀兒雖然不明所以，但聽到鄔桑的話，還是把梅妍推到梅婆婆的房間裡。
梅婆婆喝完藥就犯睏，正躺在床榻上休息。
梅妍閉上眼睛深呼吸，集中注意力，觀察梅婆婆的雙膝及以下部位，只一眼就覺得疲憊來襲，等每個部位都看清以後，整個人累得都快虛脫了。
梅婆婆睜眼就看到近乎脫力的梅妍，忙問道：「妍兒，妳的臉色怎麼這麼難看？」
梅妍笑著抹去額頭的汗水。「婆婆，我沒事，您繼續休息。秀兒，把我推到外面去。」
「梅郎中，妳真的不休息一下嗎？」秀兒心裡一陣陣地發慌。
「不用。」梅妍從背包裡取出粗草紙本和炭筆，擱在雙膝上就開始畫起來。「推我出去就行。」
秀兒將梅妍推到小院裡，沒想到還是由鄔桑將梅妍連著輪椅抱出去。
梅妍真心感激鄔桑。「多謝將軍。」
鄔桑卻問：「妳在畫什麼？」
「婆婆的膝蓋和小腿。」梅妍不假思索地回答。「畫好以後讓羅軍醫瞧一下。」
鄔桑望著梅妍低頭畫畫的專注，推得更平穩，到了大馬車旁，一個眼神示意羅玨來看。
羅玨立刻上前，盯著畫看了好一會兒，然後思索著。「骨小梁結構完整，膝關節各部分也完整，沒有實質性的損傷，可以排除骨肉瘤、骨結核等等疾病。按理說，這完全不可能影響梅婆婆的壽命。」

梅妍畫完覺得更疲憊，強打起十二分精神來。「婆婆一直都有腿病，每年冬天都疼得下不了床，我考慮過類風濕性關節炎，但是婆婆全身的小關節沒有變形，前後也見過許多郎中，吃過許多藥，都不見效。」

羅玨也皺緊眉頭，思量許久才開口，沒想到與梅妍異口同聲。「慢性關節炎？」

兩人說完，望著對方，忽然就笑了。

羅玨用力一拍手。「妳確定裡面沒有小碎骨頭？」

梅妍點頭。「我仔仔細細地看了好幾遍，關節腔裡很乾淨。」

「沒有關節鏡的前提下，就先上抗生素試試。」羅玨頗為得意。

梅妍同意。「關節炎的發展速度和自身抵抗力密切相關，想來之前喝的那些強身健體的湯藥，還是起了些作用的，胡郎中開的也是行氣固本的藥方。」

羅玨哈哈一笑。「中藥打底，西藥衝鋒，就這麼定了！」

鄔桑不同意。「但，這怎麼解釋胡郎中說梅婆婆壽數不久？」

梅妍和羅玨同時斂了笑容，又皺起眉頭來。

梅妍想著。「把脈肯定沒有檢查來得詳細，婆婆經常腿疼，晚上常常疼得厲害，積年累月的，影響全身器官的功能，脈搏肯定無力而細速。」

羅玨豎起大拇指。「病根在這裡，只要把關節炎治好，壽數就不會有問題。」

鄔桑點了點頭。

梅妍打開背包，拿出剩下的抗生素。「其實婆婆每次喝湯藥，腸胃都會受影響，連帶的吃喝都會變少，所以就不用口服藥，婆婆偏瘦，注射也不太行。」

羅玨十分有擔當。「那就靜脈點滴吧，所有東西我都包了。」

梅妍立刻道謝。「多謝羅軍醫！」

羅玨一伸手。「口頭感謝就是心理安慰劑，妳能不能給點實際的？」

梅妍眨了眨眼睛，立刻正色。「羅軍醫，診費、藥費多少，我可以給。」

羅玨甩手。「談錢多傷感情啊，我敢收妳的錢，鄔大將軍就敢打我軍棍，妳信不信？」

梅妍下意識地看向鄔桑，他的眼神證實羅玨所言不虛，只能繼續試探。「那你想要什麼？」

羅玨兩眼發光。「我要看大鄴的絕世大美女！」

梅妍不小心笑出聲。「羅軍醫，你能不能顧點形象啊？」高冷毒舌軍醫人設崩塌得連渣都不剩。

「沒辦法，妳又看不上我！」羅玨肩膀立刻挨了鄔桑一下。「啊，妳看上我也不行！我喜歡顧盼生姿、傲視四方、眼高於頂的大美人，純欣賞的那種。啊！」

羅玨又挨了鄔桑一掌，見羅玨一臉陶醉的模樣。「你再口無遮攔，我立刻命你回軍營去！」

羅玨不依不撓。「人各有志，我才不是你這種死心眼，我就要看！天天對著髒兮兮、臭烘烘的軍痞子，影響我的身心健康！」

這般對美人的形容，梅妍腦海裡第一個浮現的就是綠柳居掌櫃花落，但羅玨這種遊戲人間的態度，讓人實在不敢恭維，當然也不會介紹花落給他認識。

羅玨見梅妍沈默，靈光一閃。「清遠真有這樣的大美人？在哪兒？帶我去見她！」

梅妍還沒來得及假笑，羅玨就被鄔桑捏著後頸拽進大馬車裡。

「有大美人一定要通知我。」羅玨從車裡扔了一個布袋給梅妍，滿臉堆笑，大馬車漸行漸遠。「記得介紹給我啊……」

梅妍抱著布袋子，憑手感就知道這裡面是點滴管那些治療必需品，不由得嘆氣。她怎樣和梅婆婆解釋這一堆東西呢？

事實是煩惱都是多的，只要梅妍端到床榻邊的，哪怕是毒藥，梅婆婆都能不眨眼睛地一飲而盡。梅妍拿出一袋子物品，只說是回鶻秘醫術，梅婆婆就欣然接受，反正情況不可能更壞了。

因為輸液的過程太過異端，整個過程都是梅妍在梅婆婆房裡獨自操作，全程觀察，由秀兒守在門外，不讓外人闖入。

因為大鄴的細菌對抗生素沒有抗藥性，梅妍使用的藥量極小，而效果卻好得驚人。只用了三天時間，折磨了梅婆婆多少年的疼痛就徹底消失，活動完全恢復正常。

梅婆婆自己都不敢相信，總覺得在作夢，偏偏能睡整晚都不會再被腿疼醒。而且第四天下大雨時，她的雙腿也沒有任何不適，至此，才相信自己的雙腿完全康復了！不得不信，比夢還美好！

胡郎中把脈後驚呆了，只服了三日湯藥，怎麼會有如此好的效果？這不可能！

梅妍腫得像饅頭的左腳踝，已經消腫不少，打算讓梅婆婆繼續喝中藥調理，自己嘛……也硬著頭皮喝吧。

送走胡郎中，回到臥房，梅婆婆望著梅妍。「這些都是羅軍醫給的吧？」

梅妍點頭。「是。」

「好好謝謝他，若他有喜歡的，剛好我們家有，就送給他。」梅婆婆深深感謝。

「那是當然。」梅妍沈默，但她怎麼也沒想到，羅軍醫會有那樣的一面，而且猜不準他到底有什麼意圖，所以把花落推出去感謝他是不可能的，她靈機一動。「等我們的腳都好了，去集市買上好的食材，請他們來吃午飯？」

「行，老婆子我也是會做一些好菜的。」梅婆婆對此很有自信。

第八十一章

臨時營地的山腳下，烏雲駕著馬車，眼觀鼻、鼻觀心，似乎完全沒聽到小池塘邊的對話。

鄔桑餵完水龜，皺著眉頭。「你明明不是花花公子的人，那日在小屋為何那樣說？」

羅玨拍了拍手，嘿嘿一笑。「經過那次試探，證明梅妍對待家人和朋友都非常認真，還有，她對你的身材很滿意，而且對你的信任度又增加了。」

鄔桑看羅玨的眼神宛如智障。

羅玨呿了一聲。「千人千面，人沒有絕對的好壞之分，但總能從小處看出一些端倪。梅妍看重人品，我說了混話以後，她的臉很自然地偏向你，就表示她不同意我的觀點。大多數人在權貴面前很難不卑不亢，少數能做到的人，一聽說自己有什麼可以被算計或利用，必定巴巴地獻出來，這是他們的本能。梅妍卻不是，她選擇隱藏好友，自己面對我們。」

羅玨看鄔桑眼神不悅，他挺了挺胸。「營地裡有三腳貓在，我能不知道綠柳居花掌櫃是絕代風華的美人兒？我故意搞崩自己的人設，來反襯你的人品，你還不好好感謝我？」

鄔桑好氣又好笑，一時無言以對。

「你是從二品的大將軍，率領千軍萬馬，你看中的姑娘、要成為妻子的人，必須是聰慧有擔當、足智多謀的奇女子。同樣的，能讓梅妍傾心的也是有擔當、重情義的好男兒，能包容她的戒備和慢熱，她醫術精湛就讓她有足夠的發展空間，讓她靠自己掙得名聲和地位。」

鄔桑被羅玨說得一愣。

「你可別單純地用金銀財寶去砸她，她雖然日常缺錢，但那是生活必須，得養十一位姑娘呢。」羅玨嘿嘿一笑。「我看好你們！大婚那日，記得給我這個媒婆大紅包。」

「滾！」鄔桑移開視線，開始琢磨下一步要做什麼。

羅玨又一次看穿。「她的事情已經夠多了，你先把自己的傷養好，我就謝天謝地，謝你家十八代祖宗了！你只要經常出現刷刷存在感和好感就行，不能急。對了，如果梅妍的身體完全養好，你多給點診金請她做我的助手，雖然我是當代神醫但也沒有分身術，做不了太複雜的手術。」

鄔桑當然知道這個道理，現在當務之急是要培養更多軍醫，給羅玨當助手，可一時半刻去哪兒找可靠的人手？

羅玨忽然想到。「聽說，梅郎中打算將那些姑娘都培養成醫女？」

鄔桑點頭。「秀兒已經去醫館做學徒，目前跟著柴醫徒在學分藥和煎藥。」

羅玨一拍手。「行，你營地裡的男孩們歸我，我來把他們訓練成軍醫！」

「准了！」鄔桑不假思索地回答。「人隨便你選。」

回到臨時營地，男孩們正跟在一刀身後，學習殺敵十技，學得倒是有模有樣，但是力量遠遠不夠，一刀施展時每技必殺，他們卻像花拳繡腿。

羅玨走到男孩們前面，挨個兒看。「今日起，你們跟烏雲副將學識字，跟一刀學操練，跟我學醫術，上陣殺敵固然重要，受傷以後有軍醫治療同樣重要。」

男孩們望著羅玨都怔住了，表情都很空白。當軍醫嗎？這是他們從未想過的事情。

「不願意？」羅玨挑起眉頭，這也太不識好歹了吧？

「願意！」虎子和石頭回答得很大聲。

羅玨素來毒舌得很，還日常臭臉，不笑的時候像每個人都欠了他一百兩，嚴肅起來更是嚇人。「再問一次，願意嗎？」

「願意！」男孩們齊聲回答，只要不趕他們走，不送他們回育幼堂，做什麼都可以！

羅玨神情稍稍緩和，從背包裡拿出一個紙卷，掛到大樹上。「軍醫之技博大，你們先從人體結構開始學，遇到不認識的字就找烏雲副將。」

「是！」

羅玨對孩子的耐心不多，要求卻極高。「所有這些都要背下來，一字不差，明日我抽背，一個不對就挨一下手心，如果都不對，不許吃飯！」

「是！」

三腳貓和六子木聽了直咂舌，那紙卷足足有大半個人高，密密麻麻寫滿了各種各樣的怪名字，現在已近晌午，只一個下午的時間哪記得住？但是他倆在羅玨面前，一個字都不敢說，只能在心裡默唸，孩子們自求多福吧。

男孩們垮了臉，但又充滿好奇心，一個個伸長頸項看，邊看邊背邊記，本就是學習的好年紀，學的時候又格外認真，再加上羅玨的恐嚇，學習效率非常驚人。

當太陽西沈，在雲海中消失了最後一絲光線，男孩們無一例外，全都背下來了，把營地的大人們驚得嘴巴都合不攏。

羅玨輕蔑一笑。這才到哪兒啊？人啊，都是比較著活的，這些男孩們如果沒有育幼堂的經歷，沒見過那片格外茂盛的林地，學這些肯定會叫苦不迭。

事實上，每天充實的日子，他們樂此不疲，因為有價值的人才能生存得更久。

時光匆匆。之前鄔桑在軍營中召集了泥瓦匠、木匠們，以及成車成堆的木料，終於抵達清遠。

對於經歷過冰雹、疫病和大火的清遠來說，尤其是對縣令莫石堅和疲於奔命的工匠們來說，無異於久旱逢甘霖，百姓們更是喜出望外，紛紛感謝鄔桑的仁心善舉。

鄔桑召集的人手都是軍士，出發前立了軍令狀，分工明確、配合默契，運進城的木料也都是紮紮實實的好料，再加上清遠百姓自發地配合，清遠縣城的房舍幾乎一天一個樣。

百姓們的房屋修葺完畢，鄔桑又命人重修被焚毀的清遠縣衙，把修葺了一小半的秋草巷拋到腦後。

莫石堅幾次三番地要拜見鄔桑，都被鄔桑毫不留情地拒絕了，只能在書房裡默默感動。

然而，清遠縣衙開始重建的第四日，欽差大臣的車馬突然到了東城門外。

莫石堅趕緊召集差役，以最快的速度出城迎接。和他預想的不同，欽差大臣不是司馬玉川，而是全然陌生的年輕面孔，姓孔名坤，新科狀元郎。不僅如此，孔欽差帶的人馬，也是莫石堅完全不認識的，這與以往新舊參半的欽差巡視隊伍截然不同。

莫石堅心裡七上八下的，按照慣例，如果欽差是經驗豐富的大臣，就會增派一些官場新人；如果欽差是新科狀元郎，那麼隨行的必定有官聲不錯的老臣同行。更重要的是，欽差是狀元郎的，自大鄴建成以來，也沒有幾次。

而眼前這從欽差到隨行全是官場新人的隊伍，更是讓人摸不著頭腦。新人意味著什麼？意味著缺乏經驗，容易被矇騙，行事更容易魯莽。

像要應證莫石堅的惴惴不安，孔欽差沒有喊「免禮」，而是坐在馬上大聲斥責。「大膽莫石堅，竟敢抓扣靖安縣令溫錚和差役，導致靖安縣群龍無首，先冰雹、後疫病，百姓們苦不堪言！更喪心病狂的是，你還膽大包天、以下犯上，抓捕巴嶺郡太守溫敬和隨從，你眼中還有王法嗎？還有國都城的陛下嗎？來人！將清遠縣令莫石堅罷官免職，押入囚車！」

莫石堅簡直不敢相信，這還是司馬玉川留在錦囊裡的好消息嗎？這位欽差大人是怎麼回事，不問青紅皂白就抓人嗎？

雷捕頭一下抽出佩刀，護在莫石堅身前。「欽差大人，您就這樣不分是非曲直抓人的嗎？」

清遠的其他差役們紛紛抽出佩刀，又攔到了雷捕頭前面，以一個半圓形狀護住他們。

而孔欽差的隨行護衛，以更多的數量，將清遠差役們團團圍住。

雷捕頭一聲呼哨，差役們立刻由半圓變成小圓形防護，每個人眼中有慌亂，但更多的是篤定和沈著。

「莫石堅，你竟敢違背欽差之命，罪加一等！」孔坤自國都城出發，一路行來，各地官員們無不精心侍奉、全力護送，清遠這窮鄉僻壤的地方，區區縣令竟敢拒捕?!

正在這時，遠道採買米麵糧鋪的掌櫃們帶著夥計們，以及一輛又一輛的糧車，風塵僕僕地趕回清遠，還沒進城，竟然看到莫縣令被圍捕，個個都呆住了。

米鋪掌櫃悄悄吩咐長工。「快，進城去給胡郎中報信，莫大人要被抓走了！」

長工一路瘋跑進城。

自古，窮山惡水出刁民，清遠百姓一次一次被欺負，血性早被激了出來。

掌櫃又扭頭吩咐。「抄傢伙！」

一大群人手持木棍、犁耙子和磚石、土塊，立刻將欽差隨行們圍了起來，米鋪掌櫃高聲問道：「你們是誰？憑什麼抓莫大人？」

「我們難得遇上莫大人這麼好的父母官，放開他！」

「對，我們清遠的差役們也是頂頂好的！冰雹的時候救人，瘟疫後救災，憑什麼抓他們？」

「朗朗乾坤，還有公道可說嗎？」

很快，城中聽到消息的百姓們都拿著自家的掃帚、燒火棍衝出來，圍了一圈又一圈，人潮洶湧，質問聲震天。

「放了莫大人！放了差役們！」

「朗郎乾坤，公道自在人心！」

孔坤的臉都白了。欽差隊伍的隨行們也怔住了。

這是怎麼回事？小小一個清遠，百姓竟敢對抗欽差大臣？這真是第一次遇到！

莫石堅的眼圈都紅了，在審理妖邪案時，就做好了捅馬蜂窩會被清算的準備，但真到了這一天，只有滿心的憤怒和不甘，但他先是沒想到差役們會護著自己。

而到現在，莫石堅和差役們都沒想到，百姓們會護著自己，還敢與欽差對峙?!

一聲聲「公道自在人心」，聽得他們想哭，原來他們的心意和努力，百姓們都看在眼裡、記在心裡，不僅記得，還願意豁出性命保護。

孔坤和隨行們，望著越聚越多的百姓，越來越高的憤怒吶喊，一時間有些不知所措，強行抓走莫石堅，只怕百姓們會因此受傷；可是不抓，欽差巡視的顏面何在？

偏偏正在這時，一個土塊不偏不倚地砸在了孔坤的衣襟上，土塊不大，響動卻很驚人。

一時間，所有的呼喊都停住了，百姓們的視線落在一個小女孩的身上。

「蓉兒！」莫夫人簡直不敢相信，她聽到夫君被抓的消息，立刻走出縣衙，沒想到蓉兒也跟出來，更沒想到的是，這孩子竟然撿土塊砸欽差？老天爺啊，她該如何保護蓉兒?!

「莫夫人，他不分青紅皂白就抓莫大人，他是大壞蛋！」蓉兒雖然理直氣壯，但嗓音稚嫩，聽起來卻有意想不到的效果。

果然，孔坤再生氣，也只能撣去衣襟的塵土，眾目睽睽之下，他絕對不能和一個小女童置氣，這有損欽差體恤百姓、豁達的氣質，喝退左右隨從。「童言無忌，小小女童而已，無礙無妨，都退下。」

莫夫人立刻抱緊蓉兒。「妳這孩子……」

被蓉兒這一攪和，四周安靜極了。

孔坤帶的隨從再強悍，也不可能對著百姓動手，可今日若抓不到莫石堅，欽差巡視的威名就掃了地，這可如何是好？

胡郎中坐著柴謹駕的牛車匆匆趕來，擠進對峙的人群，恭恭敬敬地行禮。「欽差大人，草民乃是清遠縣城的郎中姓胡名敬中，也算清遠的鄉紳之一。大人長途跋涉，勞頓辛苦，還請進城歇下。」

孔坤這才覺得蕩然無存的顏面撿回三分，勉強和顏悅色。「這位老人家知書達禮，舉止文雅，想來在清遠也說得上話。你去勸說百姓們，違抗欽差是何等大罪？」

胡郎中立時開口。「鄉親們都放下手裡的什物，跟隨老夫請欽差大人進城。」

百姓們卻不依，紛紛開口。「胡郎中，我們散了，他們就把莫大人抓走了！」

「就是，如果剛才不是我們圍在這裡，莫大人就被押進囚車了！」

「不放！不能讓他們抓走莫大人！不行！」

孔坤的面子快掛不住了，卻只能耐著性子等胡郎中解圍。

胡郎中思索片刻，再次向孔坤躬身行禮。「大人，這樣僵持下去不是辦法，不如雙方各退一步，大家都收手，等大人進城後再著手調查。若大人擔心縣令和差役逃跑，進城後封鎖城門便是。」

孔坤面色微緩，但仍不動作，胡郎中再勸。「陛下愛民如子，想來欽差大人也能體恤民間疾苦，行事也必定按照大鄴律令為準則。只是，莫大人和差役們與民同苦，百姓們感激在心。欽差大人忽然要抓人，百姓們不明就裡自然蜂湧而至。若莫大人與差役們真的觸犯律令，大人公之於眾，百姓們自然心服口服。」

孔坤與自己的師爺交換眼色，抓不走必然顏面掃地，既然如此便就坡下驢，入城以後公審，讓這些愚民們知道清楚，確實是不二選的好法子。

孔坤整理衣襟、官帶，高聲說道：「收起來，進城！」

欽差隨從們立刻收了兵器，百姓們見此也放下了雜七雜八的傢伙，同時不忘記護在莫石堅和差役們周圍。

胡郎中躬身行禮，高聲道：「請欽差大人進清遠！」

莫石堅和差役們齊聲躬迎。「請欽差大人進清遠！」

百姓們瞬間分列兩邊，也躬身迎接欽差入城。

莫石堅和雷捕頭在前面帶路，莫夫人抱著蓉兒緊緊跟隨，孔坤浩浩蕩蕩的車隊進入清遠城，百姓們簇擁在兩旁、跟在後面，聲勢浩蕩。

進城以後，孔坤和隨從們的眼睛就沒閒著，見到了進入巴嶺郡地界以後，最完整的民舍房屋，最乾淨整潔的街市，最井然有序的集市。

直到莫石堅停在翻建了一半的縣衙前面，孔坤一行人都怔住了，這分明是焚燒過後的縣衙！

孔坤立刻質問。「莫石堅，縣衙乃律法莊嚴之地，怎麼能因看護不當而走水？」

莫石堅苦笑。「回大人，縣衙並非看護不當而走水，而是有人蓄意縱火焚燒縣衙，若不是當年清遠匪患嚴重，縣衙造成鏡宮樣式，下官一家和差役們就燒成焦炭了。」

孔坤和隨從們瞠目結舌。哪來的狂徒竟敢縱火謀害縣令和差役？

莫石堅從剛才的激烈衝突中緩過來，恢復了從容與沈著。「大人，您未進清遠就要抓下官，想來是先經過了巴嶺城和靖安縣，最後才抵達清遠，是嗎？」

孔坤一怔，確實如此。

「下官斗膽請問大人，從靖安趕到清遠，您用了多長時間？」

「三日。」

莫石堅繼續。「您聽說靖安縣令和差役們被抓，擔憂靖安百姓們失去主心骨兒，定然趕路甚急，饒是如此，也用了三日才到達。」

孔坤清了清嗓子。「那是自然。」

「那日深夜大火驟起，風借火勢，水龍隊和百姓們盡力救火，縣衙還是被燒得乾淨。下官和屬下躲入地下，因為濃煙嗆人，沒有能及時出去。可靖安縣令溫錚一早就帶著差役們進城，宣布就此接管清遠。」

孔坤瞬間握緊雙拳，盯著莫石堅。

莫石堅坦然迎上孔坤視線。「大人，那夜大火驚起了全城百姓，他們以為下官等人葬身火海，跪在縣衙廢墟旁哭泣，您派人一問便知。」

孔坤的隨從們立刻散開，隨便找人詢問，得到的答覆都一樣。

莫石堅行禮。「大人，請隨下官進入地下，下官有冤情要申訴。」

孔坤內心山呼海嘯，他離開國都城時就熱血澎湃地要為民申冤，可惜一路過來，沒半個人影攔路喊冤，屬實遺憾得很，萬萬沒想到，在清遠竟然遇到縣令要申冤？這樣平靜安寧的小縣城，暗藏著何等冤屈，竟然要由縣令來申訴?!

不再多想，孔坤命人圍住縣衙入口，另帶隨從跟著莫石堅進入地下，徑直走進書房。

莫石堅在前面帶路，忽然有些明白司馬玉川的意圖。沒錯，年輕確實缺乏經驗，也確實容易被騙，但年輕也意味還有血性、有衝勁。聽到冤情就不疑有他，屬實太年輕了，連戒備之心都丟了。

書房裡，莫石堅請孔坤上座，師爺沏了茶，繼續方才的話題。「大人，靖安縣令溫錚與差役們，現在就關押在大牢裡，您也可以派人去質詢。因為是同級官僚，下官權限微薄，不敢用刑。」

第八十二章

孔坤深吸一口氣，環視極簡又樸素的書房，連屏風都是極普通的棗木，這是他出巡以來見過的最貧窮的書房了。

但是這書房收拾得乾淨，置物整齊，大約是常年不見陽光，仍有隱約的潮濕和陳腐氣息，更重要的是，在書房沏茶的竟然是師爺，連女婢都沒有。茶葉也是極普通，甚至有些寒酸。這莫石堅若不是偽裝得太好，就是真的清廉。

偏偏就在這時，莫石堅忽然跪下，雷捕頭也跟著跪下。

孔坤又是一怔，手指緊握扶手，望著燭火搖曳下晦暗不明的臉龐。「莫石堅，你這是為何？」

莫石堅神情悲戚而壓抑。「請大人替清遠縣捕頭雷鳴主持公道，雷捕頭，你把箭傷給大人看！」

雷捕頭脫了上衣，露出肩頸部位凹陷明顯的箭疤，箭疤周圍還有細小的青色血管，像隻毒蟲深深地咬進結實肌理，格外觸目驚心。

莫石堅又補充。「大人，雷捕頭為了保護育幼堂的一名孤女，中了毒箭，若非處理得當、並及時救治，此刻已是土下之人。」

孔坤被猙獰的箭疤嚇得不輕，急忙問：「哪個亡命之徒下此毒手?!」

雷捕頭正色道：「靖安縣捕頭，他們用的箭囊、劫走孤女的大馬車，都在地庫裡，大人一查便知。」

孔坤瞳孔劇震，呼吸急促，卻沒有言語。

雷捕頭有些艱難地把衣服拉好，傷確實好了，但是箭疤太大，胳膊上舉的動作很僵硬。

莫石堅一哂，這位欽差大人怕是第一次聽說這樣窮凶極惡的事情，明顯是被嚇到了，但這遠遠不夠，又補充道：「大人，不知您在靖安和巴嶺郡聽了什麼說辭，口說無憑，清遠的一切卻都有實證。」

孔坤力持鎮定，放在衣袖裡的手指輕微顫抖，強作鎮定。「實證在何處？」

莫石堅吩咐道：「師爺，將此前整理好的育幼堂卷宗，全都送到書房來。」

孔坤濃眉緊鎖，各地都有育幼堂，他巡視以來看了無數，清遠的育幼堂有何不同？

師爺和王差役搬來了兩個做工極好的樟木箱子，打開箱子以後，卷宗都隱約帶有樟木的清香味。

孔坤有些困惑，樟木箱都是家用存放衣物的，怎麼拿來裝卷宗？

莫石堅有些不好意思。「大人莫怪，這是內子的陪嫁，因為怕卷宗遭蟲蛀，所以存放在這裡。」

孔坤按卷宗上面的編號，看了一本又一本，卷宗很完整，把鄉紳富戶們利用育幼堂帳目造假、洗錢、篩選貌美少年、少女等等事情都說得很清楚，看完以後坐在椅子上沈默了，眼神都有些空洞。

莫石堅不動聲色，凡是看過這些卷宗的，基本都是這種反應，自己也經歷過，這種時候什麼都不用說，只能靠自己緩過來。

好半晌，孔坤仍然存著一點幻想。「莫大人，卷宗上說，那些生病、相貌尋常的孤兒們都死了，可有實證？」

莫石堅問道：「大人，請問您此行帶仵作了嗎？」

孔坤點頭。

莫石堅深吸一口氣，每個字都是咬著後槽牙擠出來的。「大人，清遠育幼堂在城南，因為冰雹坍毀，原址在山腳下，偏西南有一處林地，樹木長得格外茂盛，您可以帶人去挖開，一看便知。大人，那處林地的年頭遠長於下官在清遠的時間。」

莫石堅不動聲色地觀察著孔坤的細微表情，如果他膽小怕事，就不可能去挖那片林地，如果敢去挖，就有更多驚悚的事情等著他，甚至可能危及性命。

燭光搖曳，書房裡安靜極了，沒人說話，似乎連呼吸都停了，靜到每個坐著的人都像寺廟裡的佛像。莫石堅卻難得輕鬆，之前只有自己的腦袋繫在褲帶上，現在能把欽差大人一起拽上，他內心莫名雀躍。

許久，孔坤開口，一樣的咬牙切齒。「莫石堅，帶路！」

「是，大人！」莫石堅立刻應下，又吩咐。「雷捕頭，把育幼堂原管事夏氏，從大牢提出來，一起去。」

「是！」

城南，坍塌的育幼堂像個破爛的方形大花盆，只能隱約看出原有的模樣。沿途樹林茂盛，陽光極好，不知是不是心裡原因，同坐馬車的孔坤和他的師爺，看到那片格外茂盛的林地，卻覺得寒意陣陣。

囚車裡，許久未見光的夏氏被蒙住眼睛，直到林地前才被解開，好不容易適應了光線，下一秒，她就面如土色，渾身篩糠似的發抖。「為什麼到這裡來？放我走！」

為了避嫌，莫石堅和雷捕頭以及其他差役，都只站在外圍，為了避免引發農田裡百姓的恐慌，還用成疋的粗布纏在外面的樹幹上，阻隔視線。

粗布一圍擋完成，孔坤一聲令下。「開挖！」

六人分布各處，同時開挖，一時間土塵揚灑。隨行仵作蒙面，在各處走動。

夏氏站在裡面，看到這樣的情形，嚇得要撞開粗布逃跑，被侍從們牢牢摁住。

兩刻鐘後，有人稟報。「孔大人，挖到了！」

前後不到五分鐘，其他人也稟報。「孔大人，挖到了！」

腐臭的味道迅速瀰漫開來，熏得每個人都乾嘔連連，一具又一具小小的骨骸被抬到一邊，蒙面的仵作邊檢查、邊稟報。

「孔大人，此名孩童，女性，喉骨碎裂而死。」

「孔大人，此名孩童，男性，顱骨破裂而死。」

「此名孩童，全身十一處骨折，大出血而死。」

一刻鐘不到，孔坤和他的師爺先後去吐了，開挖的人也吐了。

直到傍晚時分，挖掘工程才算停止，有眼睛的人都能看出來，這片林地被分成兩部分，一部分埋的都是生病或者沒有生病的孩童，死因基本都是活埋；另一部分都是十一、二歲左右的孩童，死因都是虐殺。

清點結束，共有兩百三十五具屍體。

山風呼嘯，大樹搖擺，枝葉摩擦出高低不同的聲音，在林地裡的夏氏快要瘋了，孔坤等人的眼睛都布滿血絲；林地外的莫石堅和差役們都面無表情，身心疲憊。人性的貪婪、虐殺，種種惡意，都在這些屍體上顯露無疑，令在場所有人都覺得窒息而壓抑。

孔坤走出林地時，莫石堅立刻迎上前，兩人相視無語。

莫石堅率差役們跪下，說道：「大人，他們雖是孤兒，卻也曾是父母的心頭肉，他們在這裡沒人知道，也沒人會因為他們失蹤而尋找，更不會有人替他們敲響縣衙門口的大鼓。若我們不能替他們找回公道，試問等我們死去時，如何面對九泉之下的累累冤魂？請大人為民作主！為民除惡！請大人守護仍然活著的育幼堂孤兒們！」

孔坤覺得渾身發冷，同時又熱血沸騰，彷彿再按捺下去身體就會爆裂開來。

山風陣陣呼嘯，像冤魂悲泣；夕陽如血，染紅天空。

半晌，孔坤才從驚濤駭浪般的情緒裡緩過來，無論是自己的隨從，還是保持著端正跪姿的莫石堅和差役們，每雙眼睛都飽含憤怒與期許。

「莫石堅，如果本官不允呢？」

莫石堅毫不猶豫。「下官自當帶人證去國都城擊登聞鼓！」

「記得你說的！」孔坤拂袖而去，隨從們立刻跟上。

莫石堅起身。「大人，縣衙太小無法招呼周全，請大人隨下官去綠柳居歇下，那是清遠縣吃住最好的地方。」

孔坤腳步不停，一刻都待不下去，但急走幾步又回轉，望著扎眼的一處處坑洞，不得不垂下眼簾。「這些如何處置？」

莫石堅早就想好了。「啟稟大人，下官會命人好生掩埋，待到中元節，好好做幾場法事，超度亡靈。」

「准了！」孔坤大步離開。

莫石堅下令。「點起火把，連夜安葬。」

「是！」雷捕頭帶著差役們在口鼻處蒙上布巾，點了火把，按清遠的風俗，重新掩埋。

綠柳居的後廚裝修完工，今日剛清掃完畢，花落惦記大夥兒的忙碌，打算休息三日後再重新開業，所以讓胖大廚用牛車把梅妍連同輪椅一起帶來，看看還有沒有什麼疏漏之處。

秀兒推著梅妍在綠柳居前前後後地轉悠，在後廚待了不少時間，花落和胖大廚跟了一路。

花落很是心急。「怎麼樣？還有沒有需要改進的地方？」

梅妍搖頭。「我是挑不出毛病了，要不，妳再找其他人瞧瞧？」

花落笑著戳了梅妍一下。「妳都瞧不出來，我還能找誰？」

正在這時，綠柳居的大門被敲響了，大夥兒都愣住了。

夥計跑去開門，嚇了一大跳。「莫大人？」

花落趕緊迎出去，有一瞬間懷疑是不是眼睛出了問題。「見過莫大人。」

莫石堅開門見山。「縣衙太小，欽差大人一行三十六人暫住綠柳居，花銷從公中支給妳。」

花落簡直不敢相信。「莫大人，我們三日後才能開張，庫房裡什麼食材都沒有。」

莫石堅臉色一冷。「無論如何，今晚必須開！」

花落後背汗濕了。「莫大人，三十六人呢！集市都關了，您讓民女去哪兒採買食材？」

莫石堅冷了臉。「米沒有嗎？」

「只有米麵！其他食材最快也要等到明日早集！」

正在這時，秀兒推著梅妍正打算回家，毫無預兆地被莫石堅和花落盯上了。

梅妍被他倆盯得渾身發毛。「見過莫大人，花姊姊，那啥，我不能吃的……」

花落搶先開口。「梅郎中，快想想法子，莫大人讓我準備三十六人的晚飯，庫房都空了，集市也關了，這不是強人所難嗎？還是招待欽差大人，上好的吃食既講究、又費時，我又不是神仙，唸個咒就能有滿桌子菜。」

欽差大人稍有不順心，綠柳居就死定了！

梅妍還沒到莫石堅身旁，就捂住口鼻。「莫大人，您去哪兒了？」

「今日我帶人去把那片林地挖了，這味道沒有十天半個月根本散不掉。」莫石堅到現在鼻子裡還全是腐屍味。「欽差大人也去了，他應允本官會為民作主，那不更應該好好招待嗎？」

花落一聽「好好招待」幾近暴走。「庫房裡連肉丁都沒有，怎麼招待？三十六個人呢，不是三個人啊！」

平日裡什麼都能做、什麼都會做的胖大廚，躲在布簾子後面裝鵪鶉，生怕被人發現。

「是那裡？」梅妍猛地想到那片林地是什麼地方。「你們真的去挖了?!」

莫石堅長嘆一口氣，點了點頭。

這位欽差大人有希望把妖邪案、育幼堂的案子翻個底朝天吧？莫石堅真夠有辦法的！

這時，梅妍腦海裡電光石火般閃過一個念頭。「莫大人，您想吃燒鵝、滷肉、醬雞嗎？」

莫石堅幾乎條件反射般點頭，又忽然像受了什麼刺激似地猛搖頭。「不吃！」他這輩子都吃不下肉了。

梅妍按捺住激動的心情，調皮地眨了眨眼睛。「您都吃不下，欽差大人和隨從們當然也吃不下，今晚吃清粥小菜最合適。蔬菜嘛，地裡有得是，隨便找一家農戶就行；獵戶家有山裡的菌菇乾子，摻在一起，米菜對半，熬煮三大鍋，多放薑絲，清爽養胃，還祛寒，關鍵是純素的。再找胡郎中要可以去味的中草藥，讓後廚多燒熱水備好藥浴湯，另備些好茶和茶具，這樣就能混過今晚，隔日一早集市就開啦！是不是？」

「好主意！」莫石堅激動不已。「秀兒，去醫館走一趟。」

「是，莫大人！」秀兒一路小跑著去醫館，很快就取了六包草藥回來。

花落這才放下心來，轉身變臉。「胖大廚，趕緊滾出來，去農戶家和獵戶家，多買蔬菜和菌菇乾子。」

「是！」胖大廚衝出簾子出門去了，他上次替半個城配補液鹽，和家家戶戶都熟得很，兩刻鐘以後就提著兩大筐蔬菜和菌菇乾子回到綠柳居。

後廚的夥計們卯足了勁燒柴，準備好一鍋又一鍋放著中草藥的熱水；管理客房的夥計們忙得腳不點地，有三十六個人呢。

花落取出了庫房裡最好的茶葉，又拿出珍藏的茶具，至此一切準備就緒，隨即又囑咐大夥兒，不要緊張，做好分內的事情就行，其他的自然是掌櫃的事情。

見自家掌櫃如此淡定，第一次招待欽差的夥計們就不慌了，畢竟他們平日的訓練也是很嚴苛的。

莫石堅帶著孔坤一行抵達綠柳居時，先是因大堂裡極淡雅的草藥味而精神一振，進入客房面對乾淨整潔的鋪設感到安心，泡完藥浴以後，充斥鼻翼的腐屍味也淡去許多。

孔坤覺得被震驚了一整天、心力憔悴的神魂，總算回到身體裡，整個人活過來了一半。

就在這時，莫石堅端著一碗吃食進來。

在林地裡吐到膽汁都出來的孔坤，立刻捂住口鼻，連連擺手。「不吃，拿走！」

莫石堅笑了。「大人，只是素粥，一點葷腥都沒有，極清淡的。」

孔坤望著端來的素粥，雪白的開花米粒，翠綠的蔬菜末，棕色的菌菇細絲，盛裝在素色小碗裡，淡淡的米油味撲鼻而來，飽受折磨的腸胃發出了最強烈的吶喊。「好香。」

「您嚐一口？不適口的話，下官再著人重做。」

說是這樣說，莫石堅心慌得厲害，萬一不合胃口，還能做什麼吃食來代替？

孔坤拿著湯匙舀了一小口，放進嘴裡，溫熱軟糯，清鮮的滋味盈滿味蕾，情不自禁地嚥下去，只覺得吐到虛空要飄走的身體又回到地面了。

一小碗粥，眨眼間喝得乾乾淨淨。

孔坤伸手。「再來一碗，哦，不，兩碗！」

三碗下肚，孔坤滿血復活，兩眼發光地看著莫石堅。「還有嗎？」

莫石堅趕緊勸說。「大人，今兒個腸胃受了大罪，三碗已經很多了，再吃只怕會脹得難受。今晚先好好休息，您若喜歡，明早再吃便是。」

孔坤點頭。「有勞莫大人。」

莫石堅連稱不敢當，寒暄幾句，就離開客房，走到大堂。

花落起初操心食材，現下晚飯已經混過去了，可是明天呢？明天要準備什麼菜式，購買什麼食材？見莫石堅下樓，趕緊攔住他。「莫大人，明日怎麼辦？」

莫石堅完全不理睬。「粥還有嗎？給本官來三碗！」等粥呈上，立刻大吃起來。

花落望著莫石堅猛喝粥的樣子，忽然有些感動，達官顯貴見得多了，貪官污吏更不鮮見，大口喝粥還能喝得香甜的縣令大人，實在少見。

莫石堅三碗打底，也不敢再喝了，拿出帕子拭嘴。「欽差大人一路過來，什麼山珍海味沒吃過？我們就算窮盡所有，也沒法比。不如就選綠柳居的招牌菜，有清遠特色的，挑清淡可口的，梅子湯、綠豆湯什麼的，還有，綠柳居的麵果也是一絕，可以多做一些。」

聽完這些，花落心裡有了底，知道明日該準備什麼樣的菜色，大概什麼價位，心中又一塊大石落地。

這時，負責客房的夥計們也紛紛下樓，向花落稟報。「掌櫃，客官們對菜粥很滿意，都說明早還吃這些。」

沒想到，欽差大人和隨從們，並不仗勢欺人，還都挺和善。這樣一來，夥計們徹底不慌了，明兒怎麼做，心裡都有了底。凡事只要心中有底，做起來就得心應手。

胖大廚聽到夥計們和花落的傳話，立刻開始和麵準備做麵果，今晚是別想睡了，但在嶄新又舒適的後廚裡，忙活起來就更歡了。

緩過神來的莫石堅，轉頭就問：「梅郎中呢？回家了嗎？」

被花落摁在大堂櫃檯後面的梅妍，委屈兮兮地伸長頸項。「莫大人，民女在。」

「妳躲著做什麼？」莫石堅不明白。

「梅郎中倒是想走，偏被民女困住了。」花落拿著帕子捂嘴笑。「畢竟是綠柳居的合夥人，哪有大事臨頭，一走了之的？」

「啊？我是合夥人？」梅妍一臉迷茫。「我怎麼不知道？」

第八十三章

莫石堅也怔住。「什麼時候的事？」

花落率性得很。「今日的事，等著，我來寫合作文書。」說著，拿起毛筆一揮而就，蓋上自己的私章，將文書遞給梅妍。

梅妍拒絕地乾脆。「花姊姊，誰的錢都不是大風颳來的，妳許諾讓我在綠柳居永久免費吃喝，就已經非常破費了；現在還讓刀廚娘照顧著小屋的一日三餐，還定期送吃食，我到現在一文錢都沒給。這份合作文書太貴重，我不簽。」

花落也不生氣，和顏悅色地勸。「妳救了刀廚娘，前些日子又救了胖大廚，綠柳居的兩個活招牌，缺一不可，妳也是分文未收，這可怎麼算？還有今晚，如果不是妳急中生智，綠柳居就禍事臨門了！胖大廚減重的時間很長，按診費、藥費算也是不小的數目，妳收我們一文錢了嗎？對，我是允了妳永久免費吃喝，那妳倒是來啊，妳一次都沒來過！」

梅妍這才知道，自己的口才對上花落，完全沒有勝算。

莫石堅笑了。「行，這份合作文書本官作為見證，收下了。花掌櫃，年底記得給梅郎中分紅，她家人口多，睜眼就要花銷的。還有，這是縣衙的診費，以後不允許把本官的妻子當外人！」

說完，莫石堅硬塞給了梅妍一兩銀子。

梅妍眨眨眼睛，今天是什麼黃道吉日？竟遇上天降銀子這樣的好事！

莫石堅長嘆一口氣。「梅郎中，本官的妻子想收妳為義妹，妳下次見到她，一定要稱她為阿姊。」

梅妍更傻眼了。哪有這樣強行認義妹的？

莫石堅用壯士斷腕的語氣。「若本官有個三長兩短，會使計讓她隱姓埋名留在清遠，到時妳好好照顧她。」說完，轉身就走。

梅妍徹底石化，回過神來，大聲說道：「夫妻本該相互扶持，相知相守，您隨便把她交付給我，您有沒有問過她的想法?!」

莫石堅沒有回頭，只是揮了揮手，就坐上馬車離開了。

梅妍沈默許久，自認是個財迷，但天降錢財的喜悅，遠遠比不過莫石堅為民請命所冒的危險，如今她只希望住在綠柳居的欽差大人是個足智多謀且有擔當的好官！

第二天一早，孔坤走出客房，左右一看，師爺和隨行都起了，看大家的臉色都恢復得不錯，這才略略放下心。一行人下樓到了大堂，見莫石堅已經帶人等候了，雙方寒暄一番，各自落坐。

早飯除了新鮮的茶湯，鮮香軟糯的菜粥，還有好幾屜小蘋果，個子小巧、顏色粉紅很是討喜，吃到嘴裡才知道是麵果。

一頓早飯吃完，孔坤精神抖擻。「莫大人，其他實證在哪兒？」

莫石堅喜歡孔坤的爽快和行事效率，立刻應下。「請大人隨下官進縣衙。」出門時，夥計們已經給馬兒餵飽精草料，一切都準備得十分妥貼。孔坤看在眼裡，知道在清遠這樣的小地方，能做到如此，實在不容易。

從綠柳居到縣衙的一路上，孔坤和師爺已經對實證有了十足的心理準備，畢竟昨日的實證那般慘烈而刻骨，但到了縣衙地下，親眼見到時，還是一陣陣地錯愕。

赫赫有名的暗殺用箭毒，太守隨行的大馬車及劫走秀兒的大馬車上，那閃著銀色光輝的鮫鍊，以及昨日嚇得半瘋、一個勁兒地吐實話的夏氏，大牢裡的靖安縣令和巴嶺郡太守……徹底粉碎了孔坤的信念。

他像個興之所至出遊的人，好山好水好風情地走著，忽然就到了世間最險惡的地方，四周全是荊棘帶毒，放眼望去盡是濃重黑暗，下一秒就可能性命不保。

莫石堅望著靜坐書房的孔坤，忽然生出同病相憐的感覺。沒錯，先是妖邪案，然後是育幼堂的案子，他總覺得不能是真的，偏偏真實得可怕，令人夜不能寐。

忽然，莫石堅生出一點其他的心思，取出巴嶺郡的輿圖。「大人，我們已經摸清了清遠育幼堂少年、少女送出的路徑，但因為職權所限，不知靖安和其他地方的育幼堂是否也是這樣。大人，您去過嗎？」

孔坤猛地回神。「此話怎講？」

莫石堅極為恭敬，說出來的話卻格外驚心。「巴嶺郡地界育幼堂的孩子，是否……都樣貌清秀、乖巧懂事？」

孔坤閉上眼睛回憶，不禁深呼吸一口氣。

莫石堅繼續補刀。「或者說，大人所到之處的育幼堂孩子，都這般模樣清秀、乖巧懂事？」

孔坤的身體控制不住地晃了一下，幸好師爺眼疾手快地扶住。

莫石堅笑了。「大人，您後悔嗎？」

偏偏正在這時，雷捕頭在書房外候著。

莫石堅眼角餘光瞥見。「何事？」

「溫敬在大牢裡以死相逼求見欽差大人。」雷捕頭面露難色。「大人放心，溫敬已經被嚴格控制，開庭前絕不會出事。」

莫石堅小心詢問。「大人，您看……」

孔坤之前進大牢巡視的時候，就覺得溫敬看自己的眼神有些奇怪，不是罪臣自知大限將至的驚懼眼神，也不是罪臣蓄意討好的諂媚，相反的很鎮定。

莫石堅也注意到了，溫敬盯著孔坤的眼神，令人說不出的詭異，雖然他已經下令把溫敬一干人等洗剝乾淨，確保他們無法傷人也沒法自殘自傷。但因為是手段非凡的溫敬，之前如果沒有鄔桑的追捕和梅妍的出奇制勝，莫石堅絕對沒有獲勝的可能，所以，他不得不承認，溫敬實在是可怕的對手。

現在，溫敬忽然要見孔坤，莫石堅心裡就有些發怵，希望孔坤不見才好。

然而，出人意料的是，孔坤一握雙拳。「見！」

雙方師爺都有些慌。

莫石堅的腦子以前所未有的速度動起來。「大人，稍等，讓下官準備一下，雷捕頭，去醫館請胡郎中來。」

「是。」雷捕頭應聲，立刻轉身離開。

「等一下。」莫石堅改了主意。「去把梅郎中推來。」

雷捕頭和師爺聽了都一怔。梅郎中腳傷未癒，就這樣推來，只怕鄔桑將軍會生氣吧？傻子都知道，鄔將軍面上不顯，對梅郎中看護得可緊了。

孔坤和自家師爺面面相覷。去見溫敬為何要請郎中來？還有，這位梅郎中有多厲害，還要人推來？

莫石堅並不知道鄔桑對梅妍情有獨鍾，見雷捕頭一動不動，立刻催促。「還愣著做什麼？」

「是。」雷捕頭猶豫三秒，還是拔腿出去了。

孔坤和師爺對這位梅郎中頗為好奇，但一時又弄不清莫石堅葫蘆裡賣的什麼藥，問吧，想來也是莫石堅的萬全之策。設想得如此周全，也是一番心意，就等著吧。

萬萬沒想到，當孔坤和師爺看到雷捕頭推進來的梅妍時，都不由得瞪大了眼睛。如此美貌的少女是郎中？如此年輕的女子能被莫石堅尊稱一聲梅郎中？

聽雷捕頭傳話就備齊了各種藥品的梅妍，先見到在書房外圍著的侍衛，還想著什麼樣的貴客會來清遠？再進到書房，見了身著官袍、配有魚袋的孔坤和氣勢不俗的師爺，更是一臉懵，但懵歸懵，禮儀不能少。

「見過莫大人，民女這樣無法行禮，實在抱歉。」

莫石堅清了清嗓子。「梅郎中，這位是欽差孔大人。」

梅妍還是初次遇到欽差大人，仍是欠身行禮。「孔大人，民女左腳帶傷，實在抱歉。」

「免禮。」孔坤待人素來大度。

「謝大人。」梅妍費力地將輪椅移到角落，準備當背景板，想了想還是要問。「不知莫大人傳民女前來……」

莫石堅倒也直接。「溫敬要見欽差大人，以防萬一。」

梅妍又傻眼了，內心滿是吐槽。溫敬見欽差大人要怎麼防？她又不能預知未來，還能怎麼防？

莫石堅又問：「梅郎中，以妳之見？」這種時候，保住欽差大人周全才最重要，面子這種東西又算得了什麼？畢竟，不恥下問還是美談呢！

梅妍想了想。「莫大人，溫敬在重囚單間？」
「是。」
「莫大人，上次暗算守牢差役的黑手抓到了嗎？」
「沒。」
梅妍沈默了一會兒。「大牢並不安全，不如把溫敬提到書房來，大人和師爺在書房待了許多日，這裡應該還算安全。」
孔坤和自家師爺不眨眼地望著梅妍，這談吐氣度，這見招拆招的敏捷思維，真是少見。
梅妍回答完畢，又覺得還要顧一下莫石堅的面子，再次行禮。「欽差大人有所不知，溫敬派人深夜在清遠縱火，趁亂擄走大牢內的一干要犯，包括育幼堂管事夏氏，此人沒有半分人性，什麼都做得出來，莫大人都是為了欽差大人的安全考量。」
孔坤再一次被震驚了，這溫敬是惡鬼轉世嗎？
梅妍從背包裡取出一些小東西，恭敬地遞過去。「地下部分，空氣不流通，以防萬一吧，見過以後就可以去掉。」
孔坤、師爺以及外面的侍衛們，聽了梅妍的解釋，毫不猶豫地接過小東西裝好。
片刻，戴著重枷、手銬和腳鐐，溫敬拖著沈重的腳步，走到書房外的小院子裡，還要往裡走的時候，被雷捕頭喝止。「站住！」

書房裡的人，除了莫石堅和師爺，其他人都沒見過溫敬，張眼望去，他身著囚衣、頭髮散亂都不顯得落魄畏縮，眼神彷彿是忍辱負重的清官。

梅妍被勒令靜養的時候，閒來無事也曾經想像過溫敬的樣子，真讓人跌破眼鏡。

更出人意料的是，溫敬的視線掠過所有人，卻帶著灼熱的恨意盯著梅妍，咬牙切齒地問：「妳就是穩婆梅氏？給我們下藥的是妳？」

梅妍自認到這兒就是當輔助的，沒想到溫敬一張嘴，就讓所有視線都集中在了自己身上，但欽差大人和一干人等都在的前提下，自己不能隨便回話，於是一言不發地繼續當背景板。

孔坤和師爺微皺眉頭，此前覺得莫石堅尊稱梅郎中還有些微詞，堂堂清遠父母官，對貌美少女如此倚仗，總覺得有些過分。但此前梅妍做的應對措施，既合理又方便，所以他倆照做，但對梅妍的疑惑半點未消。

可溫敬一番話出口，他倆簡直不敢相信，梅郎中竟然對溫敬一干人等下藥？

「為何不回答？」溫敬陡然提高嗓音。

梅妍極輕的「呿」了一聲，充滿不屑，卻足以讓所有人聽到。

溫敬滿臉正氣迅速崩塌，取而代之的是惱羞成怒，被蔑視的怒火中燒，盯著梅妍的眼神堪比凶獸。

雷捕頭搶先一步站到了梅妍身旁，他把她從梅家帶出來，當然要毫髮無傷地帶她回去。

莫石堅為官以來見過大小陣仗無數，溫敬的從容竟然被梅妍打破，倒是出人意料，打定主義要激怒他，開始冷嘲熱諷。「溫敬，你一朝被鷹啄了眼，氣急敗壞地像個幼童，真是什麼臉面都不要了。」

溫敬毫不掩飾對莫石堅的鄙夷。「想當初，你帶著師爺和禮物巴巴地在衙門口喝了一肚子西北風，連門都沒能進，想來當時氣得很。」

很明顯，這是當著欽差的面羞辱莫石堅。

莫石堅不動聲色地接招。「氣啊，當然氣啊！清遠縣令的俸銀才一點點，偏偏巴嶺郡衙門差役索要的紅包，比下官的俸銀還要多。這還要感謝溫太守，畢竟彼時和現在下官都阮囊羞澀，不然怎麼會知道，巴嶺郡衙門外的西北風都飄著肉香和好聞的脂粉味。」

梅妍忽然覺得莫石堅還挺幽默的，自嘲幾句，就把溫敬平日的作風揭了底，果然，孔坤一行人的臉色變了又變。

溫敬怎麼也沒想到，新官上任時吃足了下馬威、喝夠了西北風，還顯得木訥老實的莫石堅，竟然是這樣嘴尖舌巧，當年確實疏忽了。

莫石堅朗聲道：「見到欽差大人，既不行禮，也不下跪，此為不敬，按律當杖責十！」

莫石堅的差役們看向孔坤的隨從們，杖責溫太守這一事，誰做比較合適？

孔坤雖然年輕，到底是官宦世家出身的，自懂事以來就知道官場險惡，這次離開國都城，祖父與父親更是耳提面命了許多事情。溫敬如此囂張，自然是因為自恃有人撐腰，所以目中無人，只是對暗算自己的梅氏虎視眈眈，對莫石堅冷言冷語。

孔坤下令。「來人，還愣著做什麼？杖責十！」

欽差大人的隨從們雖然年輕，但都是術業專精的，立刻拖來凳子，將溫敬綁在上面，扒了衣褲就是十杖，聲聲脆響，杖杖到肉，溫敬的屁股立時血肉模糊。

詭異的事情就在眾人眼皮下發生了，溫敬彷彿不知道疼，神情如常，連汗都沒出一滴。

孔坤手下負責行刑的隨從嚇得臉色都變了，慌忙跪下。「大人，屬下與此人素昧平生，方才十板子打得結結實實，不敢有半點懈怠！」

溫敬哈哈大笑。「本官自有國師法力加持，憑汝等凡夫俗子，豈能傷我分毫？」

院子裡靜得可怕，連莫石堅和孔坤的臉色都變了。

國都城的護國寺內，有一護國法師，深得陛下信任，自登基以來，封賞給護國寺的良田超過萬畝，僧侶們的吃用穿度都非常奢侈。護國寺的香火非常旺盛，百姓們恭敬有加，定期去繳香油錢是生活的一部分。

梅妍立刻想到唐代的「迎佛骨」事件，如果院子裡的人都深信不疑，妖邪案也好，育幼堂的案子也好，那一疊又一疊的卷宗，多少人拚上性命、撒了熱血，一筆一畫寫就的也不過是廢紙一堆。如果真的與護國寺有關，就算欽差大臣在也是一尊擺設！

梅妍聞著地下的潮濕異味，內心一陣陣地泛起涼意，臉龐也變得木然，下意識看向莫石堅和孔坤，視線剛好與他們對上。

莫石堅和孔坤環顧四周時，人人皆慌張，唯獨梅妍異常平靜。

孔坤著實被梅妍的冷靜驚到了，在場所有人，坐在輪椅上、還帶著病容的她明明最柔弱，可偏偏最冷靜，反觀自己，一時間，青年熱血洶湧澎湃。

雷捕頭悄悄過去掂量了刑杖，用指節彈了一下，確認刑杖是好的，沒有被人調包，這是怎麼回事？

孔坤差隨行和仵作上去察看。仵作仔細檢查完，低聲向孔坤稟報，確實打在實處了。

孔坤瞇起眼睛，高聲囑咐。「來人！杖責加十！」

侍從們高高舉起刑杖，剛要落下。

梅妍立刻出聲阻止。「且慢！」她不想當出頭鳥，但事態緊急，不得不開口。

眾人視線再次集中到了梅妍身上。

兩位師爺不約而同出聲。「放肆！」敢打斷欽差大人執行懲罰，是何等大罪？

「孔大人。」莫石堅後背的冷汗密密一層，趕緊求情。「這梅氏乃山野村姑，不懂禮數，還望大人見諒。」

孔坤雖然年輕，但官威十足，若是平日肯定將梅妍拉出去杖責，但看在莫石堅的面子上，總算將面部表情控制得和顏悅色。「梅氏，妳說。」

梅妍再次躬身行禮，但坐在輪椅上行禮也有限。「溫敬被人下了藥，所以不知疼痛。下藥之人的目標很明確，一石二鳥。」

眾人神情微變。

「回孔大人的話，疼痛雖然難受，但卻是身體的自我保護。腿疼，我們就不能像平日那樣恣意奔跑，至少會去瞧一下郎中，喝藥靜養到不疼再活動；胃疼，自然會吃柔軟、易消化的食物，對吧？」

孔坤和莫石堅的臉色同時緩和，確實如此。

「如果痛感消失，那些實實在在的損傷還在，而我們並不知道，還像平時那樣毫無顧忌，傷病就會迅速惡化。如果旁人不知情，就會覺得那人一直都好好的，為何突然就離世了。」

孔坤的臉色一僵。

梅妍繼續解釋。「溫敬感覺不到疼痛，剛剛作為有豐富行刑經驗的二位大人，其實已經慌了；再打十板，必定會出比剛才更大的力氣，不然會被大家認為瀆職。雷捕頭已經檢查過了，這是重刑杖，若再打十杖，溫敬還沒招供就會死了，這樁案子也就到此為止。溫敬就是所有案子的元凶，而背後之人卻毫髮無傷，連壯士斷腕都算不上。」

第八十四章

孔坤身為欽差帶有密令，確實有先斬後奏的權力，但就像梅妍說的，溫敬死在現下，回去稟報述職時該如何說？

官場上的每個人都是多眼多心的怪物，平日無事都能生非，更別說若溫敬真被打死了，不用幾日，他就要接受吏部和刑部的調查。

冷靜下來，孔坤和莫石堅一陣後怕，看梅妍的眼神更加溫和。

自視甚高的溫敬當然聽不得這種話。

自己怎麼可能會被放棄？但梅妍這話字字誅心，戳得他心如刀割，憤懣難當之時只覺得喉頭一緊，體內血氣翻湧。

莫石堅向梅妍投以詢問的目光。

梅妍想了想。「各位大人，等溫敬恢復痛覺以後再審，民女不知道他喝了什麼藥，藥性如何，對身體又有什麼影響，是長期服用的，還是臨時吃的。若那藥性更歹毒些，只這十板子可能就沒命了。反正大牢裡還有許多要犯，問他們也一樣。」

很快，溫敬就被雷捕頭送回大牢，派人寸步不離地看著。

孔坤對梅妍刮目相看。她哪裡是多有得罪？簡直是天降貴人啊！

一行人回到書房，梅妍看著每個人都脹紅的臉龐，小心翼翼地問：「各位大人不嫌悶得慌嗎？趕緊把鼻塞去了吧。」

孔坤和莫石堅趕緊把鼻塞去掉，視線不由自主地看向梅妍。

去掉鼻塞的梅妍，皺著鼻子聞了又聞，忽然反應過來。「莫大人，保險起見，今日大牢裡的囚犯都要禁食、禁水，只怕再有變故。」

剛從大牢裡出來的雷捕頭，又轉頭回去，片刻後提溜著牢裡管飯食、平日兼做清掃雜役的老金頭，摁在書房外。老金頭剛要動嘴自盡，就被雷捕頭箝制住了雙側臉頰，讓他沒法閉嘴，直接從裡面掏了藥丸出來。

莫石堅再不敢相信也不得不信，潛在縣衙的奸細找到了！

清遠縣衙的差役們望著老金頭神情複雜。

梅妍卻長舒一口氣，幸好這奸細不是雷捕頭，不是師爺或者其他任何一名認識的差役。

莫石堅從震驚中回神。「來人，搜身！」

差役和侍衛立刻將老金頭圍住，孔坤一行人的注意力也都在審奸細的大事上。

任務完成的梅妍，用力推動大輪子想悄悄開溜，可偏偏卡在地下通道的出入口邊，試了幾次就明白，沒人幫忙是沒法離開的。

這時候，梅妍腦海裡閃過鄔桑將自己連輪椅抱進抱出的樣子，他身上有清爽的皂味，從第一次被抱時的驚慌，到現在的面不改色，雖然不想承認，但心裡清楚這是習慣了。

堂堂從二品的大將軍，一有時間就圍著區區女郎中轉，也不知道圖什麼？

梅妍心知原因，卻仍是自欺欺人地想著。突然，輪椅自己動了起來，她下意識地扭頭，吃驚極了。「將軍，您怎麼來了？」剛想到他，他竟然就出現了，讓她心跳瞬間有點快。

鄔桑將梅妍轉瞬即逝的笑顏小心收在心裡，將她推出去，又曬了會兒太陽，才連人帶輪椅搬到大馬車上。「走吧，都等妳回去吃飯呢。」

「多謝將軍。」梅妍笑得真誠。

在縣衙裡的莫夫人和蓉兒，聽說梅妍被請來了，本心心念念地要見一眼，好不容易等到書房事務告一段落，讓夏喜去請，沒想到等來的消息是梅妍已經離開了。

莫夫人和蓉兒失望極了，梅妍被救回來後她們想去瞧，最後被勸下了，不知詳情。現在又是非常時期，為了不橫生枝節，成為把柄，她們不好離開縣衙的地下。

莫夫人聽到夏喜說梅妍是坐輪椅來的，嚇得立刻追問。「她怎麼受傷的？傷得重不重？現在有沒有好一些？」

夏喜把打聽到的消息，一點不剩地轉告。「剛才纏著雷捕頭問的，梅郎中現在一日三頓湯藥，完全在家靜養，今日是被莫大人請來的，平時不出門。」

「這麼嚴重？」莫夫人一陣難過。

蓉兒含著兩泡眼淚。「莫夫人，蓉兒想回家看梅郎中，蓉兒想她了……」

莫夫人只能抱起蓉兒。「等事情過去了，我和妳一起出去，買很多好吃的帶給梅郎中怎麼樣？」

蓉兒立刻知道無法，只能癟著嘴點頭。

而莫石堅和孔坤審完老金頭還是不放心，又親自去大牢裡察看，見囚犯們都安然無恙，還是提心弔膽。

溫敬這樣狡猾的對手，在試圖保命的時刻，說自己與護國法師有聯繫，是虛晃一招，還是真有此事，這需要好好調查，而詳盡的調查需要大量時間。

這樣想著，孔坤根據夏氏的口供，派人去渡口暗訪，尋找類似的大馬車、育幼堂的孩子以及在渡口等著接人的畫舫數量和主家。

另外，莫石堅命雷捕頭率領差役們加強縣衙周圍的巡防，孔坤的侍從們也一起加入，大家都是吐過膽汁的交情，合作出人意料的順利。

好不容易有在書房喝茶的間隙，莫石堅和孔坤這時才發現梅妍不在，立刻找人來問，得到的回答讓他們下巴掉地。「什麼？鄔將軍把梅郎中接走了？」

「是，鄔將軍不准聲張。」

莫石堅一顆心都要蹦出嗓子眼了，竟然不知道鄔桑來過，既沒率人出迎，也沒有親自恭送，這是妥妥的大不敬！

孔坤一怔。「哪個鄔將軍？」清遠這種小地方，哪能出得了將軍這種大人物？

莫石堅整個人都不好了，仍然如實回稟。「驃騎大將軍鄔桑，一個月前回清遠養傷。」

孔坤想到國都城那一座座將軍府邸，再回憶起進清遠時，沒看到一座像樣的將軍府。「鄔將軍住哪兒？好像也沒見到在建的府邸。」

莫石堅老臉一紅。「不瞞大人，鄔將軍回來得突然，清遠窮，前段時間又遭了冰雹和疫病，他到現在還住在育幼堂附近的半山腰林地裡。就連清遠房舍重建的工匠和材料，都有七成是鄔將軍調來的，所以清遠百姓才能專心在農田上。」

孔坤結結實實地怔住，聽父親和祖父說，鄔桑是朝堂之上的異類，極少有本啟奏，下朝也是獨行，其他時間都泡在軍中，無欲無求得像個活死人，明明很年輕，卻見不到半點朝氣。

但在群臣之中，想巴結鄔桑的不在少數，畢竟是從二品的武官，樣貌又不錯，即使將眼線安插進軍中，也沒聽說他有什麼不良嗜好，是群臣心目中妥妥的金龜婿。

可惜，美人畫像堆滿屋，裝幀精美的拜帖堆成山，鄔桑都沒打開過，因此得罪了不少人。偏偏，當今聖下喜歡，還有什麼比不善鑽營、不與文臣結交的驃騎大將軍，更能讓聖心安寧的？所以，鄔桑至今還是光棍一條。

於是，流言紛紛，傳得最厲害的是，鄔桑因為受傷太多、太重，不能人事。

這世上沒有不透風的牆，流言在國都城繞了三匝，傳到了鄔桑的耳朵裡，總有膽大的、或者嫁女心切的老武將去試探。可鄔桑既不承認，也不否認，繼續提攜自家親兵，給他們都謀了武官職。然後，流言又換了一版，說鄔桑好男色。

想到這兒，孔坤也只能搖頭。都說長舌婦惹人煩，其實軍中長舌公們更加厲害，還特別不要臉，還有人信誓旦旦地說，鄔桑與赫赫有名的羅軍醫行止過密。

每次有越傳越烈的新流言，鄔桑就向陛下奏本要回家養傷，次數多了，陛下勃然大怒，敕令清查流言出處，嚴懲了一波人，流言因此戛然而止。這次陛下為了撫慰倍受委屈的鄔桑，就准了他回家養傷的奏本，第二日一大早，鄔桑就帶著親兵們離開國都城，頭也沒回。

說實在的，孔坤其實打心底佩服鄔桑，突然，他腦子裡竄出一個了不得的念頭，鄔桑方才親自來接梅郎中離開？堂堂從二品的大將軍，為了一名女郎中推輪椅？

正在這時，莫石堅遞出一疊紙。「孔大人，這是清遠今年的饑荒對策，只希望妖邪案與育幼堂的案子早日了結，讓巴嶺郡百姓們能抓緊時間囤糧過冬。」

孔坤望著紙上的炭筆字跡，簡直不敢相信，司馬玉川公子呈交的疫病治理方案，上面也是這樣的字跡，明顯是同一個人所寫。

「莫大人，這是誰寫的？」

莫石堅笑著回答。「不瞞孔大人，這是方才那梅郎中寫的。現下百姓們都在里長和村正的帶領下，上山打獵，下河捉魚，為冬季囤糧。」

孔坤被震麻了。司馬玉川回國都城時，剛好遇上城東發疫病，太醫院與惠民藥局雖勉力支撐，但架不住病人越來越多，大司馬便將這份疫病治理方案面呈陛下。

眼高於頂的太醫們和惠民藥局的郎中們，自然看不上窮鄉僻壤清遠名醫的法子，但因為大司馬家力薦，陛下因為疫病著急上火，太醫、郎中們還推三阻四，惹得龍顏大怒，這才得已推行下去。結果效果出人意料得好，花費的藥費、診費也不高；尤其是預防這一項，花銷實在低。

由此可見，梅郎中的醫術只怕不在太醫之下，她這樣年輕貌美，醫術怎會如此精湛?!

孔坤又想到鄔桑營中那名救人無數的軍醫，也年輕得很，既不願入惠民藥局，也不想進太醫院，說哪兒都可以治病救人，軍中更需要。陛下也只能作罷，畢竟人各有志，但也給了許多賞賜，還封了一等軍醫官。

可是，再年輕貌美、醫術精湛的女郎中，也不至於能讓鄔桑親自推輪椅啊！

孔坤一番琢磨後確定，鄔桑將軍喜歡梅郎中，不然還能有其他解釋嗎？

臨近傍晚時分，莫石堅接到雷捕頭的消息，全大牢的囚犯們上吐下瀉了大半個時辰，又自動痊癒，包括溫敬。

莫石堅立刻去了大牢，孔坤也要求同行，他倆親眼看到獄中的溫敬在藥效過了以後，疼得滿身冷汗，無法動彈的樣子。謝天謝地，謝各路神明，謝梅郎中，又順利渡過一劫。

另一邊，老金頭的審問還算順利，畢竟年紀大了，熬不住刑訊，承認收人錢財縱火燒縣衙、幫助劫獄等一系列大罪，但問到給溫敬和囚犯們下了什麼藥，堅定地說自己只是聽命行事，什麼不知道。

雷捕頭和差役們哪能這樣輕易放過，問到最後，不得不承認，老金頭確實不知道，線索到此又斷了。

莫石堅和孔坤兩人在書房商議，目前手中所有的證據都到溫敬為止，難題也擺到了面前，繼續查還是就此罷手？因為在渡口蹲守了整整一日的侍從們來報，江上畫舫消失已有一段時間，也就是說，繼續查的線索也斷了。

莫石堅與孔坤不放棄，兩人一個唱紅臉，一個唱白臉，與溫敬、溫錚等人多次較量，把他們審了個底朝天，最終也只能證實，他們是一群被棄的棋子。主人家會將棋子物盡其用，卻不會讓他們知道半點與自己相關的消息。

憤怒嗎？憤怒！認輸嗎？莫石堅認了。

孔坤卻表示，離開巴嶺郡的線索，他會一路追查下去，不死不休。

莫石堅不敢相信。「孔大人，您真會這麼做？為什麼？」

孔坤收斂笑容。「莫大人，本官要與梅郎中面談。」

莫石堅堆滿笑意的臉頓時僵住，自己對鄔桑，就像螳臂擋車；自己對欽差，蚍蜉撼大樹，哪個都對不過，哪個都惹不起，太難了。更別提，莫夫人和蓉兒還想去見梅妍。

孔坤有事情想弄明白，必須見梅郎中。「莫大人，很難辦？」

莫石堅左思右想，忙說道：「孔大人，天色不早了，下官先送您回綠柳居。」

孔坤正色道：「莫大人，夜長夢多，明日一早本官就帶溫敬一干人犯上路，以最快的速度趕回國都城。所以，今晚，本官必須要見梅郎中。」

「是，大人。」莫石堅深吸一口氣。晚上見梅妍，要過胡郎中、梅婆婆甚至於鄔桑的關，真是要老命，他豁出去了！

萬萬沒想到，天從人願，莫石堅送孔坤回到綠柳居時，在大堂遇到了準備離開的梅妍，立刻攔住她。

花落等孔坤一行人都進到綠柳居，就吩咐夥計關上大門，等他們一行人沐浴更衣下樓時，大堂裡的每張桌子上都擺著一個熱氣騰騰的大鍋和一罈櫻花酒，瀰漫著魚肉的清香味。

剔了刺的魚肉潔白如玉，蔥花青翠碧綠，碗碟筷和酒具都擺放齊整，花落輕聲細語地介紹道，不喝酒的，還有果乾酪漿和梅子湯。

連吃了幾日素食的孔坤和隨從們，立刻覺得胃口大開，紛紛落坐大快朵頤起來。

莫石堅陪在孔坤那桌，一片魚肉進嘴，只覺得鮮香撲鼻，肉片脆嫩爽滑，好吃得舌頭都要一起吞下去了。

孔坤一干人都是國都城的人，原以為已經吃盡美食，卻沒想到魚肉還能如此鮮美。

莫石堅介紹。「孔大人，師爺，這是清遠的特產白魚，肉質細嫩，富含油脂，離水即死。傍晚時分，綠柳居大廚用冰車從漁船上接來的，現在吃剛好。」

再佐上粉色的櫻花酒，美食、美器相得益彰。

誰不喜歡珍饈佳餚呢，尤其是這樣可遇而不可求的美味，孔坤一抬手。「莫大人，有心了。」

孔坤忽然想到，離開國都城以前，自己請司馬玉川去樊樓吃魚膾，萬萬沒想到，這位公子說已經吃過最美味的魚肉，不吃了。難道就是這一鍋？這樣想著，他的臉上又有了笑意，確實，吃過這樣的魚肉，國都城樊樓的魚膾又算得了什麼呢？

魚肉被吃得乾乾淨淨，夥計們又端上了蔬菜飯，米飯白淨又帶著米脂的香氣，小小紅褐色的肉丁不會讓人有不好的聯想，配上金黃的蛋碎和碧綠的野菜末，令人十指大動。

最後，夥計們又上了綠白相間的翡翠魚羹。

孔坤吃飽喝足，將梅妍叫到一邊。

梅妍不知道孔坤這是要做什麼，花落和秀兒都一臉擔心，也還是跟去了。

孔坤拿出一張紙。「妳將今日的菜名都寫上。」

梅妍雖然傻眼，但還是拿出炭筆寫完，恭敬地遞到孔坤手中。

孔坤親眼見到字跡，這才打消了最後的顧慮，正色道：「本官所說之事，到妳為止，若有洩漏，提頭來見。」

梅妍陪了個小心翼翼的微笑，內心吐槽，知道得越多、越不安全，真是倒楣！

孔坤一字一頓地問，同時觀察著梅妍每個細微的表情。「今日妳聞到的、下在溫敬身上的藥，心裡可有數？」

梅妍想了想。「茄科植物，又名曼陀羅，倒掛金鐘，從果實和枝葉中提取汁液，有止疼鎮痛的效果。因為製作過程不易，所以難得見到。孔大人，具體是什麼，民女不敢確定。」

「此物混入吃食、酒水中，能否辨別？」

梅妍搖頭。「沒用過，只是耳聞。」

孔坤還是不放棄。「妳今日所說的疼痛保護，長期服用此藥，是否能導致突然死亡的後果？如果仵作查驗能否發現？」

梅妍皺著眉頭考慮了很久。「如果立刻驗屍，應該能發現死因，比如說內臟出血；如果屍體腐爛，則很難發現。但大鄴願意讓自家親友驗屍的少之又少。」

「所以，根本發現不了！」孔坤的眼中閃過一抹凶光。

「是。」梅妍點頭。

「此藥只能服用？」孔坤又想到其他可能性。

梅妍還是點頭。「提取不易，而且不容易控制。比如今日的溫敬，先挨板子或者受其他傷，再服藥，持續不斷地服藥，不感覺到疼痛，照樣四處奔忙，很快他就會因為腿傷誘發其他疾病而死。」

孔坤兩眼圓睜，咬牙切齒地回了一句。「多謝！」說完轉身就走。

梅妍獨自坐在輪椅上，勉強把自己推到大堂，沒承想，回到綠柳居的大堂時，孔坤和莫石堅都已經離開了。

花落趕緊湊過來推輪椅，眼神閃爍，欲言又止。

梅姸在唇邊豎起手指。誰也別問，誰也不知道。
花落和秀兒立刻心領神會。

第八十五章

清遠縣衙大牢裡，溫敬趴在草褥子上出氣、進氣都不多，被杖責的部位不時傳來撕裂般的疼痛，渾身都濕透了，像從水裡撈起來的。

護國法師的護佑確實是個幌子，不然怎麼會疼得如此難受？又怎麼會受到杖責？

溫敬疼得呼吸不暢，棄子兩個字在腦海裡揮之不去，他做了多少髒事惡事，沾了多少血污，卻從未想過自己為何會落得這般下場。自己的下場非常清晰，被帶回國都城就地正法，斬首於菜市口。

此時，溫敬鬼使神差地想到了分屍在林地裡的美婢，臨死前說的話「報應來了」。

牢外傳來急促的腳步聲，不只一名差役，至少四個人，溫敬努力仰頭，可牢內光線實在太暗，什麼都看不清。

孔坤像惡鬼一樣出現在牢外，吩咐。「來人，打開牢門，將溫敬架起來！」

溫敬被孔坤的眼神震住了，控制不住地瑟瑟發抖，顫著嗓子問：「大人，您要問什麼？」

孔坤收斂了怒意，反而笑得溫和。「沒什麼，本官只是想讓你體會上一任欽差的死法，來人，給他灌藥！」

上一任欽差?!除了溫敬，莫石堅和雷捕頭都莫名其妙，孔大人怒氣沖沖地到大牢裡，這是打算動用私刑？還有，灌什麼藥？

溫敬本就蒼白的臉色變得越發難看，眼神閃爍地望著孔坤，非常小聲地問：「大人，您哪來的藥啊？」

孔坤笑得很神秘，湊到溫敬耳邊極小聲地回答。「倒掛金鐘並不難尋。」

溫敬頓時像被人扼住咽喉，上下牙齒打顫咯咯作響，見師爺從袖子裡掏出一個朱紅色小瓷瓶，整個人立刻瘋魔。「不是我做的！不關我的事！」

「灌藥！」孔坤怒道。

「不！與我無關！」溫敬聽過梅妍的解釋後，對這藥怵得很。

孔坤冷哼。「上一任欽差是出了名的心明眼亮，巴嶺郡的疑點隨處可見，怎麼可能回稟此地無事？你沒耍任何手段?!」

溫敬牙齒控制不住地咯咯作響，忽然就發出一陣怪笑。「我想起來了，上一任欽差是陳澤，確實是出了名的心明眼亮，那又怎樣？是人就有弱點！他觀人於微、做事周全，反反覆覆地思前想後，權衡利弊。所以他覺得，巴嶺郡這樣的窮僻之地，天高皇帝遠的，不值得他豁出性命與護國寺一鬥。」

「你放屁！」孔坤抄起鞭子就是一通抽。「如果他真的妥協，又怎麼會被滅口？」

溫敬疼得臉龐扭曲，仍然不可思議地瞪著孔坤，強忍疼痛問：「陳澤是你什麼人？」

「孔大人，您住手！」莫石堅和雷捕頭兩人死命攔住孔坤。「不能再打了，他會死的！死無對證啊，孔大人！」

「哈哈哈！」溫敬大笑，笑得上氣不接下氣。「陳澤是你恩師？真是冤家路窄啊……」

孔坤被自家師爺拽出牢房，摁在牆上。

師爺一個勁地勸。「大人，不能啊，您必須保住自己，才有替陳澤大人申冤的那天啊！」

溫敬倒是多話起來。「對，沒錯，陳澤考量再三，決定要保自己離開這裡，回到國都城以後再重啟這些案子。結果呢？離開這裡也會死的，誰讓他要當清流呢？在我們這些人眼裡，他太扎眼了！當官都當得像他那樣，圖什麼？像莫石堅這樣？連紅包都付不出嗎？太可憐了！太悲哀了！」

孔坤被壓制著，神情逐漸冷靜下來。

溫敬又哈哈大笑。「這老天爺是瞎的，天道也是歪的，不然，陳澤為什麼會死？那些林地裡的屍骨，為何會父母雙亡？人不為己、天誅地滅！我這輩子，山珍海味吃了個遍，身邊美婢如雲，聖上過什麼樣的日子，我也過什麼樣的日子，值了！人若不能留芳千古，也要遺臭萬年！」

牢籠裡靜極了。

莫石堅嗤笑一聲。「溫敬，這樣的日子就敢說自己和聖上一樣嗎？陛下勵精圖治，為大鄴強盛而殫精竭慮，你算什麼東西？頂多就是粗鄙農夫卻以為聖上用的是金扁擔而已。」

溫敬像被突然抽了一記耳光，半張臉都歪了。

莫石堅繼續補刀。「你這事情敗露，溫家所有子嗣都會遭殃，你家祖苦心經營的三代為官就到此為止了。以後，巴嶺郡不會再有溫氏一支。」

孔坤推開師爺，冷笑出聲。「本官說到做到，溫氏一族必定身首異處，扔在亂葬崗，沒有墓碑，沒有牌位，溫氏宗祠會夷為平地，再種上槐樹。」

「不！」溫敬慘叫一聲暈了過去。

為了回程時的安全問題，莫石堅和孔坤兩撥人手一起準備，在大牢裡忙到很晚。等莫石堅將孔坤送回綠柳居時，已是三更，大家都累得不想說話。

綠柳居的店小二殷勤地招呼，客房的夥計們準備妥貼，很快就將兩撥人手都安頓在大堂，送上了預備好的宵夜——桂花酒釀藕粉紅豆餡小丸子，白芸豆酥，馬蹄糕。

後廚準備得用心，客人們也非常捧場。

吃到一半，孔坤以酒釀代酒，將天青色的素碗高高舉起。「莫大人，當日未進城時，不分青紅皂白就要捉拿你，是本官的錯，對不住！」

莫石堅驚得一個小丸子沒嚼就吞下咽喉，連忙舉起素碗。「孔大人最是辛苦，下官屬實不敢當，清遠乃至巴嶺郡百姓都衷心感激您！」

兩撥人手都以酒釀代酒互敬，一起吐過膽汁的交情，一起殫精竭慮審訊的交情，明日要分開還真有些捨不得，但一切盡在不言中。

花落坐在櫃檯裡，仍是風姿綽絕的綠柳居掌櫃，望著此情此景，內心百感交集。再多不捨也抵不過離別，莫石堅帶人離開綠柳居時，莫名紅了眼圈。

而孔坤回到客房時，夥計送來了一封書信，打開看到熟悉的炭筆字跡，一目十行地看完，才知道這是梅妍在他們匆匆離開後，在綠柳居櫃檯上寫的——預防被下藥的方法。

足足有三張紙，簡單解說了下藥途徑、起效原理，還有與之關聯的預防措施，通俗易懂，即使不通醫理，看過也能記得住。

孔坤內心感慨頗多，現在明白司馬玉川回國都城時，經過那麼多疫地卻安然無恙，並堅持將疫病治療方案遞到聖上面前的原因。

是的，那是司馬玉川親身體驗過的方案，沒什麼比這更有說服力的了。

天矇矇亮，莫石堅就帶人候在綠柳居外，幾乎是前後腳，孔坤的車隊已經集結完畢。每匹馬都照顧很好，每輛馬車都提前請木匠檢修過，綠柳居的綜合實力顯露無疑，還有一車按梅妍的建議，裝滿了提前預備的乾糧和果乾，以及準備了整晚的晾涼熟水。

就在孔坤動身前，自南邊來了一隊人馬，領頭的正是鄔桑麾下的一刀副將。

莫石堅趕緊率人行禮。「這是為何？」

一刀正色。「奉驃騎大將軍之命，護送欽差大人回國都城，請各位記住我們的長相和馬匹，若有生面孔接近，一定要多加提防。」

孔坤和隨從們都驚呆了，哪位欽差大人能有這樣的待遇?!

一刀繼續。「傳我家將軍話，請孔大人記得自己的承諾，若有違背，囚車裡的那些人就是你們的將來。」

莫石堅長舒了一口氣，太好了。

孔坤坦然回答。「孔某謹記在心！」

上馬後，孔坤雙手抱拳。「就此別過，各自珍重！」

清遠城東大門迅速打開，兩隊人馬前後離開，莫石堅帶人站在城門外，一直目送到再也看不見，才緩緩轉身。他身上壓著的無數巨石，似乎在這一刻卸下許多，已經竭盡所能，接下來就是等待。

莫石堅長舒一口氣。「回縣衙！」黑眼圈都快掛到頸項了。

雷捕頭笑著問：「大人，要不去睡個回籠覺？」

莫石堅豪邁地一揮手。「先大睡三天！」

時光如水逝，中元節到了，清遠從早到晚都瀰漫著香燭與紙錢的味道。

夜空一輪圓月，星光璀璨，腳傷好轉許多的梅妍和梅婆婆，帶著姑娘們到附近的小河裡放花燈，農田和林地裡螢火蟲星星點點，映著姑娘們含淚的雙眼。

梅婆婆準備了四大包的元寶和紙錢，教姑娘們祭拜的禮儀，以及要念的祝詞。

憑自己高超的撒嬌能力，蓉兒今日也在，仗著自己最小，黏在梅妍身邊，小聲問：「梅郎中，阿爹、阿娘他們真的能聽到嗎？這些錢他們真的能收到嗎？我們以前都沒有這樣祭拜過，也沒燒過元寶和紙錢，他們會不會很難過？」

姑娘們聽了，再也忍不住哭出聲來。

蓉兒嚇得手足無措，只能抱緊梅妍的大腿。「我、我，不是故意的……」

梅妍和梅婆婆，兩人哄了這個，再哄那個，忙活了好一陣子總算勸得她們都不哭了。

梅妍清了清嗓子。「妳們以後當了阿娘，會怎麼想？」

秀兒最先回答。「寶寶要健健康康的，不要生病，不愁衣食，保護他們不受壞人欺負，讓他們可以讀書認字，長大可以養活自己，照顧好自己。」

梅妍循循善誘。「妳們其他人呢？」

「夏天不被蚊蟲咬，冬天有暖和的冬衣穿。」

「有許多好吃的，不會餓肚子。」

「不要去育幼堂！」

梅妍繼續勸慰。「對啊，孩子這麼小，還沒長大成人，父母哪會要求這麼多呢？現在，妳們的樣子，就是妳們阿爹、阿娘希望看到的，妳們好好的，他們就會很高興了。」

秀兒年齡最大，也不過十二歲，膽子也最大，咬緊牙關說出大家的心裡話。「梅郎中，我們會很乖、很聽話，會努力讀書認字、學醫術，也會自己攢嫁妝，以後都不要把我們送回育幼堂好不好？」

蓉兒趕緊撒嬌。「梅郎中，蓉兒以後再也不拿石塊砸人了，一定乖乖聽話，蓉兒不想回育幼堂。」

只是三秒時間，梅妍就被姑娘們抱緊了，無語望夜空。她轉頭看向梅婆婆求救，偏偏梅婆婆正若有所思地望著遠處，真是要老命了，現下自己也才十八歲，真要這樣一直當「雞媽」一嗎？

正在這當口，不遠處的林地另一邊，也傳來男孩們的哀求聲。「大將軍，軍醫叔叔，以後都不要送我們回育幼堂好不好？」

「我們什麼苦都能吃的！」

梅妍一時間哭笑不得。好吧！果然孩子們都一樣，不，人都一樣，嚐過了富足生活的甜，哪能再回育幼堂過那樣提心弔膽、勉強餬口的生活？

可是，十一個姑娘啊！責任重大！一個人真的頂不住啊！

正在這時，聽到鄔桑擲地有聲地回答。「本將軍會親自挑選育幼堂管事，保證你們以後的生活不會比現在差，前提是你們一樣需要讀書認字、學醫習武！」

這下，林子兩邊都安靜了，孩子們的哀求聲也停了。也是這時，梅婆婆向梅妍綻出溫暖的笑容，並向林地那邊豎起大拇指，鄔桑這番極有擔當的回答正合心意。
梅妍從沒這樣感激過鄔桑，若不是他剛才及時發話，她差點就答應了。
梅婆婆開口。「姑娘們聽到了嗎？等育幼堂重建完畢，大將軍會挑選新管事照顧妳們，像現在一樣，梅郎中每日都會去查功課。妳們也會像現在一樣，輪流去醫館當醫徒，每天都會很忙。」
秀兒抹掉眼淚，用力點頭。在清遠，除了梅郎中、梅婆婆和大將軍親兵們，他們沒有任何可以信任的人，所以也對他們的承諾深信不疑。
梅婆婆拍了拍秀兒。「好了，帶著妹妹們一起回去吧。」
林子的另一邊，三腳貓也帶著男孩們回臨時營地。
一邊向左，一邊向右，都是能讓孩子們心安的地方。

很快，小河邊就只剩梅妍一個人，狹長的林子那邊，亮著兩盞燈籠。
梅妍的腳傷，在胡郎中湯藥的加持下，好轉了許多，雖然平日還是坐輪椅為主，但是輪椅不能到的地方，也可以拄著楞杖慢慢挪。
很快，兩盞燈籠就到了近前，是鄔桑和羅玨。
梅妍欠身行禮。「見過大將軍，見過羅軍醫。」
「免禮。」鄔桑皺著眉頭，臉色嚴峻。

羅玨笑咪咪的。「剛才要不是被他打斷，妳是不是就點頭同意了？」

被看穿了，梅姸還是點頭承認。「是，差一點點。」

「感動不……」羅玨話音未落，就被鄔桑一手提溜著推了出去。

「你該回營地檢查功課了！」

梅姸有些震驚。中元節啊，還要檢查功課？

羅玨邊走邊憤怒。「重色輕友！」隨即躲開鄔桑的一腿，溜之大吉。

梅姸拄著枴杖，望著站在大樹下提著燈籠的鄔桑，身形高大挺拔，英俊的臉龐在跳動的燭光下時隱時現，一群螢火蟲時亮時暗，圍繞在他身邊，襯得他有些不像凡人。

鄔桑一步步走近。

「剛才多謝了。」梅姸望著他越來越近，及他漆黑平和的雙眼，不知為何，臉上有些燙。

鄔桑走到梅姸身旁，很自然地將她打橫抱起，放到不遠處的輪椅上，略有不滿。「除了見過將軍和多謝，妳就沒有其他話可以和我說嗎？」

「嗯……」梅姸的臉更紅了，雖然自己不明白有什麼可紅的，但也清楚，可能因為這些肢體接觸，也可能是鄔桑的這些話。輪椅被推動起來，卻不是回家的方向，只能問：「去哪兒？」

「連我們兩個字都不願意說嗎？」鄔桑顯露出些許攻擊性，與平日的溫和不太一樣。

梅妍本來就不高，坐在輪椅上更顯得矮，扭頭只能看到鄔桑勁瘦的腰，決定順他的意。「我們去哪兒？」

鄔桑總算笑了，很輕很輕。

事實上輪椅並沒有推多久，很快又到了山路前，不得不停下。

梅妍望著滿是螢火蟲的樹林，很困惑。

鄔桑的聲音有些低沈。「不讓我捉些裝進瓶子裡帶回家？」

「不用了，牠們不自由、毋寧死。」梅妍伸展雙臂，很快就有螢火蟲停在掌心，瑩綠色的，瑩粉色的……

鄔桑又笑了，熟練地抱起梅妍，大步走進林子，將她放在一截粗壯的橫枝上，大樹臨水，兩步外就是小池塘。

梅妍啊了一聲。「我的綠毛龜！」

這裡正是自己投放小水龜的池塘，可現在黑漆漆的，自己又行動不便，去哪兒找？

鄔桑很嚴肅。「荒郊野外，只有妳我二人，妳卻只擔心水龜？」

梅妍眨了眨眼睛，覺得今天想裝傻蒙混過關是沒指望了，於是實話實說。「大將軍從二品，身量、長相、文韜武略什麼都好，只要您點頭，國都城的閨閣少女任您挑選，想要什麼樣的都有。」

鄔桑對奉承並沒多高興，只是意味不明地哼一聲。

梅妍補充。「當然如果大將軍慣於恃強凌弱，那您看中我的那日，我就別想逃了，畢竟在清遠地界，您若自認第二，也沒人敢認第一。所以，與將軍獨處，我沒什麼可擔心的。」

鄔桑坐在另一根粗枝上，位置剛好護在梅妍身旁，嘆氣。「妳也知道本將軍從二品，權勢地位顯赫，給妳當小廝推了這麼多日的輪椅，除了說多謝，就沒見其他的感謝方式？」

梅妍不假思索地脫口而出。「將軍有什麼需要民女做的，儘管直說。」

鄔桑要的就是這句話。「私下不要叫我將軍，不要自稱民女。」

「啊？」梅妍扭頭看他，只看到燈籠的光暈裡，鄔桑充滿期盼的雙眼，黑亮得驚人。

「那叫什麼？」

「叫我鄔桑，我叫妳梅妍或者妍兒。」

「私下是吧？行！」梅妍無所謂，反正是私下。「鄔桑，還要做什麼？」

第八十六章

鄔桑有足夠的耐心。「說真心話，不能摻假，妳說謊、裝傻的時候就會垂著眼瞼，我知道。」

糗！梅妍臉紅了，還不能戴口罩，要命了，按他這種問法，不用一刻鐘，自己就能被問完；可是已經答應了，就要說話算話。

內心天人交戰了不少時間，梅妍表示敢做敢當。「行！」

鄔桑將梅妍轉了個方向，近到梅妍可以看到隱在他濃密眉毛裡的舊傷疤，一時間心跳不受控制地加快，這是親密距離啊喂！

再加上一盞燈籠，梅妍總覺得這像審問，只能眨著大眼睛裝無辜。

鄔桑看出梅妍的抗拒，但機會難得，不能錯過。「妳後悔了。」

「嗯。」梅妍回答得特別真心。

「妳想家嗎？」

梅妍想了想，搖頭。

一陣山風，調皮地將一些細碎的髮絲吹到梅妍的鼻翼旁，有些癢。

鄔桑看到梅妍皺了皺鼻子和眉毛，燈下看美人，美人這樣靈動而真切，實在賞心悅目，伸手替她拂開髮絲，繼續。「我想。」

梅姸躲避不及，臉頰剛褪的紅又回來了，不得不閉上眼睛，讓自己冷靜一下。

這般長久相處下來，她當然知道，鄔桑問的家，和想念的家是兩個不同的世界，他倆都是意外來到這裡，陰差陽錯地遇上了，這……算不算一種緣分？

「可是，回不去，想也是白搭。」梅姸說的還是真話。

鄔桑再也不迂迴了。「妳討厭我嗎？」

「不！」

「喜歡我嗎？」

「不知道。」梅姸移開視線，躲避鄔桑熾熱的眼神。母胎單身狗好艱難！

「妳想過我嗎？哪怕一次。」

梅姸緊張地深呼吸，因為兩人距離實在太近，可以聞到鄔桑臉頰旁清爽的皂味，被他這樣注視著，心跳就快得難以控制，小鹿亂撞就是像現在這樣？

「上次在縣衙，我推著輪椅想走，卻沒法上坡道的時候，想到了你。一想到你，你就出現了，就有點高興。家裡煮麵條，我想到你之前吃涼麵吃了不少，是不是也會喜歡吃。前兩天你晚來了，我以為你出了什麼事，有些擔心，你來了我就放心了。」

梅姸破罐子破摔繼續道：「昨晚腿上的劃傷都掉痂了，我就想，你胸口的傷應該也會留疤，幸好你是男的，換成姑娘家可能會哭死。最開始幾天，晚上腿很疼有些難睡，我就想到你身上那麼多傷，會不會也很疼。」

鄔桑聽呆了，第一次聽梅妍說了這麼多與自己相關的真心話，激動得呼吸都停了。

林子裡安靜極了，鄔桑和梅妍頭髮上、衣服上、手掌上，落了更多的螢火蟲，兩人彷彿與大樹融為一體。

「沒有了。」梅妍乾巴巴地打斷安靜。

鄔桑握住了梅妍的手，力氣不大不小，不容她掙脫，眼神越發熾熱。「妳明明喜歡我，妳為什麼不說？」

梅妍第一次和人這樣十指相扣，緊張得不知道該如何是好，鄔桑的手指長而有力，也是傷痕累累，握緊了手指還有些疼。

「為什麼不說？」鄔桑幾乎貼著梅妍的耳朵問。

梅妍猶豫著。

「為什麼？」鄔桑急切地追問。

「我不敢。」梅妍決定坦誠一次。「我爸媽一見鍾情，兩人愛得如膠似漆，我是他倆愛的結晶，所有人包括他們自己都覺得會一生一世一雙人，小時候我也這麼覺得。但人心難測且易變，我爸先出軌了，我媽用最惡毒的話罵他，用激烈的手段傷害自己，用最憤怒的情緒鞭策我，即使這樣，我爸也不為所動，他倆離婚了。」

梅妍努力維持著語氣平穩。「我媽經歷最深的絕望以後，幡然悔悟開始全新的生活，她也再婚了，和我爸一樣，二婚生子。他們都有了全新的生活，不願意再面對不堪的以前，也包括我。」

梅妍深吸了口氣，續道：「剛開始我像個皮球，在他們各自的新家踢來踢去；後來，我拖著行李箱像蒲公英，在爺爺奶奶、外公外婆、叔叔阿姨、姑媽舅舅家四處流浪。他們起初對我很好，安慰我、可憐我、同情我，後來發現我實在沒什麼價值，他們又變了。」

鄔桑從震驚到心疼，又心疼到憤怒，最後實在忍不住將梅妍攬進懷裡，下巴擱在她的頭上。「不想說就別說了，而且現在不一樣，有梅婆婆、有孩子們，還有許多人關心妳，我……也一樣。」

梅妍沒有停下，悶悶地繼續。「你的地位太高了，我害怕；你心甘情願為我做許多事情，替我思慮周全，我更害怕，如果你也像我爸，我像我媽呢？大鄴沒有避孕和絕育的措施，男子還有逛窯子、宿煙花巷的惡習，他們得了各式各樣的髒病，回家傳給妻妾們，那些整日在家操持的辛苦女子們，還要忍受各種花柳病的折磨。」

見梅妍不打算停下，鄔桑輕輕拍著她的背聽著。

「那些折磨是沒有盡頭的，因為男子惡習不改，會一次又一次傳給她們，最後只會病得越來越嚴重，還要被長輩嫌棄。我當穩婆到現在，見過數不清的女科病婦人，她們大門不出、二門不邁，還要為了顧全夫家顏面被罵不會下蛋的雞，她們做錯了什麼？」

梅妍的語氣微微哽咽。「你是從二品的大將軍，權勢顯赫，富貴逼人，可這些是雙刃劍，高處不勝寒，越高處、越不能隨心所欲，因為被太多人朝思暮想地惦記。聖上可能會為了拉攏你，給你賜婚；權臣們也要拉攏你，送你美婢、侍妾。你收了，他們稱心如意，在你身邊安插了眼線；你不收就是得罪人，成為異己。」

梅妍這番話滿是擔憂，也滿是情感，鄔桑心跳得越來越快，仍然故作輕鬆。「美婢、侍妾那些，我足夠有能力、有手段，自然不會有這些來為難妳。放心，要我死的人多了，惦記我權勢地位的人也多了去了，要像妳這樣擔憂，我每天還怎麼入睡？」

梅妍聽了他的解釋將信將疑，說完才發現自己正靠在鄔桑懷裡，聽到他急促而有力的心跳聲，寬厚的胸膛實在太有吸引力，太危險了，嚇得她立刻坐直。

「砰！」一聲，梅妍的頭頂撞到了鄔桑的下巴。

兩人不約而同。「啊……」疼！

撞擊的瞬間，鄔桑下意識地摟緊了梅妍的腰，怕她摔下樹枝，另一隻手還不忘揉她的頭頂，俯身問：「撞疼了嗎？」

「疼。」梅妍記得鄔桑的下頷也帶傷，趕緊抬頭。

兩人的雙唇就這樣不經意擦過，同時僵住。

梅妍怔怔地望著鄔桑好看的嘴唇，雙頰紅到耳朵。時間彷彿靜止，周遭的聲音也遠去，靜得能聽到自己的心跳以及對方的。

鄔桑腦袋裡嗡嗡作響。剛才算是親到梅妍了嗎？可是……這樣算什麼親？

梅妍慌了，這種尷尬到腳趾摳地……啊不，她現在是騰空的，整個人恨不得直接飄走算了！下意識瞥向鄔桑，他正一臉夢幻地凝望著自己，眼中像裝滿星星。逃又不能逃，躲又沒地躲，上天沒翅膀……老天爺啊！母胎單身狗的初吻就這麼沒了，好不甘心啊，一點都沒有懷念到老死的感覺！怎麼辦？

梅妍雙手捂臉，亂成一團的大腦忽然跳出奇怪的念頭。

鄔桑整個人像宿醉了一樣，暈暈乎乎的，內心無比喜悅，理智被拋得老遠，輕聲問：「我可以親妳嗎？不是像剛才的意外那樣的吻。」

梅妍雙手抵住鄔桑的胸膛，特別認真。「你去過花柳巷嗎？不可以撒謊，我也看得出來！」

「沒有！」鄔桑不假思索地回答。「一次都沒有。」

「喝過花酒嗎？」

「沒。」鄔桑將梅妍的手更用力地摁住。「心跳作證。」

梅妍還真的順著鄔桑的話感受了他的心跳。「跳得這麼快，一定是撒謊！」

「剛才太激動了，大實話！」鄔桑臉上帶著控制不住的笑意，好想開懷大笑！

梅妍望著鄔桑好看的雙唇，鬼使神差地湊過去。

鄔桑怎麼也沒想到，梅妍會主動吻他，幾乎在雙唇相觸的瞬間，用力地吻回去。

情不知何起，一往而深。兩人分開，各自紅著臉轉頭微喘。

梅妍恨不得找個洞鑽進去，搞什麼啊？怎麼能親這麼久？

鄔桑一隻手握緊樹枝，另一隻手攬著梅妍，整個人輕盈得像要飛起來，微喘著問：「剛才……喜歡嗎？不能撒謊。」

梅妍迴避他的凝視，眼神四處亂飄，回答得卻很認真。「沒試過，要不等我改天換個人試試？」

「不行！」鄔桑正視內心，梅妍還沒接受自己的時候，他就不太能容忍她周圍有不是他的男子，現在一吻，不，二吻完畢，她這輩子都只能是他的！

梅妍哼了一聲，不說話。

「我見過太多欺騙的謊言，所以我不發誓，但我保證，我是妳的！」鄔桑很認真。「我以前不去煙花局，以後也不會去。」

「我……」梅妍覺得真心話有點難。「不信誓言，不信保證，就暫且先聽著吧。」

鄔桑笑了。「妳如果跟著一起發誓保證，就不是真心話了，想得到妳的真心和信任很難，我也一樣，所以，我們一起努力。」

「這個，比較容易聽進去。」梅妍這才覺得呼吸順暢了，鄔桑一定是肺活量太大，把周圍的空氣都吸光了。

「妍兒。」鄔桑太喜歡將梅妍攬在懷裡的感覺，恨不得一直這樣不鬆開。

「嗯，鄔桑。」梅妍很確定，這熟悉的胸膛厚度與腰間的觸感，她以前信任依靠的就是鄔桑。

「如果我今天不這樣逼妳，是不是就錯過了？」鄔桑的指尖轉著梅妍的髮絲。

「不知道。」梅妍想了想。「反正我不會開口。」其實如果不是這樣逼迫，自己也不知道曾經那麼多次想起過鄔桑，那樣惦記一個人。

鄔桑笑了，笑得低沈，震動胸膛。「走吧。」

「啊？」梅妍有些反應不過來。

「美人在懷。」鄔桑抱著梅妍下樹，走向輪椅。「我又不是柳下惠，妳太高估我的自制力了。」

梅妍再怎麼遲鈍也明白了，尷尬地四處張望。

「妳的小水龜，我替妳餵著呢，三隻都長了綠毛。」鄔桑萬般不捨地推著輪椅。「雖然妳沒問，但我還是想說，嗨，妳好，我是１１９。」

梅妍猛地扭頭，差點扭到頸項。

「我葬身在火海，醒來就在大鄴。」鄔桑說話與腳步都停頓一下。「關於我的一切，我都會告訴妳。」

梅妍震驚過度，一時語塞。

「這就嚇著了？」鄔桑故作輕鬆地問。

梅妍點了點頭。「嗯。」

夜風有些涼，燃燒紙錢和元寶的味道四處瀰漫，耳畔是風拂樹林和農田莊稼的響動，身邊還有螢火蟲忽明忽暗地繞飛。

鄔桑停住腳步，方才雀躍狂亂的內心，一下子被煙火氣滅得一乾二淨，整個人沈重得有些走不動。

梅妍以為輪椅遇到什麼坑洞，等了片刻又沒有什麼動靜，有些納悶。「鄔桑？」

鄔桑仰望夜空，月亮被厚重的雲層遮住，四周是濃重而黏稠的黑暗，在紙錢的煙氣裡，飛舞的螢火蟲彷彿幽幽的磷火，無數殺戳與被殺的情形、硝煙四起的沙場撲面而來，令人窒息。

「鄔桑？」梅妍感覺到不對勁。

「我……」鄔桑的雙手控制不住地顫抖。

梅妍單腳站起來，跳著轉身看他，被燈籠映照下鄔桑蒼白的臉色嚇到了。「你怎麼了？」剛才還好好的。

鄔桑的額頭很快沁出大顆大顆的汗珠，眼神開始渙散。

梅妍以為鄔桑得了什麼急症，拿出帕子擦去他滿頭汗水，緊緊抓住他的手。「鄔桑，你看著我，看著我，你到底怎麼了？」

鄔桑聽到梅妍的聲音，努力集中精神，勉強能看清她，像溺水瀕死的人抓到了一根救命稻草，緊緊回握她的手，氣息不穩又焦躁異常地問：「梅妍，我……妳、妳有沒有用醫術殺過人？」

梅妍仔細想了想，搖頭。「為了自保，我利用醫學知識傷過人，但沒殺過人。」

鄔桑雙眼中勉強聚集的神采迅速散去，胸膛劇烈起伏，呼吸粗重得嚇人。

梅妍單腳跳著，將鄔桑扶坐在輪椅上，摸他的頸動脈搏動，聽心音，數呼吸，甚至扯開了他的衣襟檢查傷口，一番緊急檢查下來，他的身體沒事，眼前又是什麼情況？精神創傷？

梅妍湊到鄔桑耳邊，穩定自己的情緒，平靜誘導。「鄔桑，告訴我，你現在在哪兒？周圍有什麼？」

鄔桑如同魔怔了，眼神還是渙散，雙唇顫抖。「我全身都是血，有自己的也有別人的，四周都是人，殘缺不全的人，他們圍著我，向我索命……天上飄滿了紙錢，像下雪一樣，越來越多，把我和周圍那些人都埋了……」

梅妍思考了所有的可能性，從不離身的背包裡取出花落送的桂花香膏，塗抹在鄔桑的鼻尖，又拿出一顆松仁粽子糖強行塞進他的嘴裡，輕撫他的咽喉，感受到他突起喉結的顫動，輕聲問：「鄔桑，我是梅妍，你聞得到桂花香嗎？你嘴裡有甜嗎？」

淡雅的桂花香，粽子糖的香甜味，衝破了燃燒紙錢和元寶的煙火氣，將鄔桑四周的黑暗強行撕開，正在這時，月亮衝破雲層，月光遍地……

鄔桑雙眼有了神采，看到了憂心忡忡的梅妍，那雙清澈而美麗的黑亮大眼睛，以及剛才品嚐過的粉色雙唇，周遭的寒冷與血腥瞬間化為虛無，彷彿劫後重生，靠在輪椅上大口呼吸。

「沒事了，我在。」梅妍這下知道了，完全知道了。這是鄔桑一個人的困局，戰爭導致的創傷後壓力症候群，沒有親身經歷過的，無法理解這是什麼樣的痛苦，無法感同身受這樣的事情。

梅妍悄悄俯身，輕拍鄔桑的後背。

鄔桑驚訝極了，嗓音顫抖。「妳知道我怎麼了？」

「嗯。」梅妍只在教科書和電視裡見過，這樣真實的、外表沒有損傷、內心崩塌的人，還是第一次遇到，而且鄔桑足夠堅韌，沒有真的崩潰。

「梅妍，我平時不這樣。」鄔桑平日橫眉豎目，從未在任何人面前顯露過這一面，包括羅玨，剛才忽然就發作起來，他整個人慌極了，生怕梅妍嫌棄。「真的，我一直控制得很好，就是睡得比較少，真的，我……」

梅妍捂住鄔桑的嘴，直視他的雙眼，極為認真而嚴肅。「鄔桑，你聽好，以前，你守護百姓安危是日常，甚至犧牲了自己；現在，上陣殺敵、保家衛國是一樣的，不衝突，你沒有違背１１９的誓言。生死存亡的時刻，你只是為了活下來，為了還在育幼堂受苦的孩子們，為枉死在秋草巷的親人們討個公道，你沒有錯，沒有人能因此指責你，我不會因此嫌棄你。」

鄔桑的心跳、呼吸驟然停住，怔怔地凝望梅妍。「我沒說什麼？妳為什麼知道？」

梅妍握住鄔桑的手。「你燒了許許多多的元寶和紙錢，比梅婆婆準備得還要多，你憤怒又難過，方才逼我說真心話，只是你即將失控，努力轉移注意力而已。我的觀察力很好，只是裝作沒看見。」

等鄔桑反應過來，已經把梅妍緊緊地摟在懷裡，恨不得揉進身體裡，她的話像解咒密語，把濃重的、幾乎將他勒到窒息的負罪感消解乾淨。

「鄔桑，你鬆開，我快透不過氣了。」梅妍輕撫著鄔桑的後背，她記得換藥時，那兒有一大片很陳舊的傷燒疤痕，不敢用力。

「對不起。」鄔桑的胸膛劇烈起伏，趕緊起身將梅妍扶坐在輪椅上，暗暗慶幸，是離小屋還有些距離時發作，輕聲說道：「謝謝妳。」

梅妍向後伸手拍了拍鄔桑的胳膊。「鄔桑，這些年辛苦你了。」

鄔桑張了張嘴，想說些什麼，卻發現一個字都說不出來，他什麼都沒說，她卻什麼都看在眼裡，記在心裡。

「鄔桑，明天見。」

「好！」鄔桑回答得擲地有聲，像鄭重其事的承諾。

兩人非常默契，行為一如往常，鄔桑連梅妍帶輪椅抱進梅家小屋，然後向梅婆婆和姑娘們道別。

梅婆婆笑著目送鄔桑離開。

秀兒把梅妍推進裡屋。「梅郎中，妳頭髮和衣服上有好幾隻螢火蟲，要不要拿瓶子裝起來？」

梅妍笑著回答。「不用，輕輕捏起來，都放了吧。」

「好。」秀兒很聽話地照辦。

梅妍儘量裝作若無其事的樣子，漱洗更衣後，躺在床榻上，盯著潔白的帳幔毫無睡意。她坐在樹上的時候是瘋了吧？連梅婆婆都不知道的事情，竟然與鄔桑分享了，還親了，更誇張的是，還親了兩次！

梅妍捂臉，警告自己，快點睡覺，每天的事情都非常多，趕緊休息。可偏偏一閉上眼睛，方才的一幕幕就在腦海中輪流翻騰，最讓她尷尬到腳趾摳地的是，以為鄔桑舊傷復發，還扒了他的衣服，啊……

梅妍又瞪帳幔頂部，盯了許久，明明身體很累了，大腦卻異常清醒，大有要把和鄔桑的事情重刷三十遍的勁頭，簡直……有病！

努力控制不想，有時能控制，有時完全不行，梅妍無聲地對空氣咆哮，只是親吻而已，瞧瞧妳這沒出息的樣子！腦海裡又鑽出一個小念頭，為什麼有點懷念……

第八十七章

鄔桑獨自走在上山的小路，三頭細犬從不同方向跟來，爭先恐後地要摸要捋要蹭蹭。

「白月，你以後都跟著梅妍，快去！」

白月亮晶晶的黑眼睛，先有些困惑，然後與同伴互相嗅聞告別，又蹭了蹭鄔桑的手，扭頭就下山去了。

鄔桑望著白月隱入樹林，不由得失笑，這狗從小趕都趕不走，現在蹭一下手就算告別了，梅妍的魅力還真不小。

「捨得回來啦，大將軍？」羅玨從樹上跳下來，陰陽怪氣。

「你閉嘴！」鄔桑將見色忘友發揮到極點。「不准問，一個字都不准透露。」

「你的良心不會痛嗎?!」羅玨氣結。

「不會。」鄔桑又恢復了平日的狀態，公事公辦的語氣。「有事？」

羅玨真覺得自己鹹吃蘿蔔淡操心。「你一大早就像被附了身似的，怎麼都不對勁，害老子以為你又有什麼舊病要復發，小心翼翼地跟了一整天，你就這麼對我？」

鄔桑望向羅玨，眼神複雜卻不迷惘。「你說得對。」

「我操了一整天的心，什麼都沒說，我說什麼了我？」羅玨罵了兩句髒話。

「感情這事不講道理，沒有方法。」鄔桑說著不免有些得意。羅玨這狗頭軍師說了那麼多方法，真正有用的卻是自己的半強迫，以及真心換真心。

羅玨一臉不可思議。「你倆成了？」

「閉嘴。」

「你倆怎麼就成了？你做什麼了?!」羅玨的好奇心爆棚，一路追問。

「我累了。」鄔桑徑直走進營地，進帳篷前把兩條細犬也帶了進去，囑咐。「不用叫我。」

「是！」親兵們立刻回答，等鄔桑進去滅了蠟燭，一群人圍住羅玨，一雙雙眼睛裡滿是期盼。

「走開，不知道。」羅玨翻了一個無敵大白眼。氣死人了，連條細犬都不給自己留，鄔桑這沒良心的！

三腳貓笑呵呵地湊過來。「羅軍醫，值夜嗎？」然後用眼神示意自己私藏了好吃的。

「不值！」羅玨沒好氣地拒絕，扭頭去了自己的醫帳。

三腳貓一臉可惜，縱身爬到最高的樹梢，開始啃臘雞腿，眼睛卻沒閒著。

清遠多日無雨，今晚風大，百姓們燒的紙錢和元寶都是易燃物品，雖然莫石堅再三提醒，鄔桑還是怕萬一，吩咐下來，最近輪值重點是防山火。即使是他們自己準備的祭拜物品，都是確定燒完以後，還要澆透水才能放心離開。

這漫山遍野的好木料和作為清遠饑荒口糧的青山綠水，無論如何都要保障安全。

第二天一大早，男孩們照常操練，伙夫準備早飯，三腳貓打著呵欠摳眼屎，小聲對羅玨說：「昨晚將軍一直在帳中沒出來。」

羅玨一怔。「他平日最多睡一個時辰的覺，就要半夜滿山遛狗。」

「這些年一直都這樣啊！」三腳貓有些著急。「我盯得牢牢的，真沒出來。」

兩人不約而同地想到，鄔桑難道又哪裡不舒服，在軍帳裡硬撐？

三腳貓小心翼翼地問：「羅軍醫，要不，您去瞧瞧？」

羅玨沒好氣地反問。「你是沒聽見他昨晚進帳前的吩咐？我進去就是違抗軍令！」

「可是……」三腳貓既擔心，又不敢更擔心。

羅玨想了想，還是到軍帳周圍蹓躂了一圈，安靜極了，還能聽到細犬的小呼嚕聲。

三條細犬是鄔桑抱在懷裡、藏在胸甲裡帶大的，死心眼地只認他，其他人都視為無物，但凡鄔桑有個皮破血流，三條就會瘋了一樣狂吠，守著治病的他。

聰明的細犬都沒動靜，鄔桑應該沒事。

羅玨放下心來，身為軍醫，治病救人是常態，雖然鄔桑受傷也是常態，但他與眾不同。生病的鄔桑、尤其是意識不清的他，對任何靠近的人都有攻擊性，像困在陷阱裡不甘等死、更加瘋狂嘶吼的猛獸。

所以，只要鄔桑受重傷，羅玨第一時間就是把他捆住，免得誤傷旁人，而且這樁事情只有親兵知道，外人被瞞得滴水不漏。這也是為什麼三腳貓會這麼擔心的原因。

羅玨很佩服梅妍，竟然能在鄔桑高燒不退的時候，就想出捆住他、替他治傷的法子。她醫術精湛、膽大心細又有主見，知道行醫時先自保，才能保住旁人，和鄔桑實在絕配。

最重要的是，每次一大群人去梅家，梅妍的視線都是第一時間看到鄔桑，這是人潛意識的反應，可能連她自己都不知道。

但羅玨注意到了，這也是他有心撮合他倆的原因，但凡梅妍能主動找自己一次，說什麼也不會讓給鄔桑的。

想到這兒，羅玨不開心了。鄔桑像個蚌殼撬不開，怎麼滿足他旺盛的八卦心和嗑CP的愛好？不行，問不出來會睡不著的。所以……去找梅妍啊，哇哈哈哈！

三腳貓剛和六子木做完輪值交接，就看到羅玨笑得一臉詭異，當即被嚇得倒退一步，原來，羅軍醫還能更嚇人！

羅玨忽然開口。「今日輪到誰去梅家送口糧？」

「鐵七！」三腳貓回答。

羅玨非常大度。「鐵七，我去送，你去追劉姑娘吧，哎，你倆有沒有什麼進展？」

鐵七是個老實的精神小夥子，被羅玨這樣一問，脹得滿臉通紅，支支吾吾地回答。「沒有，她每天從早忙到晚，不只清遠，其他地方的百姓也拿著鐵器找來了。我就幫著打下手，劈柴啊，燒水啊，說不上什麼話。」

羅玨立刻在心裡給了個差評，一點也不甜，再次恨鐵不成鋼。「你不能直接求娶嗎？」

鐵七憨憨地直撓頭。「昨天中元節，她太傷心了，我就陪著她，什麼都沒提。」

羅玨聽得心累。「鐵七，把口糧裝到我的馬車上，快去！你還是去陪她吧。」

「哎，謝羅軍醫！」鐵七完全看不出羅玨的用意，麻溜地搬好東西，就高興地騎馬下山去了。

清早，胡郎中在梅家的廳裡，替梅妍把完脈就把臉拉得老長，瞪著金魚泡泡眼，質問。「身體才稍好些，又胡思亂想什麼呢？妳這樣子分明一晚沒睡！」

梅妍自覺比竇娥還冤，她作了一晚與鄔桑有關的夢，長長短短，有好有壞，比接生了五個孕婦還要累，她也不想啊……

「妳再這樣下去，不只湯藥加量，還要延長服藥時間，自己掂量吧。」胡郎中對其他病人很客氣，但他把梅妍當寶貝孫女那樣疼，罵起來毫不客氣。

梅妍只能堆滿笑臉。「有勞胡郎中，我會注意的。」然後恭恭敬敬地送出門，順便看他拂袖而去。沒承想，她剛要收起臉上的假笑，就看到羅玨雙手環胸靠在馬車上，一臉不懷好意。

梅妍被羅玨打量得頭皮發麻，還要裝若無其事。「羅軍醫，早，今兒怎麼是你來送口糧？」

羅玨二話不說，先把口糧送進去，冷不防看到正拉長身體伸懶腰的細犬白月，以及小院裡的狗窩，心裡明鏡似的。他先向梅婆婆問安，然後和姑娘們打過招呼，才離開梅家。

梅妍坐在輪椅上，歪著頭和白月一起看著羅玨。「有事？」

羅玨把梅妍推遠一些，正色問：「妳昨晚把鄔桑怎麼了？他回營地的時候，衣衫不整！」

梅妍昨晚大夢、小夢一連串，早就預設了回答。「羅軍醫，就我這樣的，能把大將軍怎麼了？」

「也是。」羅玨覺得，聰明都不在感情上的梅妍，對上鄔桑，確實不太會對他做什麼。「你倆昨晚說了什麼？」

「羅軍醫，這是我的個人隱私，你可以問，我有權不回答。」梅妍回得很客氣，態度也很明確。

羅玨忽然就想到了「不是一家人，不進一家門」這句話，這兩人真是天造地設的一對……討厭鬼！俊臉立刻就垮了。

梅妍觀察下來知道羅玨其實是正人君子，所以不怕他翻臉，再次道謝。「感謝羅軍醫給的藥袋，很好用，梅妍感激在心。」

「這樣就想打發我？」羅玨才不放棄。

「羅軍醫想要什麼樣的感謝？」梅妍故意裝沒聽懂。如果鄔桑願意說，羅玨為什麼還要找自己問？保護個人隱私這方面，他倆確實有相同之處。

羅玨轉移話題。「鄔桑平日睡得很少，一年四季都是如此，但他昨晚回營地睡到現在都沒起，一次營帳都沒出。」

梅妍一怔。「他怎麼了？」

羅玨根本不信。「妳不知道？」

細犬白月嗚嗚叫地蹭輪椅，梅妍實在沒辦法，把牠抱到腿上，沒想到牠一臉乖巧地團起來，把長嘴擱在她的手肘彎，就這樣躺下了。

梅妍望著細犬，又看向羅玨。

「靠！」羅玨受到第二次創傷，覺得自己被狗虐了。「我平日對你這麼好，都不讓我摸一下！」

梅妍不太明白。「牠們挺乖的，每天要摸要抱、還喜歡撒嬌。」

羅玨聽到心碎的聲音，暗罵這仨狗東西真無恥。「牠們仨，只黏鄔桑，整天在營地裡跑來躥去，卻是沒人摸得到牠們。我給牠們吃了不少東西，吃可以，摸不行。」說完作勢要摸白月。

「嗚……」白月齜牙低吼著不讓碰。

「好啦，你睡吧，乖乖的。」梅妍伸手捂住了白月的雙眼，白月非常滿足地搖著尾巴。

「行，我知道了！」羅玨開門見山。「你倆昨天是挑明了，而且挑明得還不錯。」

「嗯。」梅妍覺得回答這一聲沒問題。「但具體發生了什麼，我不想說。」

羅玨揚起濃眉。「妳厲害！行，我走了。」

「等一下！」梅妍從背包裡掏出一個縫口的小布袋。「能幫我把這個轉交給鄔將軍嗎？」昨晚她實在睡不著，起來縫的。

羅玨很爽快地接過，有些得意。有了這個，還怕鄔桑不開口？

「多謝……」梅妍的羅軍醫三個字還沒出口，就看到羅玨手中的布袋子到了鄔桑手中，他什麼時候出現的？為什麼一點聲音都沒有呢？

「哎……」羅玨對鄔桑的截胡頗為不滿，但也不能有什麼實質反對，也不知道他偷聽了多久，只能顧左右而言他。「你醒了？」

鄔桑凝望梅妍的眼神很溫柔。「以後有東西，不用轉交，我每天都會來。」

羅玨雖然不怕鄔桑，但也不會輕易觸他的逆鱗，又不死心地問：「這裡面裝了什麼？」小口袋還是縫死的，這倆小氣鬼！

鄔桑給了他一記凜冽的眼神。

「告辭！」羅玨乖乖上馬車，立刻開溜，陷入愛河的鄔桑太討人嫌了！

梅妍等羅玨走遠了，從背包裡取出小剪刀，讓鄔桑把口袋剪開。「我不知道你昨晚那樣的情形，多久會出現一次，總覺得很危險。」

鄔桑的心裡咯噔一下。梅妍後悔了嗎？會像軍士那樣害怕自己嗎？

「不論何時何地，這種情形還是很危險的。」梅妍清楚地看到了鄔桑受傷野獸似的雙眼。「所以，我想了法子。」

「嗯？」鄔桑取出口袋裡的東西，神情有些詫異。

「這是昨晚我塗在你鼻尖上的桂花香膏，裡面還有粽子糖。」梅妍介紹。「昨晚桂花香和糖味，能把你拉回來，想來你記憶深處有與之相關的溫暖回憶。」

鄔桑注視著香膏小盒與小糖瓶，抬頭望著梅妍，許久才開口。「我阿娘喜歡用桂花香膏，她身上總會有極淡的香味，我兩世的小時候都喜歡吃粽子糖。」

梅妍一怔，桂花味是她喜歡的，粽子糖也是，他倆竟然有相同的愛好，有些神奇。

「妳隨身帶著這些，想來也是喜歡的。」鄔桑只覺得堅如磐石又千瘡百孔的心，有一處先是酸楚而後又柔軟起來。

「是，我也喜歡。」梅妍坦然迎上他的視線。「這些你帶著，當自己有不愉快的苗頭時，就立刻用上。」

「妳這是……」鄔桑知道自己是什麼情況，但沒想到梅妍不僅知道，還知道原因。

梅妍左思右想，還是說出口。「你那是因戰爭引起的創傷後壓力症候群，屬於心理疾病，如果不及時治療，時間長了以後，可能會自傷自殘或者傷害他人，也可能會瘋。」

鄔桑握緊了手中的袋子，整個人彷彿從雲端直墜地獄，揑得指節發白，不知道該說什麼，只能直直地望著梅妍。

梅妍伸手握住鄔桑的手。「你不僅昨晚控制住了，想來以前也控制得很好，不然你也不會被封為驃騎大將軍。所以，趁現在，試著用各種方法，把你的心病解開。」

「妳……不怕嗎？」鄔桑彷彿溺水被救起的人，重新呼吸到了新鮮空氣，胸口又脹又疼。「妳比許多人都清楚，這事情連羅玨都不知道。」

梅妍淺淺地笑，很快地笑容有些苦澀。「我以前，就是很久以前，我也有過心理疾病，但是治好了。所以，後來我選修了心理學，我明白深陷情緒的痛苦，為什麼要害怕？」

鄔桑握著梅妍的手，如釋重負，他喜歡得不知該如何對待她，越喜歡就越願意在她面前毫無顧忌地說心裡話，雖然有些不好意思。「昨晚把我拽離的，確實有糖膏的因素，但更多的原因是妳。妳沒有逃離，妳緊緊地握著我的手，不停地和我說話。」

梅妍清楚地感覺到鄔桑雙眼中的熾熱，以及越來越近的距離，近到她想閉上眼睛。

鄔桑的心跳得又快又重，今早睜開眼睛就想念梅妍，所以第一時間趕過來，恨不得時時刻刻與她在一起，想親她，想抱她，想握著她的手不鬆開，視線自然落在她粉色唇瓣上，越靠越近。

正在這時，白月忽然抬頭，生生地卡在他倆中間。「嗚嗚嗚……」吵狗睡覺了。

梅妍迅速收手，臉頰發燙，白皙的臉龐泛起紅暈。大白天的，又在梅家附近，雖然路上一個人都沒有，可是……剛才差點就親上了！

鄔桑清了清嗓子，生怕心從嘴裡蹦出去，左思右想，得盡快娶梅妍為妻才對。「我立刻找媒婆，找人合生辰八字！」

「啊？」梅妍一臉不可思議。

「不，我立刻修書送到國都城，請陛下賜婚。」鄔桑火速盤算，怎麼才能以最快的速度娶梅妍進門，兀自沈浸在求娶大事裡。

「不是，鄔桑，你聽我說……」梅妍簡直不敢相信。他到底有沒有在聽自己說話？哪有這樣閃婚的?!

「妳等著，我明日就上門送聘禮！」鄔桑貼身收起小布袋，熱血沸騰，開心地騎馬回臨時營地。

第八十八章

梅妍無語望蒼天，昨晚剛表示完好感，還沒有更深入的了解，這分明是閃婚的節奏！不行，就算明日他真的送聘禮上門，她也一定扔出去。一起生活是兩個人的事情，更是兩邊親朋好友的相處，不是頭腦發熱這麼簡單。

梅妍推著輪椅回到梅家門前，一臉鬱悶地望著吐著舌頭很開心的純白細犬。「你主人怎麼這樣不聽說、不聽勸啊？」

白月更開心了，汪汪兩聲，又把長狗頭搭在梅妍的肘彎，愉快地搖尾巴。

梅婆婆聽到狗叫聲，出門就看到梅妍一臉不開心。「出門時還好好的，這是怎麼了？」

梅妍思來想去，還是把事情告訴梅婆婆，特別鬱悶的抱怨。「他完全沒聽我說什麼，就騎馬走了。」

梅婆婆聽完，點了點頭。「確實如此，大家必須彼此尊重，能聽得進對方說的話，大事小事不斷其實不煩人，最惱人的是不能商量。我們本就不惦記他的權勢地位，所以，不必如此著急。現在磨合，總比以後麻煩不斷地好。」

梅妍感動得快哭了，正是如此，以前父母每次大吵都是類似的由頭，一方不管不顧要這樣，完全聽不進去另一方的需求。

「妍兒放心。」梅婆婆將梅妍推回屋裡。「婆婆是過來人，知道裡面的辛苦，不管妳做什麼決定，婆婆都支持妳。」

「謝謝婆婆！」梅妍拉著梅婆婆的雙手撒嬌。「婆婆最好了！」

「因為我這個沒用的老婆子，妳欠了鄔將軍和羅軍醫的大恩大德，家裡的糧從來不缺，我的腿病也好了，妳也是他們救回來的。」

梅婆婆攬著梅妍的肩膀。「確實，換成其他人家，將軍一求娶，報恩也好，攀附也罷，肯定歡天喜地迎接，但是成親哪是這樣簡單的事情？一入高門深似海，如人飲水冷暖自知。報恩有許多方式，婆婆不願意看妳嫁過去以後，每日爭吵度日，愁眉不展。當然會有人罵我們矯情，罵更難聽的都會有，但日子是我們自己的，婆婆不願意妳受委屈。」

梅妍安安靜靜地靠著婆婆。「婆婆，您當年嫁給大將軍後悔嗎？」

梅婆婆笑了。「嫁的時候不後悔，嫁了以後悔得腸子都青了，一日三小吵，三日一大吵，整日雞飛狗跳的，磨合的那些日子，別提多難過了。別人家是關起門來過日子，我們不行啊，國都城大小宴會要去，各種客人要招呼，宮宴也要去，他整日在軍帳裡，天亮走，天黑回，還以為我一整日的什麼事都沒有，妳說氣不氣人？」

梅妍笑了。「對，太氣人了！應該一封和離書休了他！」

梅婆婆笑著拍了梅妍的肩膀。「妳啊，十八歲的老姑娘了，還這麼孩子氣，不過，我當年也一樣，真的寫了和離書要休了他。」

「哇！」梅妍只是想想，梅婆婆竟然真的做了。「然後呢？」

「他先是懵了，然後就慌了，再然後就願意坐下來聽我說了，尤其是看到我列了一張從早到晚做過的事情，他就理解了。」

「再然後呢？」梅妍眼巴巴的。

「理解以後相處起來就容易得多，可脾氣和秉性哪是說改就能改的？好在我倆都想把日子過好，慢慢的，也不吵了，能聽得進去了。」梅婆婆很感慨。「我們吵了五年，好了十年，他為了保我寨子裡的人四處奔走，我也能為了他麾下的將士家眷散盡家財。反正我只是圖他的人，他不在了，國都城再繁華我也不喜歡。」

梅婆婆下垂的嘴角和法令紋舒展開來，透過梅妍的黑亮眼睛看到了深藏心底的另一雙眼，沒有這麼大的眼珠，眉角、眼角和左頰有一道斜向的、駭人的傷疤，平日裡總是凶神惡煞，能止孩童啼哭，真心笑起來卻很爽朗。

時光荏苒，陰陽相隔，梅婆婆想替他看顧這一方水土，用他的鮮血和生命守護的大鄴，百姓可以安居樂業，孤兒也可以像尋常人家孩子一樣安心成長。不枉費他與麾下千軍萬馬的犧牲，這就夠了！

梅妍抬頭見到了梅婆婆眼中的光亮，即使她的大將軍早已黃土枯骨，可心底仍然充滿對蓋世英雄的崇敬和愛慕。

一瞬間，梅妍看到了心中真摯愛情的模樣，視線模糊。

梅婆婆回過神，輕笑著拍梅妍的肩膀。「傻孩子，這有什麼好哭的？這世上誰能不死呢？人們總說白頭偕老，家和萬事興，可我去過那麼多大宅子，妻妾成群，歡聲笑語的，卻面和心不和，勾心鬥角地過一輩子，何苦來哉？」

「嗯。」梅妍不能更同意，母胎單身狗羨慕感動得稀里嘩啦。

兩人正說著話，就聽到風吹過門窗縫的嗚嗚聲，真的如泣如訴。

畢竟是中元節，是亡魂回家的時刻，姑娘們膽大的護著膽小的，有些害怕，但很快就不怕了，有梅郎中在，有梅婆婆在，有什麼可怕的？

吹進屋裡的風帶著小刺般的寒意，梅妍被吹起了星星點點的雞皮疙瘩，暗想這麼快就降溫了嗎？她猛地想起姑娘們的棉衣還沒做，萬一遇上大降溫，肯定措手不及。「婆婆，我明日就和秀兒一起，先去布莊取預定的棉花，再去接裁縫嬸子，姑娘們的冬衣要趕緊做了。」

梅婆婆同意。「是，清遠背靠大山，說冷就冷也沒個預兆，早做早好。成，明兒一早就出發，家裡有我呢。」

梅妍點頭，自從梅婆婆的腿病好了以後，精神和身體狀態迅速好轉，再不是那個病懨懨的模樣，越發年輕起來。

第二天一大早，梅妍坐上秀兒駕的牛車，趕到瑞和布莊。

有段時間沒來了，布莊屋頂和牆面都修葺一新，連瑞和布莊的牌匾都換了新的，媃掌櫃在裡間給財神上香，夥計拿著雞毛撣子四處撣灰。

秀兒先把梅妍扶下車，然後等她拄好枴杖，再小心地護著。

梅妍停在門檻外面，招呼。「媬掌櫃，早呀！」

媬掌櫃掛著黑眼圈上完香，趕緊迎出來，見梅妍拄著枴杖努力跨過門檻，嚇了一大跳。「梅郎中，妳這是怎麼了？怎麼好端端的，腳傷成這樣？」

梅妍扯了個大謊。「上山找草藥摔了一跤，每日喝藥敷藥的，再養幾日就好了。」

媬掌櫃翻看了一下預約的冊子，打了個呵欠。「梅郎中，妳今兒是來找裁縫的吧？之前莫夫人來約過，我還奇怪妳對姑娘們這樣上心，怎麼一直都不來，原來是腳傷了，唉，真是……」

梅妍邊說邊環顧四周。「是的，據說裁縫嬸子看在媬掌櫃的面子上，給了我們好價錢，多謝了。」

「哪兒的話？」媬掌櫃叫來夥計。「去把裁縫接來。」

夥計立刻跑腿去了。

梅妍看到布莊擺放珍貴料子的貨架區全空了，好奇地問：「媬掌櫃，妳最近做了筆大生意呀，那些都空了呢。」

一提這個，媬掌櫃就不睏了。「梅郎中，妳是不知道啊，我賣了幾十年的布，第一次遇到半夜來買布的，也不看款式、不問式樣，哪個貴、要哪個。來的還是三個壯漢，要不是他們臨走的時候給了大額銀票，我都以為遇上強盜了，要不就活見鬼了，等他們走了，我的小腿肚還在打顫呢。」

媬掌櫃現在說著還心有餘悸，一陣陣地後怕。

梅妍望著媬掌櫃這後怕的樣子，不知道怎麼就想笑，半夜敲門，挑貴的要，不論換成哪家掌櫃都會嚇個半死，更重要的是，昨晚還是中元節。

「媬掌櫃，銀票給足了吧？」

「還有多呢！」媬掌櫃是個精明的生意人。「我也算是開眼了，買了那麼多貴重料子，銀票給足，只說要包得好看，我和夥計們包了大半夜。」

錢是真賺，累也是真累，還讓人怕得慌。

媬掌櫃想了想，又湊到梅妍耳邊。「還有更奇怪的事情，今兒天還沒亮，清遠最有名的三個媒婆家也被敲門叫出去了。聽說，珠玉齋和金銀器鋪也是半夜被人敲門做生意，也像我一樣，遇上奇怪的客人了，只要包得好看。我吧，將這幾樁事情一合計，又是媒婆、又是好禮的，這肯定是哪個富戶要提親啊，可是清遠這兒，沒有這麼大規格的，想不通啊。」

梅妍不知怎麼的，忽然有些心神不寧，這行事作風，怎麼和鄔桑那個不管不顧的性子有點像？不會吧？

「也不知道哪家姑娘有這麼好的姻緣，遇上這麼珍視她的好兒郎。」媬掌櫃忽然看向梅妍，既敬重、又婉惜。「梅郎中啊！妳哪兒都好，可這性子要改改。」

「嫘掌櫃，我怎麼了？」梅妍傻了，怎麼說到她身上了？

「妳也該操心自己的事情了！」嫘掌櫃一副恨鐵不成鋼。「再好的姑娘家，年紀一大，就很難說上好人家了！」

梅妍內心咆哮，上輩子三十被人催婚，說年紀再大就沒人要了；現在剛十八歲，竟然也被說年紀再大沒人要了？真是豈有此理！不能忍！

正在這時，夥計將冬衣要用的棉花裝到梅家的牛車上，招呼。「掌櫃，梅郎中，裁縫嬸子說這兩日眼病犯了，看什麼都花糊糊的，要去醫館瞧眼睛，今兒去不了。」

梅妍鬱悶地看向嫘掌櫃。「還有其他裁縫嗎？我怕說冷就冷，姑娘們凍著就不好了。」

嫘掌櫃一點都不慌。「梅郎中，我再給妳尋幾個裁縫，找著有空閒的就讓她去找妳。」

梅妍看著秀兒身上的單衣，袖口離手腕真有些遠，難免有些著急。「有勞嫘掌櫃，要不，妳現在就找人去問？」

「成，現在就替妳尋去！」嫘掌櫃吩咐夥計另外尋幾家，看著梅妍和秀兒，不免感慨。「梅郎中，我真的佩服妳，平心而論，我做不到。」

梅妍笑著回答。「嬸子，我只是暫時照看她們，等育幼堂重建以後，她們會回到那裡生活。」

嫘掌櫃笑了。「妳就是嘴硬，尋常人家照看親生的都比不上妳啊！她們回到育幼堂以後，妳能忍得住不去？」

梅妍想了想。「好像真的忍不住，到時候再說吧。」以後的事情，誰知道呢？不知運氣是好是壞，反正夥計真的尋來了另一位年紀稍輕、眼神好使的裁縫嬸子，梅妍趕緊請裁縫上牛車，向嫘掌櫃告辭，匆匆往梅家小屋趕。

走到半路，通向城南的路口，有一個又一個紅箱子在路上擺開，引來許多人駐足觀看。紅箱子、紅擔子擺了一路，梅妍看著挑擔的挑夫，覺得他們有些眼熟。

原來他們在路邊喝茶歇腳，每個人都掛著黑眼圈，梅妍在牛車轉彎的瞬間，看到了三腳貓，整個人都不好了。

牛車繼續向前，紅箱子、紅擔子也一路都看得到，就這樣行了一路，秀兒將牛車停在梅家小屋門口，驚訝極了。「梅郎中，這些真的是送到我們家來的！」

「哎呀，梅郎中，妳可回來了！」三名媒婆一擁而上，圍住牛車。

梅妍坐在車上，望著三張塗脂敷粉的媒婆臉，問得很客套。「有事嗎？」

「哎喲喂啊，梅郎中，妳說說，哪有關門不讓媒婆進的道理是不是？妳家婆婆真的是！」王媒婆搶先開口。

李媒婆也是大嗓門。「我們趕了個大早，擔了這麼多箱籠，連門都叫不開！這是什麼道理啊？」

陳媒婆招呼著。「梅郎中，妳快下來，快下來！」

梅妍慢吞吞地下了牛車，拄著枴杖向家裡走。

三個媒婆爭先恐後地說話。「梅郎中，快把妳的生辰八字給我們，我們好去合八字啊，八字合上就可以下聘書了，這些聘禮就都是妳家的了！」

梅妍笑得很客套。「多謝了，我是個棄兒，沒爹沒娘的，是梅婆婆含辛茹苦地把我拉扯大，我能活著就不錯了，哪來的生辰八字啊？」

三位媒婆面面相覷。這……可怎麼辦？梅妍不給生辰八字，這到手的媒婆禮不就飛走了？

媒婆們滿臉堆笑，心裡罵人，梅婆婆不開門，梅妍說沒有生辰八字，這一老一少的，莫不是耍人玩？

那會兒梅妍和秀兒駕著牛車離開沒多久，梅婆婆等屋裡安頓好，才打開門，冷不防就看到了清遠的王媒婆，直接將她堵在門口。「王媒婆，妳這是做什麼？」

王媒婆笑得滿臉褶子。「哎呀，梅婆婆啊，萬千之喜啊！快，把梅郎中的生辰八字給我，我好去合八字呀。

「看到外面那些聘禮了嗎？哎喲喂啊，這是驃騎大將軍備下的！八字一合上，立刻送進來！」

梅婆婆探頭出去看到好幾十擔的紅箱子、紅擔子，先是一怔，而後就輕輕搖頭，在心裡嘆氣。「王媒婆，麻煩妳轉告大將軍，梅郎中高攀不起，多謝大將軍厚愛。這些聘禮也請送回去吧，不用擔進來。」

王媒婆的笑容就這樣凝固在臉上。「妳說什麼?!」

梅婆婆平日低調慣了，內藏的口才與氣場，應對巧言如簧的三位媒婆，也不在話下。一刻鐘不到，三位媒婆就被懟得啞口無言。可是，近在眼前的媒婆禮金太饞人了，媒婆們面對緊閉的大門，只能退而求其次，梅婆婆說不通，那就找梅郎中。

畢竟，哪位少女不懷春？最關鍵的是，驃騎大將軍啊，不論權勢地位，還是外形長相，都是一等一的好！

媒婆們為了禮金和席面，三寸舌可以變成長槍，死人說成活人更是小菜一碟，她們就不信，比珍珠還真的驃騎大將軍，就打動不了梅郎中的芳心！而且她們也聽說了，這些箱籠、擔子都裝了實打實的好東西，這麼多、這麼重貴的聘禮她們也是第一次見到。

想破頭也不明白，梅婆婆為什麼拒絕得乾脆？一定是老糊塗了！

媒婆們這樣想著，早忘了以前說媒時在梅妍這裡碰的壁，見梅妍回來，摩拳擦掌、氣勢洶洶地圍過去，理所當然地碰了第二次壁。

而且梅妍竟然說不知道自己的生辰八字，這可怎麼合？

大將軍還在等回信，媒婆們慌得不行，雙方僵持不下時，王媒婆率先回頭，不忘吩咐。「妳倆看好這些擔子、挑子！我立刻去稟報大將軍！」

鄔桑興奮得一晚沒睡，本以為水到渠成的事情，在聽到王媒婆的稟報時，左眼皮小跳了一下，又下意識地看向窩在帳中另一邊的羅玨。

軍帳的另一邊，坐著異常沈默的羅玨，隱在陰影裡，一雙眼睛很亮。

「你……」鄔桑眼神焦灼。「我……」

羅玨哼了一聲。「我只是個回鶻游醫，哪懂得大鄴這許多繁文縟節？我可不知道！」

鄔桑很果斷地趕走媒婆。「妳們都走吧，東西都放著。」

王媒婆怎麼也沒想到，一大早開門就有煮熟的鴨子送上門，忙活了小半日，眼睜睜地看著鴨子飛了，一時間倍受打擊，若是尋常人家，她一定撒潑打滾。

但鄔桑是從二品的大將軍，周遭一堆親兵，王媒婆不敢放肆，生怕不小心掉了腦袋，連賠了三聲不是，才灰溜溜地跑了。

鄔桑煩躁地捶了三下軍帳，在咯吱咯吱聲中，垂頭喪氣地坐下。

羅玨最看不得鄔桑這副頹廢的樣子。「也不知道你倆昨晚聊的什麼，怎麼就突然要下聘提親。梅妍是孤女你知道嗎？」

鄔桑先搖頭，而後又點頭。

羅玨嘆氣，勸吧，自己心累，不勸吧，鄔桑就會一直這副死樣子。「梅妍個性爽快，向來說到做到，如果你倆真約好了，肯定不是現在這樣。」

鄔桑抬起頭，怔怔地看著羅玨，還是不說話。

羅玨牙根癢癢。「長痛不如短痛，你自己去問！」

第八十九章

兩刻鐘後，鄔桑還沒到梅家小屋，遠遠就看到梅家小屋附近全是人，三位媒婆已經離開，紅擔箱籠擺在地上排起長龍，排了多遠，圍觀的百姓就擠了多遠。

鄔桑敲響梅家門，好巧不巧，胡郎中和柴謹也在。

梅妍看到鄔桑，不著痕跡地移開視線，心裡堵得慌，實在有些生氣。這人做事情怎麼會這樣！到底有沒有在聽自己說話？

梅婆婆打圓場。「民婦見過鄔大將軍。」

這話一出，整個小屋的人都向鄔桑行禮，門第高下分明。

鄔桑有些不知所措。「免禮。」

梅妍拄著枴杖起身。「鄔將軍，正好胡郎中也在，我們就開門見山地談，您請坐。」

胡郎中替梅妍擔心得厲害。「梅郎中，一切都還沒有定論，妳真的要說？」

「是，既然有成親的打算，當然是相互坦誠最重要。」梅妍情緒複雜地望著鄔桑。「鄔將軍，您請坐。秀兒上茶。」

鄔桑坐下，接過秀兒恭敬遞來的茶盞，不眨眼睛地盯著梅妍，氣勢逼人。「本將軍哪裡不好？」

梅妍笑得輕淺，但笑意不達眼底。「鄔將軍，您信不信胡郎中的醫術不重要，至少我信，我小時候受過極寒，長得辛苦也費心費力，折損了不少壽數。直到現在，經過胡郎中的用心調養，才稍稍好轉一些，全靠年輕硬撐。」

梅妍帶著怒氣，面上卻更是冷靜。「所以，鄔將軍，民女不知道自己能活多久，成親以後能不能有房事，能不能懷孕，懷孕以後能不能順利臨盆。鄔將軍，您昨天但凡能聽我把話說完，也不至於搞出這樣的烏龍來！」

梅妍坐著牛車回小屋，一路聽了許多議論，包括媒婆們先揚後抑，最後撕破臉開罵。

鄔桑聽了這番話，震驚得無以復加。

梅妍從聽到媒掌櫃的猜測起疑，一直到現在，已經非常淡然。「鄔將軍，您還是考慮清楚再說，先把外面那些貴重的箱籠拿走吧，免得被宵小覬覦。」

梅婆婆、胡郎中和柴謹，三人眼神複雜地望著梅妍，怎麼也沒想到，她會說得這樣直白，這分明是斷了自己的所有後路。這消息如果傳揚出去，梅妍不可能嫁得出去了。

鄔桑的眼瞳微顫，這些事情放在任何一位女子身上都是天大的事情，不論是自己還是父母長輩都會竭盡全力隱瞞，梅妍怎麼能這樣平靜地說出來，而且他分明看到了她眼中極淡的悲涼。

胡郎中搭在桌上的指尖顫個不停，兩頰薄薄的肌肉控制不住地顫動，下彎的壽眉隱隱發抖。「胡鬧！梅郎中，這世上之事哪有絕對？老夫也不是鐵口直斷，在大牢裡也只是說可能。妳藥還沒喝完，身體還沒調理好，事情還沒結束，怎麼可以這樣嚇唬人？妳這樣對自己，對鄔將軍，都太殘忍了！」

梅妍無奈苦笑。「胡郎中，我自己就是女科郎中，自己的情況能不清楚嗎？」

「醫不自醫！」胡郎中氣得鬍子亂抖。「老夫又不是絕世神醫，只是耐心比尋常郎中好一些，膽子大一些，固執一些，平日怎麼沒見妳這樣聽話？」

梅妍被胡郎中的執意維護感動了。他怎麼能打自己的臉？反正她話都已經說出去了，就等著鄔桑掉頭就走，另尋佳人，然後從此各走各路。

所有人的視線都在梅妍和鄔桑身上來來回回，梅婆婆和秀兒特別注意著鄔桑的反應。小屋的空氣像凝固了一樣，每個人的呼吸都有些凝重，每分每秒都格外難捱。

許久，一直低頭的鄔桑緩緩抬頭，臉上帶著詭異的笑。「梅郎中，大鄴戰事不休，以陛下現在對本將軍的看重，只要有戰事，必定派本將軍出征。出征，有去無回也是常有的事。」

「你別胡說！」梅妍脫口而出，擔心事情的變化超出自己的預期，鄔桑腦子一熱乾脆就主動去打仗了。

鄔桑眉眼都是笑，彷彿在方才的沈默裡蛻變得更加成熟穩重，誠懇而真摯。「本將軍身上刀劍傷的數量能湊足二十四節氣，刀箭無眼，哪裡都有傷，按太醫和軍醫的話來說，也可能影響子嗣。」

這神轉折讓梅妍傻眼，可之前在林地時，他送她回家時明確說了，他不是坐懷不亂的柳下惠……這，他的葫蘆裡到底賣的什麼藥？而且，雖然自己是母胎單身狗，但好歹是學醫的，對人體解剖了如指掌，他之前可不像不行的樣子。

鄔桑玩味地注視著梅妍。「梅郎中，偏僻之地的胡郎中必定比不上太醫和本將軍麾下的軍醫，那是不是意味著，本將軍也不必成家立業了，畢竟不能人道了嘛。」

梅妍看到了鄔桑眼中的在意。他不是應該被自己氣得掉頭就走嗎？用得著這樣自揭傷疤嗎？他怎麼不按常理出牌？還有，男人不能人道不是奇恥大辱嗎？他怎麼能說得這樣平靜？故意的？真的？

梅妍的視線與他交會，像明槍暗箭的較量，可她越來越看不懂他了。

鄔桑帶著莫名的笑意。「梅郎中，這樣看來，我們屬實是天生一對。」

梅婆婆、胡郎中和柴謹，都被鄔桑這番話給說懵了。這……哪有這樣湊巧的事情？

鄔桑將茶湯一飲而盡。「梅郎中，咱倆半斤八兩，烏龜配王八，誰也別嫌棄誰。」

梅妍心底頓時無名火起。這個渾蛋，愛當烏龜王八自己當去，她才不當！

鄔桑起身，向眾人微一點頭，儀態相較文官也無可挑剔。「梅郎中，今日是本將軍唐突了，來日方長，告辭！」

大將軍要走，眾平民當然要恭敬地送到門外。

於是，梅家小屋一群人送鄔桑出門。

梅家小門一開，圍觀吃瓜的百姓們被親兵們擋住，還伸長脖子像一群大鵝，見鄔桑出來，立刻跪了滿地。

鄔桑翻身上馬，勒住韁繩，大聲說道：「梅郎中秀外惠中，冰雪聰明，醫術精湛，美麗勇敢，本將軍對汝愛慕之心久矣。今日之拒，不足掛念。清遠百姓聽著，這些箱籠就地擺著，貴重物品無數，心生覬覦、企圖偷竊者殺！梅郎中，本將軍每日一早都會前來求娶，相信精誠所至，金石為開！明日再登門！告辭！」

很快，親兵們跟著鄔桑的座騎迅速離開。留下一堆驚掉的下巴、目瞪口呆的清遠百姓，以及難得變呆瓜的梅妍。

這是要鬧哪齣啊?!驃騎大將軍鄔桑求娶梅郎中被拒不但不生氣，還要每日求娶，貴重聘禮擺成長龍，這樣前所未聞的爆炸消息，震驚了清遠每一個人。

當然也包括清遠縣令莫石堅和莫夫人，兩兩相望，一時無語。

好半晌，莫石堅才緩過一口氣。「夫人，鄔桑可是從二品的大將軍，梅妍只是良民，這、這……怎麼可能？」

莫夫人既欣慰、又擔憂。「梅妍是百裡挑一的好姑娘，鄔將軍好眼光，可是……她沒有一個好出身。」一大鄴門第森嚴，就算她認梅妍當義妹，還是連給鄔桑當妾都不夠資格。

莫石堅嘆氣再嘆氣。「這事情在清遠傳得沸沸揚揚，若被細作傳回國都城，還不知道會鬧出什麼樣的事情。連陛下都在盤算招鄔桑為駙馬，更別提高門大戶的貴女們。」

莫夫人的擔憂更甚。「只怕，辛苦艱難的只有梅妍。」

莫石堅搖頭。「匹夫無罪，懷璧其罪，這消息一出，梅妍會被多少人當作眼中釘、肉中刺？我這區區芝麻小小官，根本護不住她。」

莫夫人更清楚大鄴女子的處境和不易。「梅妍若同意求娶，以後看似烈火烹油、鮮花著錦的日子，卻步步危險；她如果不同意，這輩子就再無遇到良人的可能。」

哪怕梅妍無心攀附鄔桑，被有心之人傳來傳去就走了樣，她即使滿身是嘴都說不清楚。

莫石堅殫精竭慮，最後才開口。「夫人，去勸勸梅妍，讓她思慮清楚。」

莫夫人搖頭。「我們還是好好想想，該怎樣護她周全。」

愁啊，兩人越想越愁。

梅妍回到小屋，沒事人似的，安排秀兒帶著姑娘們，給裁縫嬸子挨個兒量體，並認真記錄以免弄錯。

裁縫嬸子今天雖然沒聽密談，但也算站在了吃瓜第一線，興奮得有些語無倫次，可偏偏梅妍卻平靜得不像慕艾少女。

「梅郎中，妳不害怕？我還是第一次見到這麼多聘禮，也是第一次見到大將軍，那排場，那些聘禮，值了，活這麼多年也算開了眼界，長了見識！」

裁縫嬸子邊問，手上也沒閒下來。「梅郎中，妳為什麼不同意？大將軍活脫脫就是話本裡走出來的！那個傻啊……」

梅妍任裁縫嬸子問個不停，都笑而不語。

裁縫嬸子幫姑娘們都量好了，也沒問出個所以然來，不甘心。「梅郎中，清遠的姑娘家攀高枝，最多也就是嫁員外續弦，妳要是成了將軍夫人，那是麻雀變鳳凰啊！話本裡都不敢這麼寫！」

梅妍還是不說話。「秀兒，咱家路遠，妳駕牛車送嬸子回去。」

裁縫嬸子根本不想走，還打算繼續叨叨，沒承想被梅婆婆架著胳膊扶出去了。「哎，哎……我話還沒說完呢，梅郎中，妳到底什麼打算啊？」

梅婆婆正色道：「這位嬸子，請妳來，是看在瑞和布莊媄掌櫃的面子，妳是來量體的，不是來打探消息的。」

裁縫嬸子猛地意識到，自己犯了上門量體的嘴碎大忌，趕緊閉嘴。

梅婆婆警告。「今日這家裡的事情若抖漏出去，敗壞我家妍兒的名聲，老婆子讓妳以後都接不到活計！一時口快和一輩子的生計，孰輕孰重，妳自己掂量。還有，鄔桑大將軍的脾氣不好，親兵們更是性情火爆，別怪我沒提醒妳。」

「曉得了。」裁縫嬸子爬上牛車，咬緊牙關連嘴都不敢張開。這梅婆婆的眼神像在刀人啊！怎麼能這麼嚇人呢？

裁縫嬸子走了，梅家小屋外圍觀的百姓們也被嚇跑了，家裡總算清靜了。

梅妍無語望屋頂，鄔桑真的會每日一大早來求娶？一直求到她點頭為止？

她平日不輕易許諾，話一出口，自然說到做到。鄔桑似乎也是，他承諾的所有事情都做到了，無一例外。

梅妍想到他臨走時的話，就一個頭兩個大。還能更離譜嗎？

第二天一大早，鄔桑出現在梅家小屋外，聲情並茂地朗誦完一段長長的求娶詞，然後眼神溫柔地望著梅妍。梅妍被他看得頭皮發麻，斬釘截鐵地拒絕。

第三天一大早，鄔桑準時出現，高聲說完另一段完全不同的求娶詞，繼續深情凝望梅妍。梅妍拿掃帚把他趕出小院。

第四天、第五天……

之後的每一天，不論颳風下雨還是太陽初升，鄔桑都準時出現，對梅妍唸求娶詞，看她拒絕，就留下口糧和獸肉，默默離開。

梅妍望著他騎馬而來，又騎馬而去，一名親兵都沒帶，那身影無論從哪個角度看都很孤單。

第六天風颳得很大，一場秋雨近在眼前，梅妍打開屋門，就看到原封不動擺在外面的箱籠，還有長身玉立的鄔桑，哦，他今天又換了一套頗顯氣質的衣服。

是的，鄔桑每天的求娶詞不一樣，每天的衣服也不一樣，越來越貴氣。

梅妍默默翻了個大白眼，也不忘記行禮。「鄔將軍早。」

鄔桑又唸完洋洋灑灑一大段求娶詞，結尾還是那句。「不知梅郎中意下如何？」

「多謝將軍厚愛，小女子高攀不起。」梅妍聽梅婆婆說，她這兩天說的夢話都是這些。

鄔桑完全無所謂，問：「梅郎中，隨我去瞧瞧小水龜？」

梅妍心累得很，但綠毛龜代表著白花花的銀兩，無論如何都不能和錢過不去。「將軍請回吧，民女忙完手裡的事情才會去。」

「什麼事？」鄔桑問得溫和，實則不容拒絕。

「今日起民女不坐輪椅了，改拄枴杖，」梅妍如實回稟，大概真的是勞碌命，每天不是坐就是躺，渾身上下哪兒都不對勁。「打算多加練習。」

所以，梅妍打算改用枴杖，醫館的出診也要繼續，不能耽誤姑娘們學醫的進度，昨日量體的紀錄已經送到瑞和布莊，剩下的事情媃掌櫃全包了。

鄔桑應了一聲，騎馬離開。

梅妍把小屋裡的事情都安排完畢，就拄著枴杖、揹上竹簍，走得慢而踏實，準備去收綠毛龜。

事實上，梅妍天天靜養的身體，比以前虛弱了許多，以前兩刻鐘就能走到的距離，今兒用了三刻鐘都不只，一路上出了不少汗。好不容易快到了，抬頭就看到換回常服的鄔桑，背著雙手站在小池塘邊，彷彿與周遭的樹木融為一體，極為安靜。

鄔桑扭頭，望著額頭冒汗的梅妍，眼神深邃，不言不語。

梅妍拄著枴杖的胳膊發痠，還是先行禮，一時也不知道能說什麼。陽光透過樹枝漏下，照得小池塘的水波泛著星星點點的碎光，山風吹過，枝動葉搖，鄔桑望著梅妍許久，才開口。「我哪裡不好？」

「沒有，是我顧慮太多。」梅妍這幾日領教了鄔桑的執著，也知道清遠熱議不斷，但嘴長在旁人身上，由不得自己。

鄔桑平靜開口。「那晚我沒聽完妳的話，是我的疏忽，但我以為只要兩人真心想過下去，想在一起，其他事情都不是問題。」

梅妍想了想。「鄔將軍聽我講個小笑話吧，兔子帶著胡蘿蔔去釣魚，第一天沒釣到，第二天沒釣到，第三天還是沒釣到，第四天魚跳出水面怒罵，帶著你的胡蘿蔔滾遠點兒。兔子最愛胡蘿蔔，所以，牠認為魚也喜歡。可是魚喜歡什麼呢？魚吃蚯蚓、餌料，人總以自己的好惡揣測旁人，有時我是兔子，有時是魚。」

鄔桑先是一怔，細細思量以後，覺得這故事既荒誕、又真實。

梅妍難得直白。「鄔桑，我喜歡你，可我敬畏你的位高權重，害怕那些對你虎視眈眈的勢力；因為神仙打架，凡人遭殃，我只是區區良民。」

鄔桑坦然走向梅妍，陽光下深棕的眼裡泛著水光。「我戰功太高，陛下允我挑選妻室，允我回鄉養病，允我許多事情。功高蓋主的下場誰都知道，我沒這麼蠢，只要大鄴不起大的戰事，我會在清遠活到老死。我有能力讓妳衣食無憂、讓妳發揮自己的醫術，治病救人，守護育幼堂的孩子。」

鄔桑又保證道：「放心，我不會讓妳捲進國都城那吃人的名利場，也能保住妳不會被選入太醫院，受那些老腌臢貨的覬覦。我娶妳，什麼事都不會強迫妳，妳放心去治病救人，一切有我，不用擔心。至於以後能不能有子嗣，就看我們各自的運氣，畢竟這種事情除了試，也沒其他法子可以知道結果。」

像是看透了梅妍的心，鄔桑語氣溫和。「能生最好；不能生，育幼堂的孩子們，一半隨妳姓，一半隨我姓。想來，妳我教育出來的孩子們都不會差。」

第九十章

梅妍有些懵，還有些感動，怔住許久才找回自己的聲音。「你怎麼知道？」知道自己那麼多擔心，那麼多顧慮。

郳桑伸手握住梅妍的手。「妳是棄兒，我是孤兒，我們背後沒有家族的支持，像水中浮萍無依無靠，面對權力地位、高官厚祿時的恐懼和擔憂，都一樣。」

梅妍的心跳得快極了，望著郳桑牢牢握住自己的大手，心中那道厚得無法撼動的屏障，慢慢瓦解了。

郳桑看到梅妍暗藏得像鎧甲一樣的戒備慢慢消散，更近一步。「梅妍，我麾下有許多殉國將士的妻子要臨盆，她們在家鄉無依無靠，我打算派人把她們都接來。所以，梅妍，在秋草巷開家婦產科醫院吧，妳需要的所有物品，我都能讓軍中工匠們備齊。」

梅妍簡直不敢相信。

郳桑笑了，梅妍瞪大眼睛發傻的樣子好可愛，乘機偷親她微張的粉嫩雙唇。「妳不答應求娶也沒關係，日久見人心，我總能等到妳同意的那天。」

梅妍腦袋裡嗡嗡的，不明白郳桑這種一根筋到底的人，怎麼能在六天內轉變得這麼快？

郳桑不高興了，梅妍剛才只是下意識閉了一下眼睛，完全沒有嬌羞以及互動的甜蜜，特別認真地扳正她的臉。「不喜歡？」

「啊？」梅妍從震驚中回神，依稀彷彿……身體比大腦的反應迅速，直接伸手捶了一下鄔桑的肩膀。「你……」

鄔桑不躲不閃硬挨了一下，和身上的舊傷比起來，這還不如毛毛雨，好歹潮濕感還能讓人煩躁。「我很認真，認真想親妳，想握著妳的手不鬆開，想時刻都在妳身邊。」

梅妍白皙的耳朵最先泛紅，很快蔓延到粉嫩的雙頰，在陽光綠樹的映襯下，宛若人面桃花。

鄔桑狠狠心動了，越湊越近，近到鼻尖相抵，能在彼此的清澈眼睛裡看到自己。「梅妍，我想親妳，妳有回應的那種。」

梅妍伸手抵住鄔桑的胸膛。「你真的願意等？」

「當然。」鄔桑不假思索地回答。「前提是妳心裡有我，我既不是戀愛腦，也不當舔狗。既然真心相愛，給彼此一點時間也是應該的。」

梅妍沒忍住噗哧樂了。「你還知道舔狗和戀愛腦？言情小說和段子沒少看呀！」

「哼。」鄔桑沒好氣地移開視線，掩飾莫名的尷尬。

至此，梅妍煩躁了六天的心總算平靜下來，心情大好，將枴杖放在樹旁。「我去抓綠毛龜！」

鄔桑生氣了，一把抱起梅妍放在上次的橫枝上。「我和妳說了這麼多，妳卻只想抓綠毛龜？」

梅妍望著鄔桑快氣炸的樣子，趕緊拉著他的手。「你說的我都聽到了，也聽進去了，建婦產科醫院需要許多裝置和設備，連下水道都要預先安排，是個超級大工程。」

「然後呢？」鄔桑有梅妍柔滑的小手握著，火氣消了大半。

「雖然大將軍你很有錢，但是這都是大花銷，我再怎麼厚臉皮，也不能讓你一個人全包，總要盡棉薄之力，表示心意。畢竟極端情況下，蚊子腿也是肉嘛。」

鄔桑一下就被安撫好了，心情大好。「如果梅郎中以身相許，就更好了。」

梅妍只當沒聽見。「放我下去！」

「親一下，行不行？」鄔桑認真又執著。「妳不發呆、有回應的那種。」

梅妍嘆氣，勾住鄔桑的頸項，在他的臉頰上啵了一聲。

鄔桑沒想到梅妍會主動，頓時眉開眼笑。「等著，我替妳抓。」

梅妍望著鄔桑極其熟練地找線、拖拽、抓龜、扔進竹簍一氣呵成，既慚愧、又有些感動，好像她只是放了水龜，只餵了一、兩次，多半都是他在照看。

一刻鐘後，三隻綠毛龜放在梅妍的背簍裡，梅妍拿著枴杖被鄔桑抱下山。

「以後每天都見？」鄔桑實在不捨得放手。

「好。」梅妍話到嘴邊又咽下去，換了另外的問題。「那些箱籠和紅擔子你讓人拿走，雖然我家門口車來人往不多，但總是礙事，還惹人非議。」

鄔桑的鼻間充斥著梅妍的髮香，心不甘、情不願地回答。「營地裡只有帳篷，蟲蟻猛獸多，既不防水、又不防曬，擱那兒的話，裡面的字畫、布料都要放壞了。秋草巷還沒修葺好，沒地擱。」

「像你那樣放在露天就不會壞了？」

「放妳小屋裡。」

「我家屋子太小。」梅妍小屋裡人實在多，哪能騰出那麼多地方？

「胡郎中不是給了妳許多鑰匙嗎？妳找幾間屋子去放就是了，不，是我暫時借放在那些屋子裡。」鄔桑心中有了主意。

「行。」梅妍沒多想，把那些惹眼的箱籠趕緊搬走最重要。

「成，妳回去找可以安置的房子，越快越好。」鄔桑把梅妍放在路上。「我去通知親兵們，保證在傍晚時分全都搬走。」

「一言為定！」梅妍拄著枴杖，揹著竹簍，以最快的速度向小屋走去。

鄔桑望著梅妍嬌小的身影，滿眼溫柔。

梅妍回到家，從梅婆婆那裡取了那一大串鑰匙，就讓秀兒駕著牛車，先趕去綠柳居。

花落看到梅妍竹簍裡的綠毛龜時，兩眼都直了。「梅郎中，妳真的找到了？這……怎麼可能？」

梅妍特別開心。「這兩隻交給妳啦，記得賣個好價錢。」

「還有一隻呢？」花落不願錯過品相最好的一隻綠毛龜。

「有用啊。」梅妍坐上牛車離開綠柳居，徑直向縣衙駛去。

鄔桑帶來的工匠們手藝很紮實，效率也很高，再加上木料質地很好，重建縣衙的大工程進行得很順利，眼看著就到了「上梁」的當口。

按照清遠的傳統，家家戶戶房屋「上梁」都是關係到家宅安寧的大事，縣衙更是如此。

梅妍問過梅婆婆，縣衙重建這種大事，清遠有什麼習俗。梅婆婆想了想說，百姓們會送尋常百姓家「上梁」，要擺席請客，客人們也要提禮相送，祝家宅安寧。

清遠能遇上莫石堅這樣的清官實在不容易，尤其是上次對峙孔欽差的時候，所以，梅妍就決定把品相最好的綠毛龜當禮物送給他。

牛車停下時，特別巧，莫石堅和師爺難得有空，在現場當監工。

「莫大人！」梅妍拄著枴杖打招呼。「師爺。」

莫石堅和師爺聽到聲音立刻回頭，大吃一驚。「梅郎中，妳不在家好好養病，出來做什麼？」

梅妍把竹簍遞到莫石堅面前。「莫大人，縣衙重建上梁，這是民女的一點心意。」

莫石堅和師爺看到綠毛龜時，眼睛都直了，這大小，這品相，這、這、這也太貴重了！不說這綠毛龜的身價，單是「官運亨通、清廉方正」的喻意，就是數一數二的好禮！

莫石堅的聲音柔和得能滴水。「梅郎中，哪兒得來的？」

「上山撿的。」梅妍發揮隱藏技能，一本正經地胡說八道。

哪兒撿的，快帶我去！這句話被莫石堅生生咽回肚子裡，絕對不能說，丟不起這個人！

「您不喜歡嗎？」梅妍一臉認真。

莫石堅接過竹簍的雙手都在抖。「喜歡。」時刻提醒自己，不能失態，不能失態。師爺也高興。「梅郎中，能撿到綠毛龜，妳也是要行大運的人了！」

莫石堅的嘴角一抽抽，可不是，鄔桑都向梅妍提親六次了！六次了！整個清遠，誰也不敢信，可誰都不得不信，事實擺在眼前，不信就要啪啪打臉。

梅妍完全沒當回事，養綠毛龜是為了賺錢，至於其他，她根本不指望。「莫大人，您要不要把龜養到水缸裡？缺水時間太久的話，可能會掉毛。」

下一秒，莫石堅和師爺就消失在梅妍面前，速度之快，讓她都覺得自己眼花了。

送完綠毛龜，梅妍又坐上牛車到了胡梅醫館，胡郎中難得病患少，見到她第一反應就是繃著臉。「身體還沒養好，就不願坐輪椅，誰讓妳到處亂跑？」

梅妍已經習慣了，只當沒聽見，掏出鑰匙串。「胡郎中，這些可以開哪裡的門？鄔將軍有些東西要暫時借放。」

胡郎中走出診檯。「走，去縣衙。」

「啊？」梅妍一時反應不過來。「去縣衙做什麼？」

「辦過戶手續。」胡郎中徑直向縣衙走去。

梅妍當時收下鑰匙串，只是為了讓情緒激動的胡郎中安心，沒想到過了這麼久，他還是堅持要送。「胡郎中，這些都是您的積蓄，不是我靠雙手得來的！」

胡郎中笑了。「怎麼？老夫在梅郎中眼中如此不守信用？」

對清遠縣衙的差役們來說，或是對莫縣令和師爺來說，梅郎中和胡郎中無疑是最受歡迎的良民，無論辦什麼事都會優先處理。

胡郎中撂下一句。「這些任憑妳處置，但是若有一日老夫去了，妳和柴謹二人要帶著育幼堂的孩子們給老夫披麻帶孝！」

於是，兩刻鐘後，鑰匙串還在梅妍手中，面前則多了一疊房契，哦，還多了一位親爺爺。

柴謹手中也有數額相等的房契。

兩人眼神都十足的迷茫。啊這……世界太玄幻了。

梅妍坐著牛車離開縣衙，回梅家小屋的路上，果然看到鄔桑的親兵們排在箱籠旁待命，而小屋門前站的不是別人，正是鄔桑。

「這些擺哪兒？」鄔桑望著牛車上的梅妍，這小妮子怎麼有些恍惚的模樣？

梅姸取出一張寫滿地址的紙，順手把鑰匙串交給鄔桑。「隨便你選。」

鄔桑輕笑一聲接過，一目十行地看完，然後出聲。「起！城北樵喬巷，城西落花弄，城東白石坊，天黑以前搬完，否則軍法處置！」

親兵們齊聲回答。「是！」

軍令如山，夕陽西下，梅家小屋門前的箱籠和紅擔子全都搬走了，連土路都打掃得很乾淨。新一波消息再次傳遍清遠，大將軍六次求娶不成，仍不退縮，只是將聘禮暫時擱置，對梅郎中用情至深，實在令人羨慕。

當林子裡飄下第一片黃葉，清遠的秋天就這樣來了。

就像梅婆婆說的，清遠的秋冬沒個準兒，說冷就冷。好在，育幼堂孩子們的冬衣都已經備好了，再冷也能好好過冬。

清遠縣衙「上梁」一日，像梅婆婆說的，清遠百姓們自發送去了許多禮物，把縣衙廣場的空地都堆滿了。

莫石堅、師爺和差役們，望著滿地的禮物，不由得想到百姓們為了保護他們，不惜與欽差對抗，一時間感動不已，個個鼻子發酸。這麼多禮物裡，最貴重的還是綠毛龜，被莫石堅養在縣衙的內院水缸裡，並沒有展示出來。

又過了十日，在地下窩得快發霉的莫石堅帶著差役們，在里正和村正的幫助下，搬進了煥然一新的清遠縣衙，曬著太陽，呼吸著不帶潮濕陳腐味的空氣，大家都覺得身心舒暢。

梅妍也終於扔了枴杖，可以正常行走，但被胡郎中把行走時間控制在每日兩次，每次兩刻鐘。所以，大多數時間裡，她都窩在臥房裡，畫秋草巷改建婦產科醫院的草圖。

事實上，梅妍再怎麼努力，也只是個優秀的婦產科醫生，各種建築的事情還是要交給專業的人去做。於是，一諾千金的鄔桑帶著梅妍的草圖和要求，召集了一大群工匠通力合作，為清遠乃至大鄴第一座婦產科醫院而努力。

這些工匠們，有清遠本地的，更多的還是鄔桑軍營裡的，他們做事高效、態度認真又嚴謹，先通力合作修葺好百姓們因為冰雹受損的房屋，而後重建縣衙，現在又修建醫院，經驗也隨之增長。

眨眼間就到了八月中旬，清遠一天比一天冷。

綠柳居的花落，給了梅妍四張銀票，每張銀票面額都是二百兩，在大鄴，兩隻綠毛龜就是值這個價。

梅妍望著手裡的銀票，好奇地問：「花掌櫃，那隻品相最好的綠毛龜能賣多少錢？」

「至少一千兩！」花落回答得很乾脆。

梅妍心疼得要捶胸口。早知道那隻綠毛龜不給莫石堅了，一千兩啊……

「現在知道心疼了？」花落被梅妍複雜的表情給逗笑了。「我當初怎麼和妳說的？」

「讓我緩緩。」梅妍捂住耳朵。不行，太心疼了。

花落笑聲像銀鈴一樣清脆。「說好的，綠毛龜這樁買賣，妳只能和我做，我不賺妳一文錢。」

「那不行！」梅妍從荷包裡找散碎銀兩和小額銀票。「路費什麼的總要算，不能讓妳白跑啊。」

花落斂了笑意。「我之前向妳提的，那些姑娘們還有兩、三天就到了，只要妳不嫌棄收留她們，教她們接生和醫術，我就心滿意足了。放心，她們的其他花銷都由我負責，不用妳操半點心。」

梅妍同樣認真。「我說到做到。」

花落的眼睛裡漫起了水氣。「有些……姑娘，傷的傷，病的病，妳能替她們瞧瞧嗎？」

「當然可以，只要病人不存心訛人，哪位郎中會拒收病人呢？」梅妍不假思索地點頭。

「一言為定！」花落緊緊拉著梅妍的手，內心的感動無法言喻。

正在這時，胖大廚端著新製的糕點走來。「梅郎中，嚐嚐栗子糕。」

梅妍眼睛一亮。「胖大廚，你瘦啦！瘦了不少呀！」果然是無節制吃吃的錯。

花落搖著團扇，慢條斯理地回答。「那是啊，綠柳居上下都盯著，他想不瘦也不行！」

梅妍跟著胖大廚到過秤處，減掉的重量竟然比預計得還要多，真是大驚喜。

胖大廚嘿嘿傻樂。「梅郎中，我現在走路再快都不喘了，不像以前。」最開始確實挺難受的，但知道身體健康最重要，再加上大家認真督促，他總算艱難地適應了。

花落追問。「梅郎中，飲食方案還要調整嗎？」

梅妍想了想搖頭。「欲速則不達，過快減重對身體影響很大。胖大廚，飲食方案暫時不調整，堅持住，還是每日記錄體重，如果連續兩周體重不降，我再做調整。另外，你還要三餐規律、多喝水，以免身體受損。」

「好！」胖大廚答應得特別爽快，還不忘讓梅妍多帶兩盒栗子糕給育幼堂的孩子們吃。

梅妍也不客氣，照單全收，周遭的人事物都在變好，每一天都過得很有意義。

相較之下，鄔桑過得不開心，因為梅妍每天忙到飛起，見面的時間和次數大大減低，每次他回到臨時營地渾身都散發著寒氣。

營地的親兵們，能躲多遠、就躲多遠，連日常愛打聽的三腳貓都不敢靠近鄔桑的軍帳。

當然也有例外，比如羅玨坐在軍帳一角，大口啃著脆甜多汁的梨，饒有興致地看鄔桑生悶氣，啃完一個，打趣。「喲，吃醋啊？」

鄔桑用眼神削他。

「哎，大鄴的絕大部分女子，以夫為天，恨不能形影不離。」羅玨又拿了一個梨，細緻地削皮。「偏偏這種的，你瞧不上。梅妍是難得的例外，能文能武，醫術精湛，又被梅婆婆教養得很好。上午醫館出診，下午在家授課，每天都很忙，氣色越來越好，眼睛裡有光。你就是喜歡這樣的梅妍，怎麼還氣上了呢？」

鄔桑的臉色更難看了。

羅玨好整以暇地削出了完整的、長長的梨皮。「我知道，你希望她白天忙完，晚上黏你，是吧？怎麼可能？她晚上還要備課，忙姑娘們的生活。你看鐵七那個鐵憨憨，劉蓮姑娘每天睜眼忙到閉眼，他就能做完營地的事情，第一時間趕去幫忙，照這樣下去，娶到打鐵娘子就是眼前的事了。鄔大將軍，再看看你自己，這樣子合適嗎？」

羅玨看熱鬧不嫌事大。「你這就是閒的，你也去找點興趣愛好，和梅妍一起在清遠發光發熱。我聽過一句話很好，身心契合的兩人，不會為愛放棄自己，而是在自己的領域閃閃發亮，互為彼此的驕傲。」

鄔桑還是沈默。

羅玨說著又啃完一個梨。「梅妍忙，沒空見你，你可以去見她啊！我告訴你，醫生都特別忙，也特別喜歡在忙完以後聊八卦，越不相干的越好，用來緩解緊張情緒。哎，你最好和她聊心裡話。」

鄔桑起身就走。

第九十一章

胡梅醫館掛牌沒幾天，梅妍還沒來得及發揮實力，自己就先「醫不自醫」地休了很長的病假，恢復出診以後，女病人還是寥寥。

但胡郎中卻輕鬆了許多，所有女病患的觸診都交給了梅妍，外傷更是如此。梅郎中的名聲也漸漸傳開，贏得清遠女性頗多的尊重。

所以，梅妍出診基本都是當胡郎中的醫助，秉持著日久見醫術，她並不著急，沒病人的時候，就帶著姑娘們在醫館見習，不管是胡郎中，還是柴謹，都願意教她們。

尤其是秀兒，學得最認真，嘴甜又勤快，一口一個「柴師兄」，對著病人也是「叔叔、嬸嬸、大伯、小弟弟、小妹妹」，連病患們都親切地叫她「秀兒姑娘」。

每到秀兒見習的那天，柴謹都特別高興，因為不管什麼，她一聽就會，記得最牢。

今天又輪到秀兒見習，梅妍替胡郎中當助手，秀兒給柴謹當助手，四個人效率頗高，一個時辰不到，候診的病人們都走了。

今兒天氣好，陽光不錯，一人多高的草藥曬架擺了五個在外面。

秀兒和柴謹兩人輪流端著笸籮出去，剛出醫館又折回來。「胡郎中，梅郎中，縣衙廣場那裡來了好多人，車隊都快排到醫館了。」

胡郎中慢悠悠地開口。「清遠這種窮鄉僻壤來貴客可不是什麼好事。」

梅妍不管別人，整理著背包。「秀兒，我們該回去了。」

「好。」秀兒麻利地把藥材鋪平，放在曬架上，和柴謹一起加固曬架，保護來之不易的草藥。

偏偏正在這時，一記清脆的鞭響，擦著秀兒的肩膀甩過。

柴謹眼疾手快地拽回秀兒，讓鞭梢落了空。不知所措的秀兒差點撲到柴謹身上，一輛大馬車擦著曬架而過，眼看著曬架被撞得搖搖晃晃，兩人猛地撲過去扶住，才堪堪穩住。

事情發生得太突然，柴謹和秀兒嚇得臉都白了。

柴謹緩過來氣得大罵。「哪有這樣趕車的?!」

大馬車帶著尾塵，揚長而去。

柴謹快氣炸了，幸好曬架上還蒙了層布，不然被塵土污了還要重洗重曬。

胡郎中和梅妍兩人目睹了橫衝直撞的大馬車，又急又氣，幸好秀兒沒事，曬架也沒倒，不然冬天的藥材就沒了。

梅妍把秀兒拉過來，從上到下檢查了一遍確定沒事，扭頭看胡郎中。「馬車由東向西，卻沒有出城，這不是路過，是要留在清遠的樣子。」

胡郎中的壽眉和鬍子一起顫抖著，清遠百姓好不容易有的安寧日子，只怕又要到頭了。

梅妍和秀兒坐上牛車，回梅家小屋的路上，不斷看到穿著制式衣服的家丁，步行的，騎馬的都有，清一色的橫衝直撞。沿路的百姓都恨不得貼著牆走，就算這樣還是走得膽顫心驚。

一路上，秀兒提心弔膽地駕著牛車，稍有動靜便立刻停下。

梅妍看得一肚子氣，但自己只是區區良民，如果還是賤籍的話，連大路都不能走，太讓人憋屈了。

回到梅家小屋，就看到鄔桑的馬車在不遠處的農田旁停著。

梅妍下了牛車，連家都沒進，拄著枴杖徑直走到馬車前，眼中只有倚在車旁的鄔桑。

鄔桑第一次見到梅妍這樣走向自己，隨著她越來越近，積蓄的怨氣漸漸消散，還有些受寵若驚。

梅妍仰頭看著鄔桑，張了張嘴卻沒發出聲音。她這是怎麼了？想讓他去城裡教訓那群橫衝直撞的家丁？那她拿他當什麼？

「怎麼了？」鄔桑清晰地感受到了梅妍的怒氣。「誰欺負妳了？」

梅妍一臉驚愕。「你看得出來？」

鄔桑輕笑。「妳把臉擋起來，我也能看得出。」

梅妍氣呼呼地把事情說完，心裡舒服多了。

鄔桑轉頭問烏雲。「來者何人？」

烏雲回答。「莫夫人的親姑母，江臨郡太守江夫人，從五品，帶著小兒子江慶來探親。

原來想著，莫縣令會加以約束，但現在看來……江慶自小被慣得無法無天，方才在大街上橫衝直撞的大馬車，就是他的那輛。」

梅妍傻眼，莫夫人的親姑母……大長輩啊，怎麼這樣？

「太守夫人今年四十有二，將江臨太守府打理得井井有條，莫夫人年幼時曾經寄養在太守府一段時間，想來感情不錯。這次來清遠是為了莫家子嗣。」

梅妍不可思議，太守夫人大老遠地趕到清遠來催生?!還縱著家丁在大街上橫衝直撞？

鄔桑向梅妍眨了眨眼睛。

梅妍默默低頭，誰家沒點奇葩親戚？鄔桑去城裡規勸太守夫人，就是在打縣令的臉，這事，確實不好插手。

「如果鬧得太大，我會出面。」鄔桑已經奏請陛下將巴嶺郡作為自己的封地，一來這裡窮鄉僻壤，不會惹人眼紅；二來，更加明確自己無心政事的立場。

「好。」梅妍望著鄔桑，陽光下的他高大又英俊，眉眼舒展，給了她足夠的安全感。

「這就高興了？」鄔桑有些意外，她的氣來得快、去得也快，完全不用哄。

「嗯。」梅妍踮起腳尖，在鄔桑臉頰上親了一下。「我回去啦。」

鄔桑內心狂喜，又有些不可思議，梅妍剛才親他?!

烏雲坐在馬車前面一臉的非禮勿視，他確實什麼都沒看見，但是都聽見了。

鄔桑目送梅妍回家。「烏雲，回營地！盯緊江慶和江夫人。」

「是！」

鄔桑回到臨時營地時，羅玨正在上解剖課，孩子們個個聽得認真，但是能記住多少，真的不知道。

孩子們最尊敬的是鄔桑，也惦記育幼堂的姑娘們，總想著要見，但誰也不敢提，每次都只敢眼巴巴地望著他。

鄔桑在臨時小課堂前面經過，腳步停頓一下，又回到軍帳裡。

羅玨看著孩子們滿臉問號，拍手。「下課，明日一早抽背今天的課程。」

男孩們立刻對著解剖教學圖認真複習，抽背不過是要受罰的。

羅玨轉身進了軍帳，又看到鄔桑笑得不值錢的樣子。「喲，進展不錯嘛，笑成這樣，嘖……瞧你這點出息。」

鄔桑隨手拿了一個梨開啃，意思再明顯不過，不想說話。

羅玨恨鐵不成鋼。「堂堂大將軍，求娶不成，還天天明裡暗裡地陪著，也不怕人笑話。」

鄔桑只當沒聽見，羅玨雖然毒舌但有理。

羅玨又問：「你真打算將戰死將士的懷孕遺孀接到清遠來？梅妍要忙成什麼樣？」

鄔桑總算答了。「除了孕婦們，還有一批身世可憐的女子要來清遠，她們會跟著梅妍學習怎麼當穩婆，育幼堂的姑娘們已經在醫館見習，到時候再招募一些其他地方的穩婆，讓梅妍嚴格訓練，屆時人手不是問題。梅婆婆也是正經八百地接生了幾百個孩子的穩婆，她深藏不露，定能協助梅妍把事情安排妥當。」

「可以。」羅玨點頭。「你現在又在琢磨什麼事？」

鄔桑極為嚴肅。「江臨郡太守夫人帶著兒子來清遠，對家丁毫無約束，我怕他們鬧出事情來，而且據說這兒子手上有人命。」

烏雲很聰明，沒有把消息全都告訴梅妍，在回營地的路上才說。

羅玨笑了。「你一個驃騎大將軍還怕太守夫人？你要不要這麼搞笑？」

「是莫夫人的親姑母。」

「啊這……」羅玨笑得有些僵硬。「這倒是有些難辦了。」

清遠縣衙內院花廳裡，莫夫人和太守夫人正在品茗，清雅的茶香瀰漫開來，沁人心脾，儘管兩人臉上都有久別重逢的喜悅，但眼神裡卻差了點意思。

「沁兒啊！」江夫人從手指甲到每一根頭髮絲都保養得很好，連發自內心的嘆氣都把氣息掌握得極好，雙手交疊在扶椅一側，坐得筆直而端莊。「瞧瞧這五年你倆過的什麼日子？堂堂縣令夫婦，整日蟄居在縣衙裡，連個宅子都沒置辦。再瞧瞧妳，每日連妝髮都不上心，喝的這是什麼茶葉？如果妳早生出一男半女，夫君自然上心，哪捨得讓妳吃這苦？」

莫夫人左耳進、右耳出，望著江夫人身旁的四名美貌女使，再看著她一身華服，以及這次馬車隊的規制，真是從五品的姑父花銷得起的？

莫夫人怎麼也沒想到，莫石堅那邊都不再過問子嗣之事，自家嫡親的姑媽竟然大老遠來勸自己久無所出，要溫良賢慧地給夫君納妾，真是不知該如何吐槽。就像梅妍說的「槽點太多，一時不知該先吐槽哪個」。

江夫人一臉心疼地拉起莫夫人的手。「哎喲！不是我說，妳母親也是心大，怎麼沒在出閣前沒好好教妳？」

莫夫人的臉上出現了一絲裂紋，這話說得真刺耳。

這就是梅妍說的「捧高踩低」？真形象。但作為晚輩，莫夫人再怎麼聽不下去，也不能表現出來，不然就是「忤逆長輩」。什麼時候才是個頭啊？

上天彷彿聽到了莫夫人的無奈，一名江家家丁跑進縣衙內院的門邊，行禮。「夫人，不好啦，四公子被人打傷了！」

江夫人手裡的帕子捏出了褶子，臉色未變。「慌什麼？鄉野村夫毆打世家公子，告到縣衙按律處置就是，慌慌張張的，成何體統？」

一瞬間，莫夫人有了剛離狼窩又遇猛虎的感覺，額頭隱隱作痛，她在江家住過，自然知道四公子是什麼德行，在夫君管轄之地被人傷了，江家必定不會善罷干休。

幾乎是前後腳，江四公子跌跌撞撞地進來。「阿娘，兒子快被人打死啦……」身邊還跟著兩名嚇得花容失色的美麗婢女。

走到近前，江四公子髮冠散亂，左眼腫得像核桃，右臉全是駭人的擦傷，鮮血順著臉頰滴在衣襟上，手上、廣袖上全是血，襯著蒼白的皮膚，著實嚇人。

江夫人看得手抖，顫著聲音。「還不去找郎中？」

「阿娘，好疼啊！」江四公子疼是真疼，眼淚流過傷口，越發痛不欲生。

「趙郎中呢？趙郎中在哪裡？」江夫人這次出門，帶了郎中的。

趙郎中應聲出現。「夫人，請恕趙某才疏學淺，四公子的臉傷無論如何都會留疤。」

留疤意味著破相！江四公子還未娶妻，這可如何是好？

江夫人手裡捏的帕子都快擰爛了，盯著趙郎中。「你是江家養的郎中，主子出事了，不想著趕緊醫治，說什麼無論如何都會留疤？江家養你何用？」

趙郎中顯出三分驚慌和七分認命。「夫人，人力終究有限，若您還存著更多希望，還請另尋名醫。」

莫夫人和守在外面的莫石堅聽了，立刻明白，這位趙郎中是打算撂挑子，好讓江夫人把怒氣都撒到清遠郎中身上，打得一手好算盤。

可清遠的胡郎中和梅郎中，都是數一數二的名醫，絕對不能讓他們陷到這樁事情裡來，這對胡梅醫館來說，根本是飛來橫禍。

莫夫人滿臉恭順，輕聲回答。「姑母，四表哥的臉傷得這麼嚴重，還是讓郎中趕緊處理，清遠窮鄉僻壤的哪來好郎中？臉傷事大，拖延不得。」
兩句話把江夫人和趙郎中都說怔了。
江公子頭疼臉疼哪裡都疼，聽他們絮絮念叨沒完沒了，氣得大吼一聲。「還有沒有人管我死活?!」
趙郎中只得把自家公子扶到一旁，開始用淡鹽水清理傷口。
面部傷口雖然淺，但架不住面積大，淡鹽水碰到傷口的瞬間，江公子發出一聲慘叫。「疼死我了！」
江夫人猛地轉身，無比氣憤。「莫大人，你是不是該給我家慶兒一個說法？」
美麗婢女收到當家主母的眼色，立刻啜泣著行禮。「莫大人，我家公子的馬車行至劉記鐵匠鋪時，馬車扯著了店鋪幡布，裡面的掌櫃就衝出來對我們惡言相向，然後……公子就被打倒在地。」
江夫人吩咐。「來人，去把劉記鐵匠鋪的掌櫃抓來！」
江家的家丁們立刻去拿人。
不遠處，雷捕頭和王捕頭不著痕跡地攔住他們的去路，畢竟今天江家進城時盛氣凌人的樣子，讓清遠百姓氣得牙根癢癢。
「江夫人請稍等。」莫石堅態度很恭敬，卻並不唯唯諾諾。「待本官派人去查明實情，再做處置也來得及。現在，四公子傷得厲害，好好處理才是最要緊的事。」

江夫人哪能聽不出莫石堅的話裡有話，清遠是他的地盤，容不得其他人在這裡撒野，臉色越發不好看。

雷捕頭收到莫石堅的眼色，立刻去打探消息。

等待的過程格外漫長，伴著江四公子的慘叫聲，在場每個人都不太舒服。

江四公子的臉龐總算清理乾淨，趙郎中已經急出一身冷汗。

幾乎同時，雷捕頭帶回調查結果。「回莫大人的話，江公子的馬車在大街橫行，撞翻百姓曬架上的物品，扯斷店鋪幡布，還打傷了掌櫃。」

「胡說！」江夫人氣得渾身發抖。「我家慶兒都摔得破相了，你還扯這些做什麼？」

雷捕頭退到莫石堅身旁。

莫石堅的話更加堵人。「江夫人，本官立刻差更多人去打探。」

此時，江四公子的臉已經沖洗乾淨了，淡鹽水卻持續地發揮作用，越來越疼。

江夫人最寶貝這個小兒子，從小到大有求必應，長到現在，全身上下連塊皮都沒破過，眼看著今天遭逢大難，沒想到姪女和姪女婿卻是如此態度，這分明是「忤逆尊長」！

江夫人望著莫夫人，語氣幽怨。「沁兒，想來多年不見，妳也不記得在姑母家生活的事情。我是福薄的，生了四個兒子，唯獨沒有女兒，所以打心底把妳當女兒疼愛。四位哥哥，妳也是見過的，他們待妳不好嗎？」

莫夫人更加頭疼。「姑母，您這說的是哪裡話？」這位親姑母，以前對自己是真心好，但管得也特別多，才會大老遠的，跑到這兒來催自己替夫君納妾。

莫石堅行禮。「江夫人，本官雖是小小縣令，也要秉公執法，等查清來龍去脈，自然會按大鄴律法處置。您不如與夫人一起，去花廳喝茶。」

江夫人強硬得很。「今日若不替我兒討回公道，絕不善罷干休。」

第九十二章

正在這時，鐵七和劉蓮二人，以及鐵匠鋪周圍的鄰居，都被雷捕頭叫到縣衙裡。

莫石堅的頭都要裂開了。江四是太守之子，鐵七是鄔桑的親兵，哪邊都不好得罪，他根本就是風箱裡的老鼠，兩頭受氣啊！

鐵七和劉蓮兩人都是訥口的人，說事情其實不在行，幾次都有些結巴，總算把事情說清楚了——

原來是劉蓮去集市採買蔬菜和米麵，被江四公子在馬車上一眼看中。馬車尾隨著她，一直跟到劉記鐵匠鋪外，勾壞了新掛的幡布。

劉蓮聽到聲音就出門看，剛好江四公子搖著扇子被家丁扶下馬車，立刻開口。「這位公子，你家馬車弄壞我家布幡……」

哪知道江四公子笑咪咪地看著生氣的劉蓮，脫口而出。「姑娘今年貴庚？可曾婚配？」

劉蓮當時就懵了。這位穿著華服的公子竟然是登徒子?!

鐵七在屋子裡聽得清清楚楚，大步走出來。「這位公子，要打鐵就拿傢伙出來，不然就駕著馬車離開，這巷子不大，容易堵塞。」

劉蓮不知道如何回懟，鐵七也只想大事化小，讓馬車走了以後再說。

可江四公子挑逗少女十分得心應手，在劉蓮這裡卻吃了個癟，沒想到窮鄉僻壤的山姑，不，村姑完全不吃這一套，不僅不喜歡，還非常厭惡。

鐵七又上前一步，提醒。「這位公子，沒事的話就趕快走。」

江四公子一扇子甩在鐵七臉上。「本公子與姑娘說話，與你何干？」

鐵七的臉上被劃出一道血痕非常清晰，當下動起手來。

江四公子哪裡是鐵七的對手，五招不到就挨了揍，生平第一次挨揍就挨得這麼重，這遠遠超出他的承受範圍，腳下一滑摔在了石階上，還往下滑了一段。被婢女們七手八腳地扶起來時，他人都傻了，真是生平的奇恥大辱，立刻回縣衙向阿娘訴苦。

周圍的人都望著鐵七臉上的血痕。

江四公子大聲說道：「阿娘，買下這位姑娘！」

鐵七攔在劉蓮前面，大聲喝斥。「誰敢動她?!」

這一瞬間，劉蓮覺得鐵七前所未有地帥氣。

江夫人氣得渾身發抖。「你們竟然這樣誣衊我兒子，想來，莫大人是不打算替我們主持公道了？」

劉蓮和鐵七一聽就氣著了，在縣衙還這樣囂張地要公道，這婦人和兒子都是一路貨色。

莫石堅工作時是「拚命三郎」，在親情、公理上面向來分得清楚，長輩也分許多種，不是每一位都值得尊敬。

莫夫人很沈默，姑母這次來存的什麼心？

劉蓮平日訥口得很，只在梅妍面前話多，聽官家夫人這樣說，立刻氣憤難當。「請莫大人替民女作主！最重的臉傷明明是他自己摔的，與民女無關。」

江夫人怎麼也沒想到，一介平民竟敢向縣令喊冤，最關鍵的是莫石堅和姪女兩人都不發話，這分明是駁她的面子！

侍女，婢女，一院子的人看著呢，江夫人氣得頭暈目眩，一陣陣地難受，指著莫夫人。「沁兒，妳小時候姑母可待妳不薄啊，妳怎麼能坐視自家表哥被人打到破相，卻一言不發啊？妳好狠的心啊！」

江夫人忽然停住，帕子捂嘴連連乾嘔，好不容易緩過來，還不忘用手指著莫夫人。

眾人面面相覷，只敢轉動眼珠子望向莫夫人。

莫夫人果斷上前扶住。「姑母，隨我去內院歇息吧，情緒太過激動對身體不好。」

「不去！妳表哥這事情怎麼說？青天白日的，這倆刁民就敢當眾誣告，今兒必須給個說法！」江夫人甩開莫夫人的手，怒容滿面。「莫大人，你動手還是我家動手？」

劉蓮從來沒這麼厭惡過自己的不擅言辭，如果梅妍在就好了，哪能讓這位夫人顛倒黑白？

鐵七捏得拳頭咯咯作響，他的官印和官袍都不在身邊，不能以權勢壓人，但也絕不會怕他們。「江臨郡太守夫人，妳這是要左右清遠縣令斷案嗎？你們只是太守夫人和其子，並非太守本人，更何況，清遠不是江臨郡的轄地，就算是太守本人親至，也是要看人證、物證的，妳憑什麼在這裡指手畫腳？」

江夫人怎麼也沒想到，這刁民還敢如此搶白，本就頭暈目眩，只覺得眼前一陣又一陣地發黑，然後就人事不省。

「夫人！」女使們趕緊扶住江夫人。

「夫人！」趙郎中扔了手中的傷藥衝過去，又是掐人中，又是取金針包，一個人幾乎忙出重影來。

「阿娘！」四公子江慶更加生氣。「您行不行啊？就不能等事情完了再暈?!」

莫石堅無奈，莫夫人撫著額頭除了無奈還有怨憤。多年不走動了，平日裡連書信往來都沒有，為何今日要到清遠來？

趙郎中還是有點醫術在身上的，一刻鐘以後，江夫人悠悠轉醒。

莫夫人趕緊湊過去。「姑母，怎麼樣？這兒白天熱、晚上涼，您是不是感染了風寒？還是連日趕路辛苦了？去臥房歇息吧。」

江夫人更生氣了。「你們夫婦二人的臥房，我做什麼去討人嫌？縣衙只有這麼大一點地方，我住得憋屈，我不在這裡住！」

莫夫人只能硬著頭皮回答。「姑母，姪女送您去綠柳居住下，那裡吃食和客房都是極好的。」

江夫人捂著胸口，臉色越發難看。「這裡窮鄉僻壤的，客棧、旅店能好到哪裡去？本夫人只知這世上沒良心的人多了去了，哪裡知道從小當親閨女帶大的親姪女，就這樣翻臉不認人，這哪裡是人心啊，狼心狗肺啊……」

莫石堅望著莫夫人憋屈的臉色，清了清嗓子。「江夫人，您來之前不知道清遠是窮鄉僻壤嗎？這裡都是小屋子、矮房子，就是吃穿湊和的地方。這裡的百姓好不容易挨過冰雹和疫病，修葺完受損的屋子，現在從早到晚在忙過冬的口糧，民生艱難至極。」

莫石堅又嚴厲道：「縣衙您瞧不上，綠柳居您也嫌棄，您到這兒來自討苦吃嗎？江夫人，若是本官去徵一套大宅子供您住下，搜刮百姓的民脂民膏來孝敬您，這才是您所謂的孝順。那對不住，您請回吧。」

江夫人的臉色難看到了極點，完全不敢相信自己的耳朵。「你怎麼敢？」

莫石堅很堅定。「您是內子的姑母，又不是本官的姑母，莫家要是出了您這樣不分是非黑白的姑母，是要被罰跪祠堂、遭族長訓斥的！」

莫夫人聽了好暢快，但紙糊的面子還是要的。「夫君，你怎麼能如此說話？她是我的姑母啊！」

莫石堅與夫人默契良好，立刻會意，一甩寬袖。「若她不是，現在就亂棍打出去！」

「夫君！」莫夫人緊跟著走了。

「大人！」師爺和雷捕頭追出去。

「莫大人，您要為民女作主啊。」劉蓮和鐵七也追了出去。

眨眼間，內院只剩下江家人，江夫人、江四公子以及婢女、家丁們都怔住了。

江四公子的大半邊臉都被包起來，說話發悶。「阿娘，不是常說堂妹對您言聽計從嗎？現在，我們去哪兒？午飯吃什麼？晚上還睡馬車上嗎？」

什麼是下不了臺？這就是！

縣衙書房，莫夫人、莫石堅和師爺，差役們，鐵七和劉蓮，一個個悶笑出聲。

莫夫人捂著嘴笑，這就是梅妍說的「人生如戲，全靠演技」？

師爺好不容易止住笑，腦子裡還有些迷糊。莫大人和夫人怎麼能想出這一招的？

雷捕頭笑著問：「莫大人，您就不怕江臨郡太守怪罪嗎？」

莫石堅馬蜂窩捅得太多，已經到了超脫的境界。「我連巴嶺郡太守都敢關押起來，江臨郡太守又能如何？夫人，為夫總覺得，妳那位四表哥是不是闖了什麼大禍，才跑到清遠來避難的？」

莫夫人搖頭。「姑母要面子得很，就算避難也會打出冠冕堂皇的幌子。」

「現在怎麼辦？」師爺望著劉蓮和鐵七。「鐵七，你真是鄖將軍的親兵？」

鐵七不好意思地撓了撓頭。「我一直是鄖將軍的親兵，但是我們都有了封賞，因為將軍急著返鄉，所以那些封賞還在路上。」

莫石堅驚了。「你們都有什麼封賞？」

鐵七笑得更尷尬。「我們都是從死人堆裡爬出來的粗人，只知道打打殺殺，完全不懂官場經營，鄔將軍替我們擋了許多無妄之災，所以我們死皮賴臉地要當鄔將軍麾下的親兵。」

一屋子人傻眼，尤其是劉蓮。

鐵七被這麼多人盯著，有些不自在。「我的官階最低，正六品的武官職，一刀哥最高，正五品。」

莫石堅險些被自己的口水嗆死，清遠這種小地方，一下子來了這麼多比自己高階的武官，還每天在城中各處打雜，幫著育幼堂帶孩子……老天爺啊，他雙腿現在怎麼軟得像麵條？

劉蓮認字，但對官場一竅不通，猶豫許久，問：「莫大人，您是幾品官呀？」

莫石堅老臉一紅，帶著師爺和差役們，恭敬地向鐵七行禮。「下官見過武官大人！」

鐵七趕緊拽著莫石堅不讓他行禮。「鄔將軍願意讓我們跟著是有條件的，要我們像以前一樣，不隨意洩露身分，不然……我們要挨軍棍！」

莫石堅對鄔桑佩服得五體投地，這就是避鋒芒，以免樹大招風；同時又在心中唏噓，不知道鄔桑挨了多少明槍暗箭才會如此小心翼翼？

正在這時，夏喜悄悄站到書房外。

莫夫人剛好看見。「怎麼了？」

夏喜行了禮。「夫人，江夫人剛才又吐了，什麼都吐不出來，就是乾嘔。那位趙郎中好像也束手無策。」

莫夫人對姑母的怨氣越來越大。「然後呢？」

「趙郎中一直在勸江夫人另尋郎中，說是方才看到清遠有胡梅醫館。」

夏喜太清楚自家夫人的擔心，所以趕緊來報。

「不能讓她去禍害醫館！」莫石堅轉了轉眼睛，吩咐。「雷捕頭，你立刻通知胡郎中和梅郎中，讓他們立刻閉館。」

「是！」雷捕頭出了書房，縱身借力翻牆而出。

莫夫人太清楚江四公子的惡劣品性，無論如何都要護著梅妍和胡郎中，至於姑母嘛，既然自帶了郎中，那還是交給趙郎中吧。

「哎……」胡郎中望著不請自來的雷捕頭。「這是做什麼？」

「閉館消災！」雷捕頭招呼柴謹。「快，把門關上，掛休息牌。」

柴謹執著於晾曬草藥。「不行啊，雷捕頭，曬架都在外面，好不容易陽光剛好，這些草藥曬製要求苛刻，要抓緊時間曬完。」

梅妍從檢查室出來，將女病患的癥狀對胡郎中講述清楚，轉身看到雷捕頭。「你這是做什麼？」

正在這時，不遠處走來穿著江家制式衣的婢女。

雷捕頭順勢把梅妍和跟出來的秀兒塞進檢查室，看起來很緊張。「妳們在裡面，不要出來！」然後隱藏到醫館的裡間。

「請問哪位是胡郎中？」江家婢女站在醫館門前，視線卻落在柴謹身上。

柴謹來不及回答，胡郎中應了。「正是老夫，請問有何事？」

江家婢女又問：「胡郎中你擅長什麼科？治好過多少病人？醫術如何？」

柴謹不能忍，哪有這樣問郎中的？

胡郎中捋著鬍鬚，瞇起水泡眼。「這位姑娘，老夫近日體力不支，正準備閉館休息，妳另尋高明吧。」

雷捕頭表現得很明顯，這會兒來到醫館的肯定不是善類。

縣衙內院裡，顏面掃地的江夫人一直捂著胸口，斥責完趙郎中，盼著婢女趕緊找郎中過來，萬萬沒想到，醫館郎中身體有恙要閉館。

江四公子捂著臉哼哼。「阿娘，我可不願意被晾在這裡，您不走，我去綠柳居了。」

江夫人壓低嗓音。「若不是你在江臨惹了大禍，阿娘何至於奔波到這裡受這個罪？你娘都病成這樣了，你怎麼半點不擔心?!」

「阿娘，您兒子都破相了！」江四公子指了指自己的臉。「來人！去綠柳居！」

自家公子脾氣很不好，下人每日都過得膽顫心驚的，公子說走，婢女和隨從立刻跟出去，完全顧不上看自家夫人的臉色。

「你！你！」江夫人氣得眼前一陣陣發黑，渾身力氣被抽乾了似的。「趙郎中，到底怎麼了？我以前沒有胃疾的！」

趙郎中的回答有些哆嗦，但又帶著死豬不怕滾水燙的底氣。「夫人，小的醫術不精，實在看不出究竟。夫人，許是旅途奔波勞累，不如跟公子一起走，先好好休息一晚……也許明日就能好轉。」

江夫人的眼神像刀子一樣剜著趙郎中，對路過的夏喜厲聲斥責。「妳家夫人呢？怎麼能把姑母晾在這裡？」

夏喜趕緊陪笑臉。「回夫人的話，我家夫人去綠柳居找掌櫃說話，讓他們用心款待。莫大人說，男女有別，夫人若是好轉，他必親自帶路送夫人去綠柳居安頓。」

這……好歹也算是個臺階，江夫人哼了一聲。「也罷，這縣衙太侷促了，去綠柳居。」

夏喜行禮後，一溜小跑著去通知大人和夫人。

晌午時分，剛經過欽差大臣考驗的綠柳居，迎來了第二項超高難度任務，接待挑剔、沒事也要找事的江臨郡太守夫人和公子。

綠柳居重新開張以後，生意比往日要好。花落和胖大廚在梅妍的建議下，為體恤百姓們最近花銷緊張，推出了更多外帶回家的吃食，所以後廚更加忙碌，大堂看起來卻比較空。

江四公子率先抵達綠柳居，殷勤的店小二立刻上前安置馬車和隨從。

花落身為掌櫃，但也沒放下訓練許久的習慣，每日還要習舞兩刻鐘，所以無論何時何地，都身形婀娜而舉止優美，再配上美麗的衣服，永遠是清遠縣的第一大美人。

她捧著帳本從後廚出來，就看到一名包了大半張臉的高眺男子站在櫃檯前，衣飾不菲而且穿得花稍，像隻隨時隨地準備開屏的花孔雀。

在偏僻的清遠，實在少見。

「這位客官，住店還是打尖？」花落的嗓音天生柔美。

江慶轉身看到走近的大美人，眼睛都直了。「這位美人難不成是綠柳居的掌櫃？」

「正是。」花落從來都是落落大方的。「這位公子，您可直呼我花掌櫃。」

江慶越走越近，心癢癢地想摸美人的纖纖玉手。

花落不著痕跡地走進櫃檯。「這位客官，有何要求，綠柳居儘量滿足。」

江慶最喜歡在美女面前擺闊，而眼前的花掌櫃是他這輩子見過最美的美人兒。「絕色」二字第一次有了具體的模樣。

「花掌櫃，公子我呢，既要住店，也要吃喝，把妳店裡的招牌菜都來一份！」

花落當花魁時見過無數男子的眼睛，各色各等，無不包含著毫無遮掩的慾望，而眼前這位不只有慾望還隱含著暴虐，來清遠這些年，這樣的雙眼是第二次見。

第一次見時，她還是前代花魁跟前的婢女，花魁姊姊被這樣雙眼的貴客接到府上，第二天一早，她便活不見人、死不見屍。

貴客和一眾人證堅持說夜晚送回樓裡了，但花魁姊姊從未回來。鴇媽媽再怎麼心痛也無話可說，知道踩進了他人預設的局。

花落歷經危險養成的直覺，瞬間發出警示，這人很危險，面上卻分毫不顯，仍然笑意盈盈。「小二，先送公子上二樓挑選客房。」

「公子，樓上請。」夥計收到掌櫃的眼色，態度格外恭敬。

「行！」江慶一說話就臉疼，但對著美人又想嬉笑，在儘量不牽動傷口的情形下，生生笑出了皮笑肉不笑的陰狠。「掌櫃，公子我風塵僕僕，急需美人揉肩捶腿，消除困頓啊。」

低頭的夥計臉色一僵，眼中冒出怒火，這是公然調戲了！

花落不以為意地笑，想到梅妍每日下午都會來，急忙招來另一個夥計，仔細吩咐罷，夥計便急忙出門報信去了。

第九十三章

住進了客房，江慶坐在浴桶裡，任婢女揉肩捶腿，伺候得渾身舒坦，睜眼閉眼都是花掌櫃大美人，心癢難耐，可趙郎中再三囑咐，臉傷好以前不宜劇烈運動，包括房事。

他對自己的臉很滿意，天生麗質難自棄，為了保住臉，也只能暫且忍耐。

沐浴完畢，江慶又在婢女的服侍下更衣，望著銅鏡裡纏滿白布的半張臉，臉色逐漸轉冷，越來越冷，眼神如刀似地盯著端銅鏡的婢女。

「我變醜了嗎？」

婢女嚇得雙手都快捧不住銅鏡，抖得無法控制。

江慶顧忌著樓下的大美人，按捺住打人的衝動，輕聲罵。「滾！」

婢女立刻捧著銅鏡退到客房角落，恨不得與牆融為一體。

江慶上下打量婢女，彷彿惡鬼看到祭品，慢條斯理地說：「若在江臨府邸，妳已經去餵狗了！」

婢女撲通跪在地上，瑟瑟發抖，連饒命二字都擠不出來。

「掃興！」江慶看著婢女像寒風中的鵪鶉，厭惡不已，又想到了落落大方的花掌櫃，換了一塊鏤空雲紋白璧掛在腰間，負著雙手離開客房。

等江慶的腳步聲走遠，婢女癱在地上大口喘氣，汗濕透了裡面的衣服，彷彿從鬼門關走了一遭。

江慶踱著方步下樓，見花落正在打算盤，從這個角度可以看到她白皙優美的頸項，以及拿著毛筆的纖纖玉手，心中大動。「花掌櫃，初來貴寶地，好酒好菜儘管上！」

「慶兒！」江夫人剛踏進綠柳居，見兒子大搖大擺地在大堂裡蹓躂，氣不打一處來，但大堂裡掌櫃、夥計不少，只能忍住怒火，換張和顏悅色的臉皮。「車馬勞頓這麼久，臉上還帶著傷，趕緊回房歇著。」

「屋裡煩悶。」江慶完全不搭理母親，懶洋洋的。

「慶兒！」江夫人扭頭看向櫃檯，被花落的美貌驚到了，再看著兒子恨不得黏在掌櫃臉上的視線，頓時緊張起來。「陪阿娘上樓選客房。」

花落一眼就看出眼前就是莫夫人來打招呼的貴客，在櫃檯行禮迎接。「太守夫人，車馬可以交給夥計，您上樓自有夥計陪您挑選客房，若有任何不滿意儘管來提。」

江夫人覺得掌櫃懂事，語氣卻一如既往的讓人不舒服。「行了，妳這樣的小地方能提供好招待，湊合著住幾日就是了。」

花落立刻明白莫夫人的歉意是哪兒來的了，這位江夫人像帶刺的花，有一百種方法讓人不愉快，身為掌櫃卻必須笑臉相迎。「您的花銷都由莫夫人承擔。」

雖然之前招待過欽差大人團三十多人，招待貴客的經驗多了不少，但說實話，欽差大人和隨從們都很和氣，一句重話都沒說過。

江夫人身心俱疲，捂著胸口，問：「清遠除了醫館，哪兒還能找到有名的好郎中？」

花落有顆七竅玲瓏心，換了種笑法。「太守夫人，正如您說的，清遠是個小地方，除了醫館再沒有其他郎中了，只能去附近的靖安縣尋找，但是其他地方的郎中不出診。」

江夫人一聽更累了，擺了擺手。「上樓去。」

婢女們立刻小心翼翼地扶著江夫人，上二樓挑客房。

不出花落所料，太守夫人從二樓挑到三樓，將所有客房數落一通，最後把客房定在江慶的隔壁，不為其他，只為盯住兒子。正因為江夫人的管束，連江慶的三餐都送到客房，夥計們在外面只要聽命行事即可。

這個要求讓花落覺得輕鬆三分，很好。

江慶礙著絕色美人花掌櫃在旁，沒在明面上頂母親的嘴，老老實實地待到晚上，躺在床榻上，臉傷和周身都在疼，鈍痛、刺痛一齊上，疼得他不停咒罵趙郎中那個蠢材。要止疼藥沒有，要金瘡藥也只肯敷一點點。

江慶在床榻上烙大餅，一晚上翻了六、七十個身，好不容易疼痛稍緩勉強有些睡意，公雞卻打鳴了，氣得他將被褥、枕頭扔了一地。

送早飯的夥計進門嚇了一跳。「這位公子，可是這床褥不舒服？」

江慶繃了一天一夜的邪火頓時有了出口，揪起夥計的衣襟，一字一頓。「你家床褥太硬了！枕頭都臭了，換掉！都換掉！」

夥計是普通身材，比江慶足足矮了半個頭，被抵在牆上嚇得夠嗆，連忙討饒。「公子息怒，小的立刻去庫房換上全新的，柔軟的……」

「滾！」江慶突然鬆手。

夥計被江慶布滿血絲的雙眼嚇著了，雙腳一著地，立刻捧起滿地物品，退出客房後也沒忘記帶上房門。

這一通吼，江慶扯動臉上的傷口，疼得更厲害了，翻箱倒櫃地找了半天，總算在放金銀錢財的小箱子裡找到了一個朱紅色小藥瓶，往嘴裡倒了兩粒藥，乾嚼咽下。

兩刻鐘後，江慶的疼痛緩和許多，倒在重新更換過的床褥上，沈沈睡去。

相較於江慶的「滾」，江夫人的數落更厲害，早飯不合口味，粥太稀，麵果太硬，碗碟餐具太粗劣便宜，床褥太硬，枕頭不香，夥計行禮不夠恭敬……

而且江夫人不單對夥計說，還要把負責做事的人叫到面前斥責，兩天時間，除了花落，所有人包括胖大廚都被罵了遍。喜歡挑剌的客人一直有，但是每天三次，換著方法挑剌的實在是第一次。

花落在後廚笑著安撫綠柳居的大家。「梅郎中為大司馬家的公子餞行，是在我們這兒，司馬公子和隨從們吃得盡興又開心，還認真誇過，是不是？」

大夥兒齊刷刷點頭。

「欽差大臣和隨從三十五人突然到來，我們在梅郎中的指點之下，招呼得周全，臨走時他們還對我們道謝，胖大廚的麵果最後還作為分別禮裝了五大盒，是不是？」

大夥兒再次點頭。

「她只是從五品的官家夫人，論見識和尊貴，和前面兩撥人完全不能比，她這是做什麼？自己過得不如意，欺軟怕硬地欺負我們而已。我們為何要給她臉面？因為她是莫夫人的親姑母。我們就當是為了莫夫人，如何？」

「好！」大夥兒齊齊點頭。

花落拿出銀票，一張一張地數。「大家看，剛才師爺親自來給我們送銀票，既有上次招待欽差的，也有這次招待太守夫人預支的。咱看在銀票的面子上，怎麼樣？」

「好！」

花落把綠柳居低落的士氣鼓動起來，也回到櫃檯繼續笑迎八方客，沒多久，江夫人在婢女的攙扶下走來。

「太守夫人，日安。」花落不卑不亢，舉止合宜。

江夫人上下打量花落，眼神像在估價似地問：「今年多大了？」

花落笑得輕淺。「二十有三。」

「可曾婚配？」江夫人直言不諱。

旁邊拿著雞毛撣子的夥計手一抖，什麼意思？

花落笑得很禮貌，轉移話題。「夫人今日氣色比前兩日好多了，是否要出去走走？清遠雖然偏遠，卻是個山清水秀的好地方。」

「問妳話呢！」江夫人維持著優雅的面皮，眼神裡卻沒有半點和善。

「回夫人的話，民女未曾婚配，也不打算嫁人。」

江夫人傲慢地，像給了什麼恩賜。「我是江臨郡太守夫人，許妳做我兒子的妾室。」

夥計簡直不敢相信，綠柳居上下可都是良民，這位夫人讓掌櫃做妾，分明是青天白日地羞辱人！

花落笑容不變。「回夫人的話，民女無意攀貴高枝，多謝抬愛。」

江夫人怎麼也沒想到，花落會拒絕。「妳不願意？別是外頭有了野漢子……」

花落閉上眼睛平息怒氣，又睜開，笑容毫無破綻。「太守夫人，民女雖然開著綠柳居，但這裡所有人都是良民，民女不願為人妾室，您另尋願意做妾的女子就是。」

江夫人又一次被駁了面子。「妳竟然不同意？妳為何不同意？」

花落冷笑。「江夫人，為妻也好，做妾也罷，講的是兩情相悅，您又何苦如此相逼？怎麼？您是太守夫人，就能逼人為妾了嗎？」

江夫人惡狠狠地瞪著花落，沒想到，這女子竟然是良民，氣得哼了一聲。「不知好歹！長得狐媚子的模樣，不嫁人，不是偷漢子，就是養漢子！」

花落白皙光潔的額頭爆出兩根青筋，右手捏著筆桿，用力得指尖發白。

兩名夥計抄起掃帚，低頭開始清掃本就乾淨的大堂，心想：趕緊走吧！莫夫人怎麼攤上這麼個姑母？

正在這時，外面走進來一名長身玉立、衣服帶著異域風格的英俊男子，唸著沒人聽得懂的「關關雎鳩，在河之洲，窈窕淑女，君子好逑」。

英俊男子捧著一大束開得正豔的粉色山杜鵑，走到櫃檯前，一臉痛心疾首地嘆氣。「花掌櫃，妳說有些人吧，眼睛像個擺設，放眼清遠乃至巴嶺郡，有我這麼俊逸、這麼有能力的野男人嗎？」

花落當花魁時收到過許多禮物，但是這麼一大捧鮮花還是第一次收到，望著英俊男子臉上的戲謔，看進他清澈的黑眼眸，當下決定配合他演戲，冷著臉。「你還知道回來？」

羅玨最喜歡美人，尤其是冰雪聰明的大美人。「哎呀！我的花掌櫃，妳也知道的嘛，我羅玨是一等軍醫官，平時很忙的，我現在還要教孩子們上課、檢查功課什麼的……好啦好啦，不要生氣了，大半年沒見，甚是想念。」

花落立刻反應過來，羅玨就是刀廚娘提到的，鄖桑營地裡救了許多人性命的回鶻神醫，粲然一笑，比山杜鵑還嬌羞。「你瘦了。」

羅玨內心煙花綻放，猛地回頭，盯著一臉驚愕的江夫人和婢女。「就算妳是太守夫人，妳家夫君從幾品？五品還是四品？但他也大不過大鄴律法，逼良民為妾的消息傳出去，妳家夫君的官職還保得住嗎？」

江夫人倒抽了一口氣。

「還有，花掌櫃是立志要當喬木、造福後人的奇女子，美貌又聰慧，不是那些妄圖攀附的菟絲花！趁早斷了妳的髒念頭，否則別怪我不客氣！」說完，羅玨齜出一口白牙，同時亮出腰牌。

江夫人又哼了一聲，踩了婢女的腳背，扭頭就走。

一瞬間，羅玨成為綠柳居上下尊敬的大英雄。

聽到消息的刀廚娘拿著片魚尖刀從後廚衝出來，被羅玨攔住。「大嫂子，冷靜。」

花落捧著這麼大一束花，不知道該往哪兒放。

羅玨又從綠柳居外面捧了一個敞口陶瓶，擺在櫃檯上，在花落的注視下加了水。「插這裡面，妳要是喜歡的話，我過幾日再送。」

沒想到在營地閒得無聊，溜下山到綠柳居看美女，還順手演了一齣英雄救美女的戲碼，緣分啊！

「喜歡。」花落不假思索地回答，羅玨身上沒有脂粉氣，只有清爽的松葉味和極淡的藥味，行為看似放浪，但很奇怪的，眼神只有純粹的欣賞，好獨特的男人！

「胖大廚在嗎？」羅玨看過美人，也送過花，又過了懟人癮，該辦正事了。

胖大廚正在後廚剁肉餡，聽到聲音舉著雙刀就衝出來了。「在，什麼事？」

羅玨取出一封書信，擱在櫃檯上。「按上面的要求做，四日後我來取樣品，如果口感合適又保質保量的話，會下正式的訂單。」

這是他和梅妍一起琢磨的特製軍糧，真到饑荒的時候也可以分發給百姓吃。

花落和胖大廚一起看完。「羅軍醫，綠柳居的食材不全。」

羅玨的手指在紙上輪流敲過。「缺哪些勾出來，我自會準備。」

花落拿起毛筆勾畫，然後將書信裝好，還給羅玨。「盡快送來。」

羅玨伸出右手。「合作愉快。」

花落和胖大廚面面相覷，望著羅玨伸出的右手有些呆。

羅玨訕訕地收回手，嘿嘿一笑。「告辭！」

花落目送羅玨大步流星地走出綠柳居，翻身上馬，頭也不回地急馳而去。

胖大廚有些呆。「先前一直聽刀廚娘說的羅軍醫，他怎麼這麼年輕？」

花落悵然若失，腦海不時泛出奇怪的念頭，經胖大廚的提醒，更覺得羅軍醫年輕有為。

二樓客房，江家四公子江慶渾渾噩噩地醒來，滿眼的血絲已經消退，臉上的傷口又隱隱作疼，起身後在屋子裡困獸似的走動，剛好聽到阿娘要替自己納妾，納的就是自己心心念念的花掌櫃，一時間，心中狂喜。

萬萬沒想到的是，花落不同意，半路還跳出一個更扎眼的軍醫官。就這樣硬生生地把美夢捏碎了，憤怒充斥全身，臉上、身上的傷更加疼痛。

江慶又乾嚼了兩粒藥丸，兩刻鐘後，撐在椅背上閉著眼睛，只覺得太陽穴突突地跳，眼前的一切有奇怪的扭曲，不論是看到的事物，還是聽到的聲音，都像隔了一堵牆。但沒關係，他身上的疼痛都消失了，腳步也變得輕快了。

正在這時，江夫人敲門。「慶兒，慶兒……快開門！」

江慶被急促的敲門聲搞得心煩意亂，不耐煩地打開門，面無表情地瞪著焦急的江夫人，張了張嘴，皺著眉頭望著，臉上的表情像凝固了一樣。

江夫人被江慶的模樣嚇了一大跳，闖進屋子裡四處翻找，最後找到枕頭旁的朱紅色小藥瓶，手指發抖。「慶兒，你怎麼又吃了？不是告訴過你，不能再吃這些東西了嗎？慶兒，你看著阿娘，看著我！」

江慶四周的聲音陡然變大，越來越大，聲音像針一樣扎進大腦裡，好不容易壓抑的疼痛卷土重來，疼得讓他崩潰。「妳走開！」

江夫人猝不及防地被江慶推倒，狠狠撞在扶椅上，眼前一黑，腹中翻江倒海地又要吐，卻是乾嘔連連，什麼都吐不出來。

江慶的眼中，是江夫人跌坐在地上憤怒地瞪著自己。「你怎麼可以騙阿娘，你怎麼能言而無信?!」

江慶呵呵地笑，捏著小藥瓶的手搖晃著。「阿娘，這藥是妳讓我吃的，妳忘了嗎？」

江夫人像被人突然扼住咽喉，雙眼瞪圓，保養得極好的臉龐微顫著扭曲，只能發出低低的聲響，一個字都說不出來。

江慶望著娘親的驚恐模樣，無比厭惡，理智勉強還能控制身體，咧嘴一笑，露出充血的牙齦。「阿娘，我們已經沒有回頭路了。」

江夫人望著緩緩淌下鼻血的兒子，嚇得魂不附體。「慶兒，阿娘求你，別再吃藥了，阿娘去給你另尋名醫……」

「砰」一聲響，江夫人被江慶推到門外，撞到外面的護欄，注意到在二樓打掃的夥計正看向這裡，咬牙忍疼，不忘囑咐。「慶兒，不用擔心阿娘。」

說完，江夫人走進自己的客房，捂著腰側倚在門後，疼痛還沒緩和多少，胃裡又一陣翻江倒海，衝到淨桶處，偏又什麼都吐不出來，滿頭冷汗。

二樓發生的一切，花落和夥計們都盡收眼底，都暗叫不好，這對母子不會出什麼事吧？夥計壯著膽子問：「掌櫃，他倆是不是病了？要不要找梅郎中瞧瞧？」

「不行！」花落斬釘截鐵地拒絕。「我都被盯上了，更何況梅郎中？」

花落思量再三，囑咐夥計。「你們守著，我去縣衙走一趟。」

夥計們同時點頭。

「是，掌櫃！」

花落以最快的速度趕到縣衙，求見莫夫人。

莫夫人和莫石堅正坐在書房裡傷腦筋，聽花落求見，趕緊讓她進書房。

花落將江氏母子的爭執細說一遍。「莫夫人，並非民女推託，他倆言行舉止實在怪異，民女實在怕一時沒看住，出什麼大事。若莫夫人偶有閒暇，還是去綠柳居開導江夫人和表兄為好。」

「有勞花掌櫃多費心，」莫夫人聽得寒毛都豎起來了。「我會盡快去綠柳居的。」

第九十四章

花落目的達成，立刻告退，沒有半點拖泥帶水，這種情形下，不守在綠柳居，她無法安心。

莫夫人等花落離開，將書房門關上，急切地望著莫石堅。「夫君，我與姑母已經六年未見了，她以前雖然對我管束很多，但不是現在這副刻薄樣。還有，四表兄自幼聰慧過人，是姑母、姑父寄託厚望的兒子，以前雖然頑劣，但正事上極有分寸，現在看他，好像換了一個人。」

莫石堅暗暗嘆氣。「夫人，妳信嗎？我的左眼皮又開始跳了。」是福不是禍，是禍躲不過。

莫石堅闖了許多大禍，神經日益強壯，平靜了這幾日，覺得骨頭縫有些癢癢。

「夫君，姑母畢竟帶了我整整三年，照顧得無微不至。」莫夫人起身走向房門。「我去綠柳居瞧瞧，能不能問出什麼來？」

莫石堅眉頭皺得死緊。「夫人，妳現在去綠柳居，她定知道花掌櫃來告狀，還是明日再去吧，備些可口的吃食，或者親燉的湯。此事蹊蹺，還是要多加小心。」

「好。」莫夫人去廚房準備吃食。

莫石堅那個愁啊，江夫人母子倆像燙手山芋，怎麼就落在清遠了呢？真是倒了大楣。

那頭花落回到綠柳居，小聲囑咐夥計。「你倆晚上不能睡覺，輪流守在二樓那兩間客房附近，一有動靜，立刻上前察看。

「不管江夫人或江公子態度如何，咱看在銀兩和莫夫人的面子上都忍了，等他們走了，給你們安排調休。」

綠柳居是夥計們的家，花掌櫃這麼說，他們聽進耳朵、記在心裡，同時也更加謹慎小心。

胡梅醫館，在雷捕頭匆匆離開後，柴謹在房前屋後四處張望，確認沒人，才讓躲在檢查室的梅妍和秀兒出來。「妳們趕緊上牛車回家。」

梅妍和秀兒雖然一頭霧水，但還是上了牛車，車還沒動，純白細犬就吐著長舌頭連蹦帶跳地跑來，不停地蹭梅妍。

「小白，上車吧。」梅妍掀起牛車的簾子。

純白細犬跳上牛車，用力地吐氣，黑亮的狗狗眼裡只有梅妍。

梅妍拿出一個竹碗，往裡面倒清水。「渴嗎？多喝水。」

純白細犬伸著長舌頭喝水，不一會兒就喝光了，翻著肚皮向梅妍撒嬌。

梅妍把細犬從頭到腳摸了一遍，然後指著新買的圓形竹簍。「喏，你的新窩，等天再冷一些，我給你鋪上軟墊子，再給你做一套衣服。」

純白細犬像聽懂了似的，跳進圓形竹簍，將流蘇白尾巴甩出了殘影，下巴擱在梅妍的膝頭，滿足地打著小呼嚕。

回到梅家小屋，毫不意外地看到了鄔桑的大馬車，以及身材頎長喜歡倚在馬車旁的鄔桑，陽光照著他的臉龐，只是身影就讓她覺得安心。

梅妍下了牛車徑直走過去，帶著不自知的笑意。「鄔桑？」

鄔桑從懷裡取出一封信。「妳看看。」

「什麼呀？」梅妍接過信，一下看到了信封邊緣的機密標記，又塞回鄔桑手裡。「這不是我能看的呀！」

鄔桑笑著逗她。「我像做事沒有分寸的人嗎？」

「倒也不是。」梅妍接過書信，拆開一目十行地看了大半張，笑意凝在臉上，大眼睛裡滿是驚懼。「莫夫人的表兄虐殺了三人？他們怎麼還能到清遠來耀武揚威？」

「被江太守按下了。」鄔桑把密函給梅妍看的目的，是讓她去醫館的時候多留個心眼。「清遠偏僻，消息閉塞，想來，莫石堅和莫夫人還不知道江慶犯了什麼事。」

梅妍氣憤難當。「真查起來，不就變成清遠縣令藏匿殺人犯了嗎？」

鄔桑正色。「妍兒，我會派人將這份密函送去縣衙，讓他們早做準備。」

「好！」梅妍點頭。

「上午三腳貓來報，江夫人自帶郎中，卻還要在清遠另找名醫，此事很可疑。」鄔桑停頓一下。「如果江夫人再去醫館找名醫，我覺得最好讓胡郎中去一下。」

「哪裡可疑？」梅妍不太明白。

「三腳貓這幾日一直在綠柳居附近觀察，江慶天生長得好，平日喜歡女色，嘴上會發狠幾句，實則不暴戾。他吃不完的早飯，都擱在窗外餵鳥雀，閉門不出，反而江夫人天天找綠柳居的麻煩。」

梅妍直視鄔桑的眼睛。「你的意思是，他殺人另有隱情？」

鄔桑點頭。「昨晚三腳貓潛入江慶客房，看到他在吃一種藥。江臨郡有個小護國寺，香火異常鼎盛，江夫人和江太守是那裡的常客。」

聽到護國寺，梅妍整個人都不好了。

秋風吹過，田地裡的莊稼搖曳，吹得鄔桑和梅妍兩人的心裡有些涼。

梅妍想了想。「讓三腳貓偷些藥丸來，交給胡郎中，他對大鄴的草藥非常了解；而且他以前是太醫，可能比我們所有人知道得都多。」

鄔桑沈默。

梅妍輕輕握住他的手，驚訝於他掌心縱橫交錯的傷疤。「我知道你討厭他，但是……」

「好！」鄔桑反握住梅妍的手。

梅妍從背包裡拿出一個小食盒，塞到鄔桑手裡。「胖大廚的麵果子，可好吃了。」

鄔桑雖然神情凝重，但眼裡滿含笑意，梅妍惦記他，主動拉他的手，讓他心情大好，順勢將她攬進懷裡。

梅妍的雙手一時不知道該放哪裡，許久，輕輕地、鬆鬆地搭在了鄔桑的後腰。

大馬車上的烏雲默默閉上眼睛，裝瞎。

「我回去啦！」梅妍沒有沈溺於鄔桑的懷抱。「如果藥丸到手，我再送去給胡郎中。」

鄔桑嗅到梅妍髮絲的清香，手掌裡是她的纖腰，不願放手，可是……他立刻鬆開。

梅妍小臉一紅，火速退開兩步，慢慢走回梅家。

鄔桑的耳朵紅通通，這麼渴望梅妍該如何是好？她會不會把自己當成大色狼？

「回營！」

「是！」

大馬車急馳而去，向臨時營地出發。

夜深人靜，綠柳居的夥計留心著二樓客房的動靜，似乎除了安靜，再無其他。

三更剛過，換了另一名夥計，兩人提著燈籠互看一眼，比了個交班的手勢。沒多久，江慶客房的蠟燭亮了，一支又一支，在黑暗中特別明顯。夥計立刻隱在暗處聽牆根。

客房裡有來來回回的腳步聲，倒茶的水聲，踢椅子的響動，甚至於床榻都發出響動，彷彿客房裡沒有大人，只有半夜不睡覺、頑劣地停不下來的孩童。

很快，江慶隔壁的客房也亮了蠟燭，一名婢女走出來，人和燭光一起發著抖。「公子，夜深了，該歇下了。」

「滾！」江慶像被人捏扁了嗓子發出的聲音。

「是，公子。」婢女逃也似地回到江夫人的客房。

但江慶屋子裡始終響聲不斷。沒多久，江夫人在婢女的攙扶下走出客房，猶豫著伸手敲門，問得極小聲。「慶兒，你怎麼了？傷口疼嗎？」

客房門忽然打開，江慶敞著內裳，大字型扒著門，神經質地問：「阿娘，妳偷我的藥了？」

「我沒有……」江夫人連連擺手。「阿娘沒有，走時放回原位了。」

江慶的嘴角不斷抽動，不時上揚又下垂，臉部肌肉不受控制似的亂動，雙眼布滿血絲，忽然大聲。「那我的藥去哪兒了？」江慶喉間發出奇怪的顫音，眼神像仇人見面。「妳又騙我？」

「沒有，慶兒，真的沒有……」江夫人在江慶的注視下，退了一步又一步，很快後腰就抵在欄杆上，退無可退。

江慶伸手。「藥給我！」

「阿娘真的沒有。」江夫人不住地四下張望。「慶兒，這裡是客棧，我們回房說，行不行？」

江慶呵呵地笑得很天真。「阿娘，妳是怕別人聽見嗎？」

江夫人驚恐萬分。是，她怕別人聽見，任慶兒再說下去，江家就完了！

「可是，我不怕。」江慶笑得真誠。「我什麼都不怕，連死都不怕。」

剛才交接的夥計還沒入睡，聽到二樓的動靜不放心，又悄悄到了大堂；有一就有二，就有三，大夥兒都怕出事，全都出來了，包括花落，按之前的安排隱在一樓大堂各處，伺機而動。

江慶鬆開門框，走到江夫人身旁。「阿娘，妳告訴我，什麼時候才是個頭？一個月，兩個月，一年還是兩年？阿娘，妳說話啊！」

「我、我……阿娘我……」

「妳也不知道是嗎？」江慶一針見血地戳穿，聲音越來越委屈。「妳一直都在騙我……一直都騙我！」

江夫人眼中的淚滴在衣襟上。「慶兒……」

江慶兩手抓住欄杆，猛地抬腿跳了下去。

「慶兒！」江夫人驚叫出聲。

死一般的寂靜，二樓、三樓客房的人早被吵醒了，聽到驚叫聲立刻開門出來瞧熱鬧。幾乎同時，大堂的燈火亮起，江慶被胖大廚和二廚用油布牢牢托住裹起來，毫髮無傷。

不知哪位客人先拍手。「不愧是綠柳居！」

「以後我到清遠，只住綠柳居！」

「綠柳居的夥計都是好樣的！」

起初的掌聲零零落落，漸漸的，越來越響。

綠柳居所有人高懸的心終於落回原位，緊接著就是憤怒，住店就住店，跳什麼樓？

花落迅速恢復平靜，笑得格外迷人。「各位客官，夜深了，回房休息吧，明兒都要趕路呢。」

都是為生活奔忙，客人們都各自回房。

正在這時，江夫人的婢女驚叫出聲。「夫人暈過去了！」

花落沈著冷靜地吩咐。「胖大廚，把這位公子綁好，堵了嘴，防止他再自尋短見。」

「好！」胖大廚發揮了角力的特殊技巧，把江慶捆得特別結實，但又不會傷到他的關節。

「二廚，你和胖大廚兩人接得好，每個月漲銀一兩。」

這話讓二廚和胖大廚笑得可開心了。

「刀廚娘，我們去把江夫人扶下來，和這位公子一起，送到縣衙去。其他守住二樓客房，以防宵小之輩混水摸魚。」

縣衙內院，莫石堅翻了第十二個身，毫無睡意。

莫夫人嘆了第三十四聲氣，很睏很累，卻無法入睡。

「夫人，都睡不著，我們還是起吧。」莫石堅翻身坐起，下床更衣。

莫夫人出奇憤怒。「姑母、姑父到底是怎麼想的？他們怎麼能放任表哥殺人，還悄悄送到清遠來？這不是坑我嗎？」

「夫人，消消氣。」莫石堅的親疏遠近分得很清楚，自家夫人最是良善、有擔當，姑母家造這樣的孽，他只會心疼她。「此事，我們從長計議。」

夏喜忽然敲門，聲音有些慌亂。「大人，夫人，綠柳居的花掌櫃說有要事求見。」

「見！」莫夫人以最快的速度穿好衣服，盤好髮髻。「夫君，我的眼皮也跳起來了。」

莫石堅趕緊安慰。「夫人，妳慢慢來，為夫我先出去看看怎麼回事？」

事實證明，眼皮跳這種玄學，有時候就是那麼神奇。聽到江慶在綠柳居跳樓的事情，莫石堅和莫夫人足足震驚了一分鐘，才緩過來。

花落收斂了笑意。「江夫人受驚過度，暈倒了，還沒醒。」

莫夫人聽得腿都軟了。

莫石堅左右轉了兩次頭，總算找到了頭緒。「來人，請胡郎中和梅郎中出診。」這種時候，只能救人要緊了。

「是！」雷捕頭應聲而出。

清遠寂靜的夜，被馬蹄聲、車轆聲攪醒了。

兩刻鐘後，梅妍和胡郎中到了縣衙內院，一起來的還有驃騎大將軍鄔桑和三腳貓。莫石堅望著鄔桑，本來是行禮，哪知雙腿發軟，一不留神就跪下了。

事情發生得突然又太過震驚，根本沒人笑得出來。

各自見過禮後，莫石堅請鄔桑到書房上座，自己站在左手邊。

莫石堅忽然想到。「江家自帶的趙郎中去哪兒了？」

花落一愣。「沒見過這號人啊？他不住客房，或許住下人房？」

莫石堅吩咐。「雷捕頭，去把趙郎中找來！」

「是！」

莫夫人坐在書房，焦急地望著門外。梅妍和胡郎中怎麼還沒出來？姑母和表兄到底是怎麼了？望著望著就急了，直接去廂房在一旁看著等消息。

廂房裡，梅妍和胡郎中一起檢查江夫人和江公子，他們的身體狀況很棘手，金針扎了都不醒，彷彿睡死了一樣，但脈象很平穩。

梅妍實在不太明白，殺了三人的江公子跳樓自殺，畏罪自殺也請認真一些，二樓跳下來能死的概率很低，有點腦子也不至於做出這種事情。

至於江夫人，聽隨行婢女說，身體一直不好，近來不知因為趕路還是怎麼的，老是想吐，晨起和上午最嚴重，一緊張害怕也要吐。婢女說完就退到廂房外守著，根本不敢靠近自家夫人和公子。

胡郎中反反覆覆地把脈，望聞切做了四次，坐在廂房裡異常沈默。

梅妍掏出兩個小藥瓶遞給胡郎中。「三腳貓說，江公子吃的就是這種藥，其實江夫人也在吃藥，這是他昨日下午潛入客房得來的。」

胡郎中把小藥瓶塞進衣袖裡，轉而問梅妍。「梅郎中，妳不覺得江夫人這樣子有些奇怪嗎？」

梅妍只是檢查江慶有沒有受傷，還沒來得及檢查江夫人，聽胡郎中這樣問，愣了一下。「您不會懷疑她有身孕吧？」

她慣於一心多用，所以胡郎中問婢女的時候，她聽得很清楚。

「是喜脈。」胡郎中捋著鬍鬚，壽眉皺得像打了結。「江夫人憂思驚恐過度，身體虛弱得很，如果有身孕，實在凶險。」

梅妍先往好的方面想了一下。「江夫人今年四十三，這樣年齡懷孕的婦人雖然少，但也不是沒有，能不能懷胎十月到順利臨盆，就看她的體質和運氣了。」

胡郎中搖頭，梅妍到底還是年輕了。「這事情，我們必須告訴莫夫人。」

莫夫人進廂房時，剛好聽到這句。「胡郎中，梅郎中，我姑母這是怎麼了？」

胡郎中慢悠悠地開口，給了莫夫人一個晴天霹靂。

「有……」莫夫人簡直不敢相信。「有身孕？這……」

胡郎中又取出衣袖裡的小藥瓶。「江夫人和江公子，似乎長期服用某種藥物，入睡時，連金針都扎不醒，老夫從未遇到過。」

莫夫人受了這麼多驚嚇，整個人已經麻木了，再看到藥瓶時，已經不知道該擺出什麼表情來，眼巴巴地望著梅妍。「梅郎中，妳呢？」

梅妍嘆氣，只是三、四天不見，莫夫人又憔悴了些，想了想。「這種情形，我也沒遇到過。但是，他們脈象還算穩定，就著他家的婢女、隨從好好照顧吧。」

「也許睡夠了，或者藥效過了，就能醒過來。」

胡郎中拔了藥瓶的軟木塞，湊到瓶邊嗅聞，立刻塞回軟塞，將藥瓶拿遠；紅瓶如此，綠瓶也是如此。

梅妍和莫夫人望著胡郎中的一舉一動，連眼睛都忘了眨。

梅妍心裡有了底，胡郎中知道這是什麼藥，不僅知道而且很清楚藥效。

胡郎中又一陣長久的沈默，忽然笑著問梅妍。「梅郎中，有粉身碎骨的準備了嗎？」

「啊？」梅妍先是一怔，然後假笑回應。「沒準備可以嗎？」

胡郎中自胸膛深處，傳出極低沈的笑聲。「是福不是禍，是禍躲不過。」

梅妍忽然看到胡郎中笑中帶淚，決定當好氣氛組。「福兮禍之所倚，禍兮福之所伏，塞馬失馬，焉知非福？看開一點嘛。」

莫夫人的指尖掐得掌心生疼，像強忍著什麼，又像是做了什麼壯士斷腕的決定。「梅郎中，胡郎中，等他們醒來，我該怎麼辦？該如何問？」

第九十五章

正在這時，雷捕頭押著一個披頭散髮、衣裳不整的男子推搡進廂房。「老實點！」雷捕頭身後，是神情冷峻的莫石堅，再後面是一臉高深莫測的鄔桑。

男子看著躺在床榻上的兩人，又看著周遭的人，瑟瑟發抖。「我什麼都不知道！我真的不知道啊！」

莫夫人盯著狼狽的趙郎中，像看一個死人。「趙郎中，你的當家主母和四公子昏睡不醒，你卻說什麼都不知道？」

「夫人饒命啊，夫人……」趙郎中哭得比死了阿娘還要傷心。「我真的什麼都不知道啊！」

雷捕頭像提小雞一樣把趙郎中提起來。「走，咱去參觀一下清遠縣衙的刑亭，不知道比你們江臨郡的好些還是差些？」

事關重大，雷捕頭審訊時，師爺在旁邊做筆錄，莫石堅親自監督，其他差役都不得靠近。

雷捕頭手段了得，趙郎中在刑亭度過了極難挨的夜晚，黎明時分把知道的都說了，掛在刑架上像奄奄一息的喪家犬。

莫石堅在案桌旁，手指摁著突突跳的太陽穴，又一次身心俱疲。

師爺甩著快要抽筋的右手，看著密密麻麻的口供扎得眼睛疼。

很好，他們先是忤逆上官，然後是捅了育幼堂的馬蜂窩，現下踏上了直闖護國寺龍潭虎穴的路，還打算一往無前。

莫石堅清了清嗓子。「今日本官請綠柳居的早飯，走！」

雷捕頭掏了掏耳朵，不敢相信。「莫大人，您這麼大方？」莫石堅在請吃飯的方面一直都很小氣。

「不去拉倒。」莫石堅掏出荷包，大步往外走。

「去！去！莫大人，等我！」雷捕頭扔了鞭子跟出去。「我要吃芝麻酥餅和豆腐湯！」

師爺擱了筆，以最快的速度封裝筆錄。「大人，等等我！我要吃鱔絲麵！」

三人走到縣衙內院，先遇到了徹夜未眠的莫夫人、胡郎中和梅妍，以及其他輪值的差役，莫石堅也不含糊。「走，綠柳居早飯！」

一行人到縣衙外的廣場上時，鄔桑和三腳貓剛好下馬車。

莫石堅趕緊行禮。「將軍，綠柳居早飯，一起嗎？」

鄔桑微一點頭，三腳貓嘴角咧到耳後根。

於是，一大早，剛開門沒多久的綠柳居，來了一大群人吃早飯，胖大廚有些懵，大堂裡有一段時間沒這麼熱鬧了。

莫石堅難得痛快。「花掌櫃，按人頭算，所有早飯都來上三份。」

花落笑了。「成呀！」

鄔桑和三腳貓的身分特殊，兩人單坐一個小圓桌，各色各樣的吃食擺得很滿。莫石堅和莫夫人、師爺和雷捕頭，四人一桌。差役們人多另開一大桌。梅妍和胡郎中也坐一小桌。大鄴階級森嚴，在綠柳居這樣顯眼的地方更不能出錯。

胖大廚和二廚用手速征服眾人，兩刻鐘的工夫，鱔絲麵、豆腐湯、嬌耳、包子、雲吞、桂花糕、蟹船、赤豆元宵、綠豆糕、烙餅、芝麻酥餅……林林總總地擺滿了桌子。

飽受驚嚇的大家，化負面情緒為食量，一大早敞開肚皮大吃。

朝陽升起，天光大亮，綠柳居的豪華早飯享用完畢，碗碟盤盞都乾乾淨淨，連芝麻粒都沒剩下。

鄔桑的視線落在櫃檯上一大捧粉色山杜鵑上，不用問，這事只有羅玨幹得出來；花落偶有閒暇，視線總在鮮花上。

花落覺得這群人很有趣，鄔桑的視線總在梅妍身上，彷彿最好吃的不是早飯而是她，這樣不加掩飾的愛慕，鄔將軍自己知道嗎？

沒多久，花落就看到梅妍側身端著兩碟點心看向鄔桑。兩人分明沒有說話，純用眼神，就把兩個桌子上對胃口的吃食交換了一遍，默契十足。

莫石堅確定大家都吃飽了，才捏著荷包去櫃檯結帳。

花落也不客氣，拿起算盤噼哩啪啦算好。「莫大人，三兩三錢銀子。」

莫石堅的算數極好。「花掌櫃，少算了吧？」

花落輕笑。「梅郎中免單，我也不能占莫大人的便宜不是？」

梅妍一不小心打了個飽嗝，是的，不僅免單，年底還有分紅。

莫石堅笑了。「本官忘了這事。」這算請客沒請到？

一群人離開綠柳居的路上，莫石堅走得最快；鄔桑和三腳貓回臨時營地去；梅妍去胡梅醫館卸了出診牌，然後和胡郎中一起進了縣衙。

莫石堅最先到達書房，吩咐雷捕頭。「去把梅郎中和胡郎中請來。」

話音未落，卻驚詫見到梅妍和胡郎中已經查完江夫人和江慶，站在書房外等候了。

梅妍雙手一攤。「吃人嘴軟，拿人手短。」

師爺把筆錄攤在小案上。「二位郎中請過目。」

看完以後，梅妍只想找個地方冷靜一下，胡郎中長嘆一聲，莫夫人則紅了眼眶。

莫石堅望著莫夫人。「等他們醒了，必須追查清楚。」

可是，夜審趙郎中容易，以莫石堅的官職，要審江夫人和江四公子，尤其是他們沒有在清遠犯事的前提之下，怎麼也說不過去。

莫夫人掐著掌心。「梅郎中能和我一起嗎？」

梅妍點頭，護國寺這趟渾水，不蹚好像不行。

晌午時分，江夫人醒了，睜眼就看到神情不對的莫夫人。「沁兒，妳這是怎麼了？」

莫夫人裝得很乖順，介紹道：「姑母，姪女替您尋來了清遠的女科郎中，這位是梅郎中。」

江夫人看到梅妍的模樣，如遭雷擊，立刻冷下了臉。「沁兒，妳真是胡鬧！」

梅妍一臉無辜。「見過江夫人。」

莫夫人將梅妍攬到身後護著。「姑母，您是有身孕的人，不在家好好養胎，怎麼能如此辛苦奔波？」

江夫人一口氣差點沒上來，怒斥。「胡說什麼？」

莫夫人溫婉一笑，知道江夫人吃軟不吃硬，轉變臉色和語氣。「姑母，您睡了這麼久，先起床更衣後再吃些東西，不然餓得慌，許是又要吐了。」

江夫人慢吞吞坐起來，整個人都懶洋洋的，精氣神哪樣都沒有，忽然又瞥到梅妍，語氣陡然變差。「哪來的鄉野村婦？本夫人更衣，不知道迴避嗎？」

梅妍立刻轉身。

「放肆！我是太守夫人，沁兒是縣令夫人，哪有妳站的分?!」

梅妍離了杨杖還不到一周，是不能下跪行禮的。

莫夫人趕緊攔著。「姑母，梅郎中腳上有傷，夫君已免了她的跪禮，您趕緊更衣吧。」

江夫人還要發作，被莫夫人連哄帶騙地拉走了，夏喜乘機取了江夫人的晨尿。

片刻後，梅妍回到臥房，向莫夫人比了個手勢，江夫人確實懷孕了。

莫夫人伺候江夫人漱洗，吩咐夏喜。「去取吃食來。」

夏喜立刻提著食盒進屋，擺出第一層，手剛擱在第二層上……

江夫人的臉色變了，壓制不住怒火。「沁兒，妳就讓姑母吃這些東西？妳安的什麼心？拿走！這些東西餵豬，豬都不吃！」

莫夫人、夏喜和梅妍三人面面相覷，這可是從綠柳居打包回來的吃食，怎麼就連豬都不吃了？太過分了！

莫夫人耐心盡失。「姑母，您還是帶著表兄回江臨去吧，不要留在清遠了。」

江夫人怒不可遏，氣得渾身發抖。「妳、妳說什麼？妳這個不孝的東西！」

莫夫人隨手扔了食盒蓋子，砰的好大聲，江夫人立時被嚇住了。

莫夫人不裝了。「姑母，表兄犯了那樣的事情，您卻把我們瞞得死死的，這是要坐實我們窩藏之罪！您這種居心不良、是非不分的長輩，憑什麼要求我孝順？您這是存心毀我和夫君的前程！這樣的事情您怎麼做得出來？怎麼好意思對著我大呼小叫的？」

江夫人的眼瞳都顫抖了，張了張嘴，好一會兒才有聲音。「妳怎麼知道的？誰告訴妳的？慶兒嗎？他在哪兒？」

莫夫人快要氣死了，都這種時候了，怎麼還能顧左右而言他，一把摁住江夫人的肩膀。

「姑母！您和姑父多久沒有同房了，您怎麼會有身孕？您……」

「住口！妳這個沒良心的東西！啊！」江夫人的話被打斷。

鮮紅的五指印很快出現在江夫人莫名潮紅的臉上，她強撐的臉皮彷彿被這一巴掌打碎了，露出了蒼老衰敗的底色，眼神倉皇而驚懼，整個人都在發抖。

莫夫人更氣了。「有病不去找郎中，您為什麼要給慶哥哥吃那種藥？吃得慶哥哥像變了一個人似的。他以前不是這樣的！您到底背著姑父做了多少事情？」

「不，沁兒，我沒有……」江夫人一直往床榻的角落裡縮，恨不得縮進牆裡。

「昨晚趙郎中在刑亭全說了！您還想抵賴？」莫夫人一手直指江夫人。「您知不知道，您和慶哥哥的身體底子快被那些藥掏空了？您這年紀懷孕本就凶險，現在連梅郎中和胡郎中都沒把握保得住您！」

江夫人雙手抱頭，瀕臨崩潰。「不會的！那些都是大法師賜的藥，得來很不易的……那些藥真的有效，不然也不會吃這麼久……」

「您怎麼會有身孕的？」莫夫人不明白，姑母雖然討厭，但也算是有底線的。

「哈哈哈……我們有夫妻之名，早已沒了夫妻之實，我哪知道怎麼會有身孕？我不知道啊……」

梅妍和莫夫人互看一眼，之前江夫人有多可恨，現在的模樣就有多可憐，但沒有同情她的時間，眼下關鍵的問題是如何處理？

胡郎中說了，不能保胎，只能順其自然；梅妍本就不贊成強行保胎，特別是江夫人長期服藥，還是吃護國寺來歷不明的藥，對胎兒有多大影響，誰也不知道。

但不保？江夫人現在的身體狀況，做人工流產也不行。

莫夫人有著與莫石堅不相上下的勇氣。「姑母，您好好想想，這樣總是吐是多久前的事情，又或者您之前是不是和人……」

「我沒有！」江夫人憤怒至極。「對，所有人都厭惡我尖酸刻薄，但我至少還知道羞恥！我沒有與人苟合！」

梅妍抽出速記本，列出每一條疑問，遞給莫夫人。

莫夫人脫鞋上床，將姑母攬進懷裡。「姑母，沁兒小時候怕打雷，每到雷雨天，您就會這樣把我攬進懷裡，輕聲告訴我不要怕，那些雷電再嚇人，也都是劈惡人的。沁兒生病了，您也這樣抱著我，陪我熬過高燒，那時候您美得像菩薩下凡，是我心裡最美麗的女子，比阿娘還要美三分。」

莫夫人輕輕拍著江夫人的背，溫聲哄著。「姑母，您以前管理家事，賞罰分明，下人們都服氣。六年不見，您到底經歷了什麼？姑母，不要怕，現在沁兒長大了，也能護著姑母您了。」

片刻以後，江夫人斷斷續續的哽咽聲從莫夫人的肩頭傳出。「姑母好累啊……妳姑父事事挑剔，稍有不順心就大聲斥責……家事要做好，親戚要招待好，還要忙許許多多的瑣事……」

莫夫人肩頭的衣衫被淚水浸透了，起初溫熱，之後只剩涼意，想起自己在國都城時也是這樣，因為一直沒懷孕，娘家親戚和夫家親戚動不動就上門，明裡暗裡地問。

她與莫石堅也是聚少離多，夫家親戚特別會挑夫君不在的時候上門，唇槍舌箭地指責；娘家親戚送來一堆又一堆補品，各式各樣的偏方，她也曾整晚整晚睡不著。

這種日子，旁人無法感同身受，只有親身經歷過才知道。唯一不同的是，莫石堅生性隨和又知道心疼人，與姑父完全不同。

「旁人總是說，我有什麼辛苦的，家裡有婢女、有侍從，什麼事情都不用做……我真的百口莫辯……沁兒，姑母好羨慕妳……清遠偏僻，沒那麼多煩人的規矩……想哭就哭，想笑就笑……」

莫夫人輕輕拍著江夫人的後背，一下又一下，像慈母哄生病的孩子，有用不完的耐心。時間過得很慢，每分每秒都是煎熬。

夏喜聽得陪著一起哭，之前夫人真的整晚睡不著覺，吃什麼都沒胃口，一日比一日清減。

梅妍聽得直嘆氣。

莫夫人想著梅妍的提示，小聲問：「姑母，我記得姑父與您一直親厚，怎麼忽然變了？」雖然那時候與莫石堅官階一樣，還不是太守，但他倆看向對方的眼神都是溫柔的。

「慶兒練騎射的時候，從馬上摔下來，磕了頭，好不容易撿回一條命，落下了頭疼的病根；以前過目不忘，學業極好，後來就越來越差，脾氣變得很壞，暴躁易怒。我們帶著慶兒四處求醫，郎中看了無數，藥喝了很多，總是不見好；沒辦法，我們遇廟燒香，遇佛拜佛，開粥鋪，還是沒用，慶兒一直喊頭疼。自從慶兒出事以後，我一直在他身邊照顧，好不容易熬到他可以下床、可以吃東西，以為這個劫數就過去了，哪知道後來慶兒變成那樣，我整晚整晚地睡不著，衣服都大了許多……」

江夫人啜泣了一陣，才道：「實在沒法子了，我們帶慶兒到了江臨郡的小護國寺，發現香火旺得很，每日都有去還願的百姓，說是包治百病……那時候，我們眼前只有這條路了。我們去求見住持法師，說了慶兒的事情，法師說了許許多多的話，有些是郎中說過的，我們都沒聽懂，只聽見最後一句，不是沒藥可醫的。」

江夫人說得眼睛一亮。「那些藥真的有效！只吃了三日，慶兒就不頭疼了，我也能睡得著了，吃了一個多月，真的好了許多，我們去還願，出了許多香油錢。我以為這個劫數總算過去了，沒想到，停藥一個月以後，慶兒又頭疼，疼得拿頭撞牆的那種，我當時看得心都碎了。又去求藥，又吃藥、又好轉，停藥以後又復發，一晃就是兩年，後來我們再去求藥，住持不給了，說是給藥需要機緣……我們去了許多次，每次都哀求，他們讓我們做什麼，我們都照做。」

說到最後，江夫人的語氣委屈又迷惑。「住持說了，要給我們做一場法事，讓我夫君在外面護法，我和慶兒兩人在裡面，替我們轉化機緣，我們立刻同意了。那場法事以後，我和慶兒又求到了藥，身體也好轉許多，沒過多久，夫君從縣令擢升至太守。可夫君當上太守後，對我們日漸疏離，說不出來的感覺……」

梅妍在速記本上寫了許多，這個過程與操控洗腦的過程非常像，自願進入尋求方法，得到幫助，切斷方法，繼續求助，反覆操控徹底被控制。

結果是江太守一家，大部分的收入都變成了香油錢進了小護國寺。

梅妍遞了一張紙條給莫夫人。

莫夫人的視線掃過紙條，眼神一僵。「姑母，法事怎麼做的？」

「我喝了一盞茶，然後就睡過去了……醒來以後，法事也結束了。」江夫人的嗓子哭啞了，抽噎得停不住。

梅妍又遞了一張紙條過去。

莫夫人拿帕子替江夫人擦眼淚。「姑母，別哭了，最後一次法事是什麼時候做的？」

「半年前……」江夫人的嗓音低如蚊蚋。「慶兒殺了三名少女，我嚇壞了，去求住持做法事……」

梅妍和莫夫人兩人視線交會，心裡不約而同地咯噔一下，強烈的憤怒陡然而起。

迷姦?!

「姑母，不怕，沁兒陪著您。」莫夫人氣得將牙咬出聲音來。「夏喜，把我昨日燉的參鴿湯端來，姑母您多少吃一點。」

「是！」夏喜趕緊去端。

梅妍不斷深呼吸，恨不得放一把火燒了小護國寺。

莫夫人看向梅妍，用嘴形問還要問什麼嗎？

梅妍向莫夫人晃了一下速記本，搖頭。莫夫人便將紙條還給她，示意她可以出去了。

第九十六章

梅妍悄悄退出臥房，忽然想到，昨晚守夜時，江夫人和江四公子在一個屋子，怎麼吃了頓早飯回來，他倆就分開了呢？江四公子去哪兒了？

梅妍皺起眉頭，昨晚是在這個屋子沒錯啊。

正在這時，包著大半邊臉的男子，攔住梅妍去路，笑得極為爽朗。「瞧，我攔住了天上的仙女！本以為綠柳居的花掌櫃已經是人間絕色了，沒想到梅郎中更勝一籌，清遠真是好地方！」

梅妍上下打量他，行禮。「民女見過江公子。你現下的身體還是躺著比較好。」這個悲劇色彩很濃的殺人凶手，聲音倒是很好聽。

正在這時，傳來急促的腳步聲，以及嘈雜的問話。

「江公子不見了！」

「他去哪兒了?!」

「快找！」

梅妍提高音量。「江公子在這裡！」

江慶頗有些無奈。「梅郎中，妳怎麼能這樣無趣？我好不容易才逃出來。」

梅妍結合江夫人的陳述，激他。「喲，怕喝藥啊。」
江慶被噎得夠嗆，回懟。「怕喝藥有錯嗎?!」
「倒也沒有。」梅妍怕激怒他，順勢緩和。「我也怕喝藥。」
江慶大笑起來。「那妳還好意思說我？」陰鬱的心情大好。
下一刻，他們就被家丁、隨從和差役團團圍住，莫石堅的額頭都出汗了。「江公子，趕緊回去吧，這兒風大，別染了風寒。」
江慶完全沒搭理他，視線完全在梅妍身上。「梅郎中，妳比那個老頭兒有意思多了，去給我瞧一下病吧？」
「好呀，走吧。」梅妍落落大方，趁病人狀態還算安全的時候控制住，才是上策。
在廂房裡焦灼的胡郎中，看到梅妍和江慶一起回來時，嚇得站起來，問道：「怎麼樣了？」怎麼會讓他們遇到？這下子梅妍就有甩不掉的麻煩！
梅妍特別淡定。「剛好遇到。」
「不是這樣。」江慶伸出一根手指搖晃，只露出單眼神情也很真誠。「我昨晚醒過兩次，都見到妳了，我是專門去那裡找妳的。」
被盯上了。梅妍的手指捏著速記本搓了搓。
「我昨晚想著，能見到妳這樣的美人，上天待我不薄，所以我必須醒過來看，我醒了吧？」江慶是真的高興，尤其是美人並不怕他。

莫石堅快嚇死了，梅妍是鄔桑擺在心尖上的人，要是在縣衙出什麼事情，他就只能以死謝罪了！

梅妍轉了轉眼睛，故作輕鬆。「你的臉為什麼要包成這樣？不熱？」

江慶更高興了。「熱啊，但是趙郎中威脅我，敢拆下來就會破相。我這樣的翩翩公子，破相了豈不可惜？可是，不僅熱，臉還很疼！疼得我兩晚沒睡。」

梅妍難得不知道該怎麼接話。

江慶想了想。「妳和這個老頭兒，誰的醫術更高？」

梅妍立刻介紹。「這位胡郎中以前是太醫，當然是他醫術更高超。」

沒想到江慶不屑。「太醫？太醫我見得多了，也沒有藥到病除。不管黑貓、白貓，抓到老鼠的就是好貓，不管什麼郎中，能治好病的才是醫術高超！」

胡郎中破天荒地點頭。「確實。」

江慶的心情更好了，自己摸索著解紗布和繃帶。「我把這個拆了，看看妳怎麼處理？」

梅妍下意識看向胡郎中，他卻只盯著江慶的臉。行吧，反正地位有高下，她也不能拒絕。萬萬沒想到，江慶整張臉露出來時，她心裡只有一個念頭：替他處理傷口的郎中是要他死吧？

江慶的臉還是火辣辣地疼，注意到兩位郎中尤其是梅妍驚詫的眼神，立刻明白。「這傷口處理得不好？我不想臉上有疤！」

梅妍沈默片刻，注視著江慶。「你身上有其他疤嗎？」

江慶立刻寬衣解帶。「疤可多了，看看？」他很惡劣地想看梅妍臉紅尖叫。

梅妍瞥過江慶肩膀、後背的疤痕，阻止他還想脫褲子的打算。「可以了，你不是瘢痕體質，只要傷口處理得好，就算留疤也不會很明顯。」

奇怪的是，這位嬌生慣養的江四公子怎麼有這麼多傷疤？

江慶麻利地穿上衣服，有些不甘心。「妳臉都不紅的？」

梅妍嫌棄得很明顯。「你這樣的身材有什麼好臉紅的？」

江慶簡直不敢相信，可張了張嘴，實在沒勇氣問下去，因為很明顯，梅妍看不上自己，思來想去。「就死馬當活馬醫吧，疼就疼，我認了。」

「你確定受得住？」

江慶不屑。「我頭反反覆覆疼了六年，這還受不住？」

「診費五兩銀子。」梅妍特別直白。「先付再治。」

江慶自覺受到了莫大的污辱。「放肆！本公子治病何止百兩？會賴妳五兩診費？」

梅妍特別真誠。「清遠偏僻，五兩銀子夠民女四個月花銷了。」

江慶將梅妍從上到下打量，不由得皺眉。「妳怎麼釵子、簪子、鐲子一個都沒有？」說完，從荷包裡取出一張十兩的小額銀票，拍在案桌上。

梅妍拿著銀票出去，片刻以後回到廂房裡，還給江慶五兩銀子。

江慶活見鬼似地看著還回來的五兩銀子，一時語塞。

梅妍收好銀票，卸下背包，從裡面拿出消毒液和外科換藥包，又找來一把有靠背的椅子。「公子，請反著坐好，下巴擱在椅背上，雙手握緊……」

胡郎中把江慶拆掉的紗布和敷料拿起來，湊近聞了一下，皺緊眉頭。

「我的臉……會怎麼樣？」江慶按要求坐好，望著梅妍，眼神帶著不容欺騙的陰狠。「說實話。」

「變數太多，民女屬實不知道。」梅妍實話實說。「如果公子能全力配合，大概能恢復到您右肩舊傷疤的程度。」

江慶連皺眉頭都疼，剛要說什麼。

胡郎中忽然開口。「這位公子，你家的郎中真是親信嗎？」

江慶先是一怔，立刻反應過來。「他要殺我?!」

胡郎中的視線落在手上的敷料上。「石粉可以收斂傷口，但這裡面混的是生石灰粉！」

梅妍暗暗吃驚，認真解釋。「能保住你的性命就不錯了，其他的以後再說，清創很疼得忍住。」說完，在江慶的頸肩部墊了鋪巾。

先清洗創面，然後再消毒，每一滴液體都能引起江慶的痛楚，但出乎意料的是，直到包紮完成，用了三刻鐘不只，他把牙齒咬得咯咯作響都沒哼一聲，最後虛脫似地掛在椅背上。

梅妍和胡郎中驚訝不已，這位江四公子看起來身嬌肉貴的，竟然這麼能撐？

傷口處理完畢，江慶換了張椅子，梅妍收拾好背包，就開始寫江慶的食療單和注意事項。而江慶異常沈默地觀察梅妍。

梅妍將食療單和注意事項交給江慶。「江公子，食療單交給綠柳居就行，注意事項自己留著。」

片刻以後，江慶若無其事地起身，問：「本公子的妹夫，哦，莫縣令在哪兒？」

「多半在書房。」梅妍想了想才回答。

「多謝你們的真話。」江慶微微低頭，邁出右腳時身體一歪，險些摔倒，顧不上端方的步子，踉蹌著離開。

梅妍一心多用地琢磨。江慶有沒有可能暗藏雙重人格？

胡郎中捋著鬍鬚若有所思。

面對江家的事情，兩人只有沈默。

夏喜在門外招呼。「胡郎中，梅郎中，夫人說辛苦二位了，先請回吧。鄔將軍的馬車在縣衙外。」

梅妍先點頭，然後小聲囑咐夏喜，要隨時觀察江夫人，以免她想不開發生意外。

梅妍和胡郎中，不約而同地加快腳步，人都有趨利避害的本能，江家和小護國寺的事，實在讓人陰鬱。

梅妍走出縣衙，看到大馬車的瞬間，只覺得腰痠背疼，見鄔桑伸出大手，毫不猶豫地握上去，借力上了馬車。

馬車動起來沒多久，梅妍的眼睛都快睜不開了，大腦卻還在琢磨江家的事情，江夫人的身孕和江慶身上的舊傷疤。江夫人去小護國寺做法事，喝了一盞茶就不省人事，醒來時法事已經結束；那江慶呢？

梅妍已經不敢細想下去了，潛意識開始抗拒這些事情。

「梅妍，不管發生什麼事，妳都可以告訴我。」鄔桑觀察了一陣，梅妍臉上的表情變化實在有點多，整個人顯得很陰鬱，與平日完全不同。

梅妍努力睜大眼睛。說還是不說？可是，沒有實證就是隨意揣測，就是子虛烏有。

「說吧，我聽著。」鄔桑握著梅妍的手，十指相扣。

梅妍想了想，這事關係到江夫人的聲譽，也間接影響莫夫人的名聲，在有實證以前，還是暫時保密，轉而問其他的。「除了國都城有護國寺，江臨郡有小護國寺，其他地方還有嗎？」

鄔桑一怔。「妳不信神佛的人，為何這麼問？」

「好奇。」梅妍意圖掩飾。

鄔桑笑了，與梅妍獨處時，很容易發現她的情緒變化，包括剛才的掩飾和強行岔開話題，不過沒關係。「大鄴的國都城最繁華，護國寺規模也最大；江臨郡的小護國寺，規模一般。除此以外，各州府基本都有護國寺，規模大小不一，香火鼎盛。」

「為什麼？」梅妍自問自答。「特別靈驗？」

鄔桑還是笑。「妳想求什麼？」

梅妍想了想。「求財？」畢竟想養大十一位小姑娘，哪兒哪兒都要花錢。

鄔桑被梅妍認真糾結後的回答逗樂了。「好，等妳的婦產科醫院開起來，殉國軍士們有身孕的遺孀都能母子平安，驃騎大將軍本人都是妳的，怎麼樣？」

梅妍很想吐槽，想了想，試探地問：「包括你的私人財產？」

鄔桑直接笑出聲來。「那是自然。」驃騎大將軍還是很有錢的，良田、封地也不會少。

梅妍有些猶豫。說好還是不好呢？

鄔桑將梅妍攬進懷裡。「先睡一會兒，到了叫妳。」

梅妍很放鬆地靠著鄔桑，聞著清爽的皂角味，眼皮越來越沉，過度疲勞反而過於亢奮的大腦，還在思緒紛飛。

江夫人說小護國寺的香火非常興盛，每日都有去還願的百姓，想知道江夫人發生了什麼，只要去那裡旁敲側擊地打聽一番就可以。或者直接問江夫人或江慶，去小護國寺有沒有遇到其他的官宦之家，那些人又因為什麼事情去小護國寺，很快就能真相大白。

「怎麼不睡了？」鄔桑望著忽然坐直的梅妍覺得很奇怪，明明剛才連眼睛都快睜不開了。

梅妍笑得眼睛彎彎。「能不能回縣衙？現在就去。」

鄔桑一拍車廂。「烏雲，回縣衙！」

好不容易將姑母安撫好，莫夫人悄悄退出廂房，還沒走到臥房，就聽到夏喜來稟。「夫人，梅郎中求見。」

「快請。」莫夫人心慌得厲害，梅妍這時能來就再好不過了。

梅妍見到莫夫人先行禮，然後湊近她，問得很小聲。

莫夫人聽了先是一怔，然後才回答。「梅郎中，姑母吃什麼、吐什麼，害喜得更加嚴重，好不容易剛睡下，要不等她醒了？」

梅妍點頭。「江公子也可以回答，他們常去小護國寺，應該認識不少人。」

莫夫人吩咐夏喜。「去找江公子。」

沒想到夏喜很快就來回稟。「夫人，江公子和莫大人都去大牢了。」

莫夫人簡直不敢相信。「他去大牢做什麼？他是被夫君抓了嗎？」

夏喜趕緊澄清。「回夫人的話，並沒有，好像是去大牢做些什麼。」

莫夫人百思不得其解。「他去大牢能做什麼？」

正在這時，梅妍卻走到廂房旁。「江夫人，民女梅氏，想問您一些事情。」

莫夫人嚇得夠嗆，三步併作兩步地將梅妍拉到一旁。「好不容易才哄躺下的，先別問了吧？」

梅妍等了一會兒，忽然看到廂房裡面的蠟燭亮了，一個被光亮拉長的身影捧著一條長長的什物，轉頭問：「莫夫人，您姑母失眠嗎？」

莫夫人仔細回憶。「六年前不太失眠，近期比較厲害。」

梅妍聽了，立刻跑過去，喊道：「江夫人，民女有急事想問您，請您同意。」

莫夫人感覺到了梅妍的焦躁，也走到門邊，和梅妍一起問。

梅妍拉住莫夫人的衣袖，小聲說：「夫人，要不要進去瞧瞧？」

「進去吧。」莫夫人點頭同意。

梅妍用力推門，門沒開；換成莫夫人推門，門依然沒開——廂房門從裡面反鎖了。

莫夫人和梅妍面面相覷，正在此時，投射在花窗上的江夫人身影站得筆直，懸空著晃來又晃去。

「不好！江夫人自縊了！」

莫夫人衝過去撞門，撞了兩下打不開，又改撞花窗，可是花窗也拴住了，急得大叫。

「夏喜，快去找大人，不，找雷捕頭！」

夏喜箭一般衝出去，邊跑邊喊人，很快莫石堅、雷捕頭和江慶衝了過來。

「姑母，姑母！」莫夫人圍著廂房團團轉。「夫君，怎麼辦啊？」

「阿娘！阿娘！」江慶瘋了一樣撞門，骨頭哪能和新木門比結實，很快就聽到骨裂的聲音。

「江公子！」雷捕頭一把拖住江慶向後拽，使出渾身力氣才能困住他。

莫石堅的頭嗡嗡地響，重修縣衙時，鄔桑給軍匠們下過指令，用的材料和工藝都是極好的，所以這廂房非常結實，很難從外面闖入。

「阿娘！」

「姑母！」

「江夫人！」

廂房外一時鬧騰極了。梅妍深呼吸，堵住耳朵，然後從背包裡取出薄而韌的竹片刀，塞進門縫裡，一點點地用刀刃移動門栓。

一切都發生得太突然。江慶掙脫雷捕頭，對著花窗一通撞，速度之快、力量之大，驚掉了眾人的下巴。

「喀嚓」一聲脆響，花窗裂了，卻只是裂了並沒有斷。

門栓卻在這時應聲而落，梅妍推門進去。

雷捕頭衝進去，用最快的速度將江夫人從房梁上放下來。

回過神來的江慶衝進去，緊緊抱住娘親，兩眼血紅，聲嘶力竭地喊：「梅郎中，救人！」

梅妍難得大聲。「把人平放在地上，大家都讓開！」

江慶立刻照做，莫石堅攔住莫夫人，梅妍說什麼就是什麼。

梅妍第一時間把江夫人抬頭托頦，讓氣道暢通，用紗布裹著手指塞進嘴裡清理，確認沒有異物，看向江慶。「大聲叫她，不要停。」

「阿娘，醒醒，我是慶兒，醒醒啊！」江慶跪在江夫人身旁大聲呼喊。

梅妍先摸頸動脈，有微弱的搏動，聽到極輕微的呼吸，按照心肺復甦的步驟，開始心外按壓和人工呼吸。

江慶目瞪口呆。這……是什麼法子？真的有用嗎?!

五分鐘過去了，江夫人還沒醒，但脹得通紅的臉色並沒有消褪，單人心肺復甦對體力的消耗非常大。

梅妍取出一塊紗布蒙在江夫人的嘴巴上，給江慶做示範。「先深吸一口氣，捏緊她的鼻子，含住口部，用力吹氣！」

「好……」江慶雖然不明白但還是照做，而且記住了抬頭托頦的動作。

「聽我口令。」梅妍快速心外按壓數數，然後大喊：「吹！」

江慶深吸氣，用力吹氣，江夫人的胸廓有了明顯的起伏。

「繼續！不要停！」

就這樣，梅妍和江慶進行雙人心肺復甦，看傻了周圍的人。

時間一分一秒地過去，江夫人還是沒醒。

江慶趁著吹氣間隙，拚命呼吸。

莫夫人和莫石堅兩人面面相覷。

雷捕頭小聲問：「這……要做到什麼時候？」

梅妍的汗水迷了眼睛，拿袖子胡亂一抹，斬釘截鐵。「做到醒為止！」

十分鐘過去，十五分鐘過去，二十分鐘過去……

縣衙內院的迴廊下，鄔桑和烏雲兩人望著廂房內外慌亂的眾人，專注救人的梅妍彷彿自帶光芒，深深照進鄔桑的心裡。鄔桑帶著不自知的笑意，就讓他這雙沾滿鮮血的手，守護救死扶傷的她，她是上蒼送給他的救贖，能讓他夜夜好眠。

第九十七章

廂房裡，江夫人猛然睜開眼睛，長舒一口氣。

「活了！」雷捕頭的大嗓門炸了。

莫夫人雙腿一軟，被莫石堅扶住，一齊進入廂房。

「慶兒，阿娘沒死？」江夫人望著氣喘吁吁的梅妍和江慶，起初的困惑漸漸轉變成憤怒。「為什麼不讓我死?!」

梅妍站起來，轉身就走。

「梅郎中別走！」江慶一手握著娘親的手，一手要攔梅妍，只覺得自己右肩像碾碎了一樣疼，憤怒脫口而出。「發生一點事情就尋死覓活的，妳不配當我阿娘！」

江夫人被生生地噎住了。

江慶想把娘親抱到床榻上，發現使不上力氣，左手摁住她的肩膀。「妳死了，我死了，不就趁了那個混帳王八的意嗎?他踩著我們升官發財，現在又要升遷了，嫌我們骯髒礙眼，妳腦子裡都是漿糊嗎？妳死了，傷心的是外祖母和我，他很快就會迎娶嬌妻，妳辛苦打理這麼多年的家產全是別人的！妳甘心嗎？」

「我不甘心！」

在場所有人都驚了，江臨郡太守到底是什麼樣的衣冠禽獸，竟拿妻兒當墊腳石?!

莫夫人聽紅了眼圈，姑母的家人一直說她嫁得好，誰能想到，高牆大門之內，她到底過著什麼樣的日子？

「可是……」江夫人閉上眼睛，淚水從眼角滑落。「慶兒……這世間對女人太苛刻了……我沒有臉面再活下去啊！到時親朋好友因為我而名聲受累，我受不了，我怎麼能苟活？」

江慶抬手就是一巴掌，目露凶光。

在場所有人都怔住了，包括江夫人。

江夫人蒼白的臉上浮出鮮紅指印，不敢相信地捂著火辣辣的臉。「你，你……」

江慶額頭的青筋暴跳。「妳已經死過一次，還不清醒嗎？再不醒，我繼續打，反正我就要這樣活著！天大地大，就不信沒有我的容身之地！」

「可是……」江夫人怔怔地開口。「我們帶出來的銀兩不算多，那麼多隨從，很快就會用完的，到時……」

「沒錢可以掙！經商也好，做工也好，總能填飽肚子！」

梅妍說話了。「莫夫人，麻煩您把江夫人扶上床榻吧，她身子本來就弱，一直這樣躺在地上，怕落下什麼病根來。」

一語驚醒夢中人。

莫夫人和夏喜兩人將江夫人扶起來，小心翼翼地攙扶上床，幫她蓋好薄被。

雷捕頭和莫石堅避嫌地離開。

屋子裡靜極了，江夫人的眼中沒有半點光亮，倚坐在床頭，像個人偶。

莫夫人實在想不出該如何勸解，將心比心，就只剩憤怒與不甘。

梅妍安靜地當背景板。

江慶望著始終冷靜的梅妍，忽然開口。「哎，那個……要不……妳能不能教我醫術？」

梅妍沒好氣地拒絕。「不要！」

「為什麼？我博聞強記！」江慶很少被拒得這麼乾脆，十分不服氣。

梅妍掰著手指細數。「你頭疼多年，越強記、越容易頭疼；還有，你的右肩和右鎖骨大概是骨折了，你不覺得自己站得不正嗎？」

江夫人的母愛還是占了上風。「慶兒，你怎麼受傷了？」

梅妍一本正經地胡說八道。「哦，剛才公子閒得發慌，偏要與縣衙的新花窗比誰更結實，硬是硬碰硬，誰勸都不聽，事實證明，公子的骨頭不夠硬。」

江慶不可思議地盯著梅妍。「妳……」

梅妍很無辜。「公子，民女只是陳述事實，畢竟，懂的都懂。」

一屋子人臉色各異。

如果在平日，莫夫人和夏喜聽了能笑出聲來，可現在……憋得有些辛苦是怎麼回事？

江夫人的淚水又一次落下。「慶兒，你頭疼還沒好，臉傷還在，怎麼這麼傻？」

江慶又氣又疼。「傻娘親能生出什麼精明兒子？一傻傻一窩！」

江夫人閉上眼睛，又睜開，眼中有了一絲光亮。

江慶覺得不能這樣被梅妍搶白，哼了聲。「哦，也不知道哪個傻郎中，雙手到現在還抖個沒完，傻傻地按個不停。」

梅妍假笑。「公子，搶救費五兩，江夫人的身體調理請胡郎中，食療單我來，那些是另外的價錢。」

江慶從沒見過梅妍這樣聰慧又有趣的少女，想了想。「我們母子倆被拋棄了，銀錢有限，要不，本公子以身相許吧？」

梅妍腹誹。不要臉！

莫夫人趕緊阻止江慶。「表兄，你別胡說！」

江慶不明白。「就算本公子落難了，聘梅郎中為妻也是足夠的吧？」

「想對梅郎中以身相許的人多了去了，本將軍還沒輪到呢！」鄔桑站在廂房外，滿身寒氣地盯著江慶。

梅妍兩眼一亮，很自然地走到鄔桑身旁，和他相視一笑。

江慶呆成一隻大鵝，說話都結巴了。「鄔、鄔、鄔……大將軍？您……在清遠?!」出口調戲偶像的意中人被本人看見怎麼辦？

莫夫人立刻向鄔桑行禮，順便替江慶解圍。「大將軍，梅郎中挺累的了，您帶她回去吧。」

鄔桑連眼睫毛都沒動一下。「五兩搶救費呢？」

江慶忍著胳膊和肩膀疼，從荷包裡哆哆嗦嗦地掏出五兩銀子，小心地遞給梅妍。

鄔桑伸手收了銀兩。

梅妍看向莫夫人。「夫人，胡郎中的整骨很是高明，還是先送江公子去醫館。」

鄔桑提醒道：「妳都問過了嗎？」

梅妍這時候才想起來，自己來縣衙為了什麼事，看向江慶。「請問，你們去小護國寺的時候，有沒有遇到其他官眷或是當地的富戶鄉紳？」

江慶答得隨意。「見過不少，不然我們也不會去。」

鄔桑和梅妍互看一眼，明白小護國寺的水更深了。

莫夫人看出梅妍的疲憊，心裡很過意不去。「梅郎中，妳熬了這麼久，回去好好歇息。」

鄔桑微一點頭，帶著梅妍離開。

江慶在醫館領教了胡郎中高超的整骨方法，被布條纏了小半身，疼得人都麻了，還看到了寫得密密麻麻的藥方，只覺得嘴巴裡苦得很，越來越苦。

回梅家小屋的路上，靠著鄔桑的梅妍處於省電模式，眼神都是渙散的。

「還不睏？」鄔桑覺得累呆的梅妍也好可愛，看她雙臂無力的樣子又心疼，自然希望她能閉一下眼睛。

梅妍眨了眨乾澀的眼睛。「自我懷疑中，江夫人尖酸刻薄，江慶是殺人凶手，但只與他們相處不到一日一夜，就覺得他們本來不是這樣。」

「妳懷疑是小護國寺給的藥物所致？」鄔桑反問。

「嗯。」梅妍睏倦地點頭，眼睛越睜越小。

鄔桑遮住梅妍的眼睛，親了一下她的耳朵，輕聲說：「休息好了才有精力去找原因，睡吧。」

梅妍立刻像中了咒語，完全倒在鄔桑的懷裡。

梅妍再次醒來時，外面已一片漆黑，聽到梅婆婆在外面給姑娘們講禮儀課，內容是烹茶。

正在這時，蓉兒的小腦袋探進門裡，大眼睛骨碌碌轉，笑得比蜜糖還要甜。

梅妍坐起身來，向蓉兒伸手，蓉兒立刻像隻快樂的小鳥一頭撲進梅妍懷裡。

「哦……」梅妍的胳膊被撞得很疼，這才想起來，之前做了將近半小時的胸外按壓。

「梅郎中妳哪裡疼嗎？」蓉兒很警覺。

梅妍輕輕搖頭，抱著蓉兒下了床榻，和外面的姑娘們打招呼。

一下子，梅妍就被她們圍住了，七嘴八舌地問：「梅郎中，妳餓不餓？渴不渴？妳怎麼去那麼久啊？是不是很累？妳再睡一會兒吧？」

十二人的真誠關心，把梅妍有些無措的情緒撫平，也許，這就是家人的力量。

梅妍先漱洗然後吃吃吃，半個時辰以後才走到小院裡，看到被梅婆婆照顧得很好的草藥和野菜，屋裡屋外都乾乾淨淨。

正在這時，屋外傳來敲門聲。「梅郎中在嗎？能不能借一步說話？」

梅妍一怔，天都黑了，江慶來做什麼？

梅婆婆回答。「這屋裡都是女子，月黑風高的，若不是臨盆那樣的急診，還是明日再說吧。」

江慶的聲音裡有了歉意。「是在下思慮不周，那就請梅郎中明日一早到綠柳居一敘，有要事相商。」

江慶有什麼急事？梅妍聽著屋外腳步漸遠，心中困惑。

秉持懷疑一切的梅妍，沒有追出去，而是按照約定的時間，和秀兒一起到了綠柳居，進門前想得很好，等江慶把事情說完，剛好去醫館出診。

然而，計劃總是趕不上變化。

梅妍一進門發現，包成半個木乃伊的江慶端坐在大堂，她走進去，就有夥計把門關上，一瞬間有自投羅網的錯覺。

「今日是本公子包場。」江慶推出一個方形漆盒。「妳看這些。」

梅妍打開漆盒，裡面整齊擺放著大大小小的藥瓶，也不敢拿開瓶塞隨便聞。「我只是穩婆，還會一些刀針科，藥這種東西，我不太熟。」

江慶抱怨似地說得停不下來。「我去問胡郎中，我和阿娘到底吃的是什麼藥？他不說話。我再問，我和阿娘性情大變，是不是與這些藥有關？他還是不說話。我一日問九次，最後他說可以問妳。」

梅妍傻眼。胡郎中怎麼能這樣坑人？

江慶繼續。「我也去大牢逼問過趙郎中，他寧死不說，只說此行目的是讓我和阿娘客死清遠，死後挫骨揚灰，不論人鬼都無法回江臨郡。」

梅妍聯想江慶勸說江夫人的說辭，一時間有太多念頭冒出來，但還是保持不離題。「江公子，這些藥我不認識，並不知道作用，就這些。」

「我明明只是睡了一覺，醒來時就躺在血泊和屍塊裡，我向誰喊冤去？」江慶說話的聲音都在抖。「連阿娘和阿爹都不信我，我能怎麼辦?!我不知道有沒有下一次，什麼時候有下一次，就算把自己鎖在屋子裡，可現在我和阿娘相依為命，哪天再這樣，死的就是我阿娘了！」

江慶語氣憤恨。「我總要為自己做些什麼，可你們都說不知道！每個人看我，眼神都像看到噬人的妖邪，如果我是自然無所謂，可我不是！」

江慶自從發生了那樁事情以後，每到夜晚就把婢女都趕走，獨自窩在屋子裡，不敢睡，哪怕撐不住睡過去，也很快就會驚醒。那種睜眼就聞到濃烈地嗆人的血腥味，手上、臉上都沾了血跡的感覺，令他無比噁心。

可越是這樣，他越需要這些藥物，但每次吃下一顆，理智和良心都在身體裡瘋狂吶喊，內心天人交戰激烈無比。現在，吃或不吃都是折磨，都是酷刑。

梅妍直視江慶的左眼，整張臉被包得只能看到左眼和左半邊的嘴，思來想去，冷漠打斷江慶的訴苦。「你有好好安葬她們嗎？」

江慶連忙點頭。「臨江郡最好的棺木，依山傍水的墓地，連她們的家人都安置妥貼。」

「我一時想不出什麼好法子，」梅妍難得束手無策。「讓我再考慮兩日。」

「如果可以的話，我願意贖罪！哪怕以身試藥！」江慶的語氣異常堅定。「我不是殺人不眨眼的妖邪！」

梅妍看清了江慶眼中的痛苦，似乎被江夫人強行停藥以後，他人性美好的一面在慢慢展現。但她能做些什麼呢？

江慶生怕梅妍不信，舉起左手就要發誓。

「行了。」梅妍打斷他。「人嘴兩層皮，我不信誓言，只信行動。」

江慶不假思索地回答。「讓我做什麼都可以！」

梅妍有了想法。「讓你去國都城告御狀，或者去大司馬家直接指證呢？」

「好！」江慶沒有半點猶豫。

梅妍點了點頭。「先把身體養好，按食單好好吃，當證人也是體力活。」

「那晚上怎麼辦？」江慶追問不止。

梅妍從背包裡取出粗草紙和炭筆，畫了一張簡易的束縛衣草圖，問花落。「花姊姊，能請人趕製這樣的衣服嗎？」

花落看了一眼。「這……算衣服？」

「能保證江公子晚上不跳樓，不走來走去，既傷害不了自己，也傷害不了別人。」梅妍補充道：「對了江公子，你晚飯以後不要喝水，穿衣前排空二便，晚上就不用起夜了。這樣，你睡得也安心。」

梅妍本以為江慶會猶豫，畢竟這束縛衣實在不是什麼好東西。

「好！」江慶答應得很爽快，轉而看向花落。「這身衣服做兩套，本公子會付錢。」

花落更加爽快。「兩套衣服算是公子今日包場的禮物，不另外收錢。」

公子哥兒見多了，殺人不眨眼的也有不少，但這種心軟的公子哥兒實在少見。誰不願意與溫和又願意自制的人打交道？

江慶愉快地上樓去了。

梅妍更加看不明白他，也不打算明白。

花落清了清嗓子。「她們來了，第一批六個人，我已經安置在後面的下人房裡，後面來的人會更多。妳的身體能吃得消嗎？」

梅妍淺笑。「我會量力而為的，花姊姊記得付錢。」

正在這時，一隊氣勢驚人的馬車從綠柳居門前經過，甩鞭子迴避聲不絕於耳，梅妍隱約聽到「天使來了」，什麼玩意兒？

花落卻一眼看明。「清遠竟然也有迎接聖旨的一天！」

梅妍一頭霧水。

花落乘機戳她的臉蛋，實在羨慕她天生麗質的皮膚。「傳聖旨的人，在大鄴稱為天使，去瞅瞅？」

「好呀！」梅妍最喜歡熱鬧和八卦，可一直以來都忙得暈頭轉向，難得有時間當然要去看。誰也沒想到，她倆這樣神速地走去，最後卻落在了圍觀人群的最外層，無論梅妍如何踮腳，還是什麼都看不見。

梅妍不開心。「還能不能讓人愉快地看熱鬧了呀？」

花落被梅妍逗樂了。「妳這樣總算有點少女模樣了，做郎中以後總是嚴肅得像三十好幾的婦人，不悶嗎？」

「悶啊！」梅妍嘆氣。「算了，聽個響吧。」

事實上，只要在大鄴，無論國都城還是窮鄉僻壤的清遠，迎接儀式都非常隆重，要設香案，接旨者要沐浴更衣，還要三跪九叩，聽天使傳達的教誨。不只接旨者要跪，因為這次的聖旨內容很多，福澤百姓，全清遠的百姓們都要跪。

於是，看熱鬧不成的梅妍，還和花落一起跪在地上，先聽冗長的教誨，聽得一知半解，左耳朵進、右耳朵出，耐著性子聽了許久，總算聽到了聖旨的重點。

「擢升清遠縣令莫石堅為巴嶺郡太守，直轄靖安、清遠和巴嶺三城……當盡心盡力……念及巴嶺郡地處偏僻，又歷經冰雹、疫病之災，百姓生計艱難，故即日起，免賦稅十年，十年後按平稅十分之一徵收，欽此。」

「微臣莫石堅領旨！謝主隆恩！」莫石堅叩謝再三後才起身，接過全新的官袍、官帽、腰帶和印章，大聲宣布。「自今日起免稅十年！十年後按一成收稅！」

百姓們爆發出最熱烈的掌聲與歡呼聲。

梅妍和花落相視一笑，太好了！

正在這時，天使問道：「莫大人，提交疫病治療方案的名醫可在這裡？」

人群裡立刻傳出尋找聲。「梅郎中在哪兒？」

「梅郎中在這裡！」柴氏婆婆眼神最好，一下就找到了梅妍。

梅妍身邊的人迅速散開。

第九十八章

天使站在高臺之上，望著梅妍，縱使經過最嚴苛的表情管理，也有些繃不住，這位名醫也太年輕了！太美麗了！不對，名醫是位美佳人？

莫石堅趕緊招手。「梅郎中，快來，見過天使！」

梅妍硬著頭皮走上前去，人群自動散開，走上高臺時深呼吸，按照梅婆婆教的行完整套大禮。「民女梅氏見過天使。」

天使望著梅妍，暗自倒抽了一口氣。

梅妍等著天使教誨，可這位天使不說話是什麼意思？

莫石堅小聲問：「天使，天使？」

天使迅速回神。「傳陛下口諭，名醫是否願意去國都城在太醫院任職？」

梅妍再次跪下。「回天使，民女自知才疏學淺，對抗疫病非一人之功，是清遠上下齊心協力的成果，民女不敢居功，不想去太醫院。」

天使出國都城傳旨的機會很多，無論品階高低的官員、什麼失禮的笑話都見過，但從頭到尾毫無差錯的，竟然是窮鄉僻壤的一位女郎中，這絕不可能是巧合，忍不住多問幾句。

「入太醫院是無數郎中的畢生所求，梅郎中的想法為何如此與眾不同？」

梅妍再次行禮。「回天使，國都城和繁華的州府，有無數名醫，但整個巴嶺郡算得上好郎中的寥寥，百姓生計本就艱苦，沒有好郎中，得病只能苦挨等死。郎中治病救人，百姓治病付診費，對民女來說，哪兒都一樣，所以不想去太醫院。」

天使怔住了，阿諛奉承、為國為民的大話聽了許多，冷不防遇到一位這樣回話的，一時間不知該用什麼表情來面對，只能問：「妳考慮清楚了？」

「回天使，民女想得很清楚。」

「好！」天使高聲說：「傳陛下口諭，疫病治療方案救回無數百姓性命，賜名醫梅氏，白銀一百兩，綢緞十疋，斛珠一斗，上好藥材十大箱，名醫牌匾一塊……欽此！」

「謝陛下隆恩。」梅妍再次行跪拜禮，內心煙花燦爛。發財啦！但她不能在天使面前失儀，努力把兩輩子的傷心事想了一遍，才勉強維持住平靜的外表。

天使等梅妍禮畢，稍稍放心，其實口諭是一份，但做了兩手準備，這第二手準備還是司馬大人提醒的，原以為是多此一舉，沒想到真就用上了。

司馬大人明智！司馬大人料事如神！

天使打趣道：「梅郎中，打算如何用這些錢財？」

梅妍略加思索回答。「重修清遠的育幼堂，秋草巷要建臨盆館，這些錢財都可以用，莫大人，您都收好吧。」

莫石堅驚到了，天使則是滿頭問號，突然得到這麼多錢財，不論是誰都不會捨得，這位名醫怎麼轉手就給人了？

正在這時，鄔桑走上高臺，躬身行禮。「天使。」

天使立刻回禮。「鄔將軍！您真的在清遠？」

鄔桑剛好藉此機會發公開聲明。「本將軍會在秋草巷建臨盆醫館，梅郎中會培養出更多醫術高超的穩婆和女郎中，到時女子臨盆只需繳一百文，其他費用從清遠縣公中支出。」

百姓們的歡呼聲此起彼伏。

天使臉上的表情變了又變，隨即從錦盒裡拿出另一份聖旨。「驃騎大將軍鄔桑接旨！」

鄔桑單膝跪地。「臣鄔桑接旨。」

天使又是一通洋洋灑灑的教誨以後才說到重點。「將巴嶺郡、焦桐郡和麗河州劃為驃騎大將軍封地，試推囤田制！」

「臣謝主隆恩！」鄔桑雙手接過聖旨。

儀式完畢，鄔桑將天使拉到一旁，低語幾句。

話說完，天使看向梅妍的眼神，充滿了長輩的慈愛，並連連點頭。「請將軍放心，必當傳達聖聽。」

宣旨完畢，天使又馬不停蹄地啟程趕路，車隊浩浩蕩蕩離開清遠。

熱鬧看完了，百姓們歡天喜地地散了，免稅十年真是想都不敢想！

梅妍帶著發大財的謎之微笑，覺得周遭的一切都明亮又美麗。天空怎麼這麼藍？雲朵怎麼這麼白？麻雀唱歌真好聽……連車軸都咯吱咯吱響得這麼有節奏感。

鄔桑笑著伸手搖晃。「在家嗎？」

「在啊！」梅妍激動的心，顫抖的手。「那些財物在哪兒，我想再去看一眼。」財迷的梅妍更加可愛，好想親她。鄔桑笑了，正色道：「剛才我已經對天使說了，請陛下賜婚，非妳不娶，按天使的速度，短則一個月，多則兩個月，賜婚的聖旨就會到了。」

「啊？」梅妍激動過頭沒反應過來。

「這是我第八次向妳求婚，如果妳還是不同意，我就每天求一次。」鄔桑異常堅定。

「賜婚是強買強賣啊。」梅妍有一點點不高興。

「怎麼了？妳還能遇到比我更好的男人嗎？」鄔桑有這些自信。「如果現在還不夠好的話，我以後還能更好的。」

梅妍直視鄔桑的眼睛。「我也會變得更好！一起吧。」

鄔桑送梅妍回家，馬車上兩人日常黏在一起。

梅妍發大財的喜悅終於淡了一些，忽然覺得司馬玉川和胡郎中都是預言家，怎麼會在那麼早的時候、自己還不顯山露水的時候，就覺得自己能進太醫院呢？

司馬玉川，馬川……對了，梅妍想到了他臨走時留給自己的信封，和那份秘檔信，到現在都沒拆開過。她不是不想，只是一直缺乏勇氣，總覺得裡面有什麼可怕的往事。

想著想著，梅妍有個極為大膽的想法，眼睛越來越亮。

「怎麼了？」鄔桑特別喜歡梅妍有新主意的眼神，能量滿滿的像個小太陽，足夠他追隨一生。

梅妍湊到鄔桑耳邊，仔仔細細地說出計劃，好不容易說完，輕聲問：「你覺得怎麼樣？」

鄔桑的喉結上下滾動，鄭重其事地點了點頭。「可行！這麼深的水，只有大司馬家和其他家聯合，才可能破了護國寺的局！」

梅妍專注地凝望著鄔桑，小聲說：「你的臉好紅啊，怎麼了？」

鄔桑神情一僵。「沒有，妳再回去好好想想，我覺得可以。」

當晚，梅妍坐在床榻上，手裡捏著馬川留下的書信，下了很久的決心才打開——

妍兒妹妹，展信佳。妳姓司馬單名一個妍字，妳我祖父是親兄弟，父親司馬澹是大鄴使臣，常年在邊境四處奔波。我們自幼相識，但只見過數次，妳想當穩婆，我想當仵作，都因此被罰跪過祠堂。

妳父親寒冬時攜全家離開國都城赴任，行至偏遠山區遭遇馬匪，將財物、車馬劫掠一空，一家七十九人都被焚屍，冰凍三尺，大雪封山。半個月後才被發現，消息傳回國都城，陛下震怒，大司馬家動用一切力量都未能找到真凶。曾祖父聽到消息一病不起，纏綿病榻，臨走前不斷呼喚你們的名字……走時都未瞑目。

萬萬沒想到，妳還活著，但妳似乎不記得往事，這樣也好。因為真凶至今沒有尋到，所以只要妳好好的就足夠了，若遇上難事，儘管找莫縣令和莫夫人。若是他們都管不了的事情，就寄出司馬家的信封。

妳若不信，在妳右後頸處有一朵花瓣形暗紅胎記，妍由此而來。

附一百兩銀票，不用擔心花銷。

——兄長司馬玉川。

梅妍驚呆了，第一反應是馬川弄錯了，但她找來兩面黃銅鏡看到了暗紅胎記。自己真不是棄兒，而是那場滅門災禍唯一的倖存者？

整晚，梅妍翻來覆去睡不著，尋求真相的想法揮之不去，可是六年了，當初連大司馬家都查不到的真相，憑自己一個人就能查到嗎？不可能！

最後的最後，梅妍想到了司馬家信封的新用法。

綠柳居二樓廂房，穿束縛衣的江慶，被敲門聲吵醒。「誰啊？我又不能開門。」

「是我。」梅妍拿著鑰匙。「能進來嗎？」

「請，請進……」江慶想到自己的邋遢模樣，既慌亂、又緊張。「屋裡挺亂的。」

梅妍開門進去。「去國都城嗎？」

江慶還有點迷糊。「什麼時候？現在？」

梅妍拿出印著司馬徽記的信封。「越快越好，你拿著這個信封，再帶著放藥瓶的漆盒，跟信使一起。我問過莫大人了，三日後會有信使經過清遠。你去不去？」

江慶清醒了。「總要給個地址吧。」

梅妍淺笑。「大司馬家。」

江慶的表情有些呆傻。「此話當真？就我？一個太守的四子想進大司馬家，哪有這麼容易？」

梅妍還是笑。「爽快點，給我答案。」

「先把我解開！」江慶既起不來，也無法動彈，這衣服好是好，就是穿脫都要旁人幫助。「讓我洗把臉考慮一下。」

梅妍把江慶解開。「兩天時間考慮，想好了就收拾包袱、備好車馬、帶上隨從，黎明時分在縣衙前的廣場上等。到時我會拿著信封，一起交給信使。

「哦，信使最多等兩刻鐘，你好好考慮。」

說完，梅妍收好信封，離開江慶的廂房。

「我……」江慶手忙腳亂地換好衣服，出去一看，梅妍已經走遠了。

二樓的夥計堆著臉笑問：「江公子，先漱洗，早飯隨後給您送來。」

國都城大司馬府。

管家每日都會站在大門外，看一眼路過的信使，原因無他，因為自家的玉川公子每日都會問一遍，有沒有清遠寄來的信？

等啊，盼啊，一日又一日，過了酷熱的盛夏，天氣轉涼又過了中元節，管家投向信使的眼神都有些幽怨了。於是，國都城的信使們，非必要不經過大司馬家，他們實在受不了大管家的眼神。

終於，在大管家以為又是失望的一天時，信使大老遠就開始喊：「大管家，今日有信！」

大管家激動得一哆嗦，步下臺階。「信在哪兒呢？」

信使隨手一指。「這裡！」

江慶極為緊張地行禮，眼前可是大司馬家的大管家，這威嚴，這氣度……好嚇人！

大管家怎麼也沒想到，清遠來信是個帶隨從的大活人，模樣還不錯，可……總覺得哪裡不對。

當然，大司馬府裡更傻眼的是司馬玉川公子本人，上下打量江慶，愣住半晌。「你就是從清遠寄來的書信？」

江慶再次行禮，恭敬遞上帶著司馬家徽記的信封。

司馬玉川打開信封，裡面空無一物，卻在信封內面看到炭筆寫的兩個字「人證」，這筆和字跡除了梅妍，全大鄴沒有第二個人。

人證？司馬玉川命令左右退下，眼神複雜地看向江慶。「說說你的事。」

江慶打開裝滿小藥瓶的漆盒，拿起編號是壹的小紅瓶，開始詳細講述自己發生的事情，一直講到清遠後的事情，最後才說出其他重點。

「梅郎中請公子仔細留意，尤其是身體有恙、頻繁出入護國寺的家人或好友。梅郎中與鄔將軍二人串起了許多事情，護國寺的作為稱得上禍國殃民，順從者會有人財損失，不順從的便被冠以妖邪之名除之，勢力盤根錯節，防不勝防。」

司馬玉川微一頷首。「管家，帶江公子暫住別院廂房，仔細照顧。」

等管家送走江慶，司馬玉川後背早已出了一層細密的冷汗，被風吹得寒毛直豎，梅妍的提醒太可怕，也太驚人了。

司馬玉川打開書房的密室，走進去，裡面擺了六架極大的木板，上面可以夾大張的紙，學著梅妍的樣子，開始隱秘的布署，並派出一撥人去護國寺觀察。

探子帶回的消息更加驚悚。直到這時，司馬玉川才意識到，大司馬家和其他世家已經被護國寺暗中盯住很久了，這樣來說，妍兒不回國都城，不恢復司馬姓反而最安全。

當初司馬家沒能為她家討回公道，現在更應該好好守護她。而護國寺多年織就的關係利益網，也不是說破就能破的，只能徐徐圖之。

大司馬家有得是人手、耐心和時間。

自從江慶掐點追上信使離開清遠以後，梅妍就盼著能收到回信，可是忙碌的日子過得飛快。

綠柳居花掌櫃說的女子們，一撥又一撥送來，梅妍、羅玨和胡郎中三人聯合出診，先幫她們恢復了健康的身體。

莫縣令擢升為莫太守以後，莫夫人並未跟去巴嶺郡，而是留下來，教習這些女子識字，順帶照顧育幼堂的姑娘們。

知道兒子為了討回公道和名聲，趕去國都城以後，江夫人解散了跟隨的家丁，派人去江臨郡傳話，說母子二人經過山路，連人帶馬車栽下山崖，屍骨無處尋。

等了大半個月，江太守都沒派人到清遠來問一下，江夫人便徹底死心了。不為其他，為了兒子也要振作，於是她換掉了那些華美衣飾，換回民婦裝扮，請梅妍做了流產手術。

做之前，梅妍做了最萬全的準備，好在結果還不錯。

江夫人坐了小月子以後，找莫夫人要了份帳房的差使。

莫夫人給這個差事，純屬是為了讓江夫人打發時間，萬萬沒想到，她在預算和精算的功底極好，估算出最準確的婦產科醫院造價。自此，江夫人像徹底變了一個人，對待旁人都親切和氣，改挑刺為幫助，漸漸的，手裡的事情越做越好，臉上也有了笑容。

梅妍每天在醫館、秋草巷婦產科醫院、梅家小屋間來來回回，但即使這樣，每日還是會與鄔桑見面，一起吃飯聊天，到農田附近散步。

鄔桑也在等，不過他等的是陛下的賜婚。

忙著忙著，秋草巷的婦產科醫院建好了。梅妍也將花落送來的女子們培養成了穩婆，並在清遠初雪那日正式接收足月孕婦，自此，清遠孕婦母子平安的比例大大增加。

忙著忙著，育幼堂也開始重建了。

住在臨時營地的男孩們，每日閒暇都會從山腰俯瞰施工進度。姑娘們大半時間都在醫館裡，從小就跟著胡郎中學紮實的中醫知識。

梅妍的每一天都過得很充實。

鄔桑則重開了鄔家的造紙行，每日浸泡翻漿，與梅妍有了新話題，並在清遠初雪那日，出了第一批品質不錯的成品。

也是初雪這一日，鄔桑接到了賜婚聖旨，陛下為了嘉獎梅妍淡泊名利、懸壺濟世，送來了相當於縣主出嫁的嫁妝。

清遠百姓又一次沸騰了。

梅妍又因此開心了好一陣子。

一年後，江臨郡小護國寺的住持和僧侶，以及太守被抓。

兩年後，國都城的護國寺法師、住持和僧侶們，被整寺換掉，寺眾們下落不明。一時間傳言眾說紛紜，有人說是因為法師得罪了權貴，也有人說是因為法師和僧侶們無惡不作。

司馬玉川在排查時發現，令護國寺聲名大噪的原因是六年前，法師在宮中做法事時預言，最有名的使臣司馬澮會遭逢滅門之禍。

自此，就有無數達官貴人去護國寺向法師問前程，香火日漸興盛。

司馬玉川緊抓住這一點，增派人手排查，發現了驚人的真相，原來讓預言精準最好的方法就是操控預言。

在世家的聯合合作之下，全大鄴的護國寺住持、法師和僧侶們都遭到了大清洗，護國寺還在，但早就換了陛下和各大家族信任的人手。隱藏在護國寺的暗黑勢力，被徹底摧毀，收繳了無數財寶進入國庫，再經戶部核算，分發到大鄴各地興修水利、鋪路築橋。

所有的事情告一段落，司馬玉川仰望天空，卸下心中重擔。

天藍雲白，任憑鳥兒飛翔。

番外一

大鄴朝堂之上，眾人皆知，鄔桑大將軍的成親之路極為曲折而坎坷，先是堅稱不娶，一晃兩、三年，數次死裡逃生，之後就被陛下當庭斥責，這才改口。

這下可不得了，鄔桑成為大鄴最熱門的金龜婿。陛下盤算著幾位待嫁公主，清流也好，世家也罷，甚至於豪富巨賈，都對他志在必得，成車成車的畫像送去軍營，只有大司馬家除外。

就在大夥兒吵吵嚷嚷之中，鄔桑又一次披掛出征，凱旋當日躺在軍醫馬車裡，臉比紙還白，身上纏滿的繃帶都擋不住濃重的藥味，也藏不住血腥味。

車駕剛駛入國都城，奉命等候的太醫們一擁而上就近診治，診來診去，得出的結論很扎心，全看命。

景帝心中不忍。鄔家只剩鄔桑這個獨苗，要不找位女子給他生個遺腹子？

太醫們把頭搖成撥浪鼓，說鄔將軍既沒心、也沒力，這事情成不了。

景帝坐在鄔桑病榻旁，真心如刀割。好不容易出一位少年將軍就這麼折了？

奄奄一息的鄔桑沒有任何要求，只想回清遠養傷，理由非常充分，一再受重傷，終究是血肉之軀，身體已經垮了，什麼都不要，萬一撐不過去，也好落葉歸根。

鄴景帝哪能同意？大凱旋以後，不論功行賞，當孤是昏君嗎？

於是景帝破例封了大鄴有史以來最年輕的驃騎大將軍，並下了口諭，讓鄔桑養病期間，任何人不得去清遠打擾。

朝堂之上一片譁然，但景帝心意已決，金龜婿鄔桑就這樣生死未卜地離開了國都城，所有的盤算就此終止。

出人意料，又似乎不出所料，常去鬼門關旅遊的鄔桑又回來了，身體慢慢恢復，還求了窮鄉僻壤當封地，要靠自己的能力讓那裡的百姓安居樂業，不再餓肚子。

與此同時，大司馬家呈上的疫病治療方案確實有效，強力遏止了國都城疫病的蔓延，並且少有地只死了十幾人。

景帝欣慰至極，准了兩份聖旨外加一份口諭，天使立刻從國都城出發趕往清遠。

天使帶回的稟報，令景帝再次吃驚，清遠的名醫竟然是位年方二九年華的女郎中，她才貌雙全，還婉拒了入太醫院的口諭。

一想到動不動就爭執的太醫院和惠民藥局，景帝不由得嘆了口氣。

天使的第二份稟報更出乎所有人的意料，鄔桑身體已完全康復，還在深秋發了一封求賞賜的急件送到了國都城。

景帝看完書信，先是不小心打翻了茶盞，而後起身時磕了膝蓋，還差點摔倒，之後急召閣老入宮。原因無他，驃騎大將軍想要賜婚，對象是醫術精湛的女郎中梅氏，女郎中以前是穩婆。

更可怕的是，鄔桑說求娶了十次，女郎中才勉強同意。

景帝撫額，怪事年年有，今年特別多。

閣老們腦袋嗡嗡的。只覺這成何體統？英明的陛下絕對不能同意！而且他們看上的金龜婿，怎麼能這樣就沒了呢？但面上當然不能顯現，於是，吵的吵，鬧的鬧，顛來倒去地讓景帝不能賜婚。

景帝瞬間垮臉。「眾位愛卿，這是要孤食言？」

嘈雜的內閣陡然安靜。

哦，原來景帝之前承諾過，只要是鄔桑看上了女子，一定賜婚，還給誥命，還要按縣主出嫁的規制給嫁妝。

景帝按著腦袋，揮了揮手，把閣老們都趕走，轉頭就招來了覆命的天使。

天使跟隨景帝多年，要膽識有膽識，要忠心有忠心。

景帝難得開門見山。「說說吧。」

天使向來行事有度，平日更是鋸嘴葫蘆。「陛下，那日在清遠，見到了失蹤的國都城第一花魁，現在是綠柳居的掌櫃。」

景帝一怔。「她從良了？」

「回陛下，是的，她還庇護了一些可憐人，她當時與梅郎中一起在人群裡……兩人看似是好友。」

景帝捏著寬袖邊緣，彷彿對花紋很感興趣，又問：「想來你還看到了其他人。」

「回陛下，殉國的林誠大將軍遺孀，一手將梅郎中帶大。」

景帝的手指一頓。「她還活著？」

「是，陛下，身體康健，神采奕奕。」

景帝忽然釋懷。「來人，擬旨賜婚。然後把她這些年沒領的誥命銀一併送去。」

事實上，成親時梅妍已經二十二歲。

因為梅妍忙著教姑娘們醫術，替花落帶來的姑娘們治病，為鄔桑送來的孕婦們體檢，完全沒時間和精力分出來成親。而鄔桑作為鄔家遺孤，操持賜婚的事情，也實在沒什麼經驗。

更重要的是，結婚總不能在臨時營地吧？

所以，全新的鄔宅必須在最短的時間蓋好，反正是陛下賞賜，從工錢到材料都是免費，鄔桑只要出人手和督工就可以了，也實在沒時間和精力再管其他。

於是，假死的江夫人、梅婆婆、莫夫人和花落四人一起，替梅妍操持了女方婚禮事務。而新上任的莫太守、軍醫羅玨和烏雲親兵們，則替鄔桑操持了男方婚禮事務。

大鄴成親都在黃昏，完美契合了「婚」這個字。

吃過午飯，梅妍就被花落、莫太守夫人和梅婆婆按在臥房裡，梳妝打扮，開面、敷粉、梳妝打扮，以至於梳妝對她來說好像在上刑。

眉妝、唇妝……

「妳愁什麼呢？」梅婆婆有些後悔，以前她們隱姓埋名，不宜太過冒頭，便放任梅妍不

梅妍望著銅鏡裡的自己發呆——

滿頭的珠釵、金簪，美不？傾國傾城！

沈嗎？脖子都要被壓縮兩公分那樣的沈！

雖然梅妍對自己的髮量很有信心，但總覺得這麼折騰半天，明天會掉一把頭髮。

花落打趣道：「怎麼？嫌不好看啊？」

「重啊……」梅妍不得不用手托住又沈又長的金簪。她上一世在博物館看到這些，只覺得美得驚人，完全不知道這玩意兒多沈。

莫夫人捧著新娘嫁衣，按捺著內心的激動。「這真是我見過最美的嫁衣。」

梅妍又像個偶人，任她們更衣，折騰好半天才穿好了全套，再次坐下時，長舒一口氣。

梅婆婆、花落和莫夫人三位，望著梅妍，好像除了太美了，什麼都說不出來。

梅妍被盯得頭皮發麻，乾巴巴問：「能不能吃東西？」萬萬沒想到，成親這麼費體力！

梅婆婆被逗樂了。「這可是縣主嫁衣，多少女子一輩子都難以企及，妳還嫌沈？」

梅妍嘿嘿一笑。「我做自己想做的事，過自己想要的生活，何必在意旁人怎麼想？」

三人順著梅妍的說辭想了一下，確實如此。

正在這時，秀兒小跑著進來。「新郎官來了！背了六篇迎娶詩，等著接梅郎中和梅婆婆呢。」

黃昏時分，一身武官新郎服的鄔桑騎著戰馬，既有樣貌、又有衣裝，吸引了所有人的視線，身後是浩浩蕩蕩的迎親隊伍，停在梅家小屋門前，迎娶詩已唸完，極有耐心地等梅妍出門。

清遠的百姓們哪能錯過這樣的非凡熱鬧，將梅家小屋圍了個水洩不通。先是清遠的少女們被戰馬上的鄔桑迷了個神魂顛倒，然後又被美得不像真人的梅妍，驚得兩眼發光。

也是這時，鄔桑和梅妍視線交會的瞬間，兩人大腦裡都有那麼一瞬間的空白。

梅妍怎麼能這麼美？鄔桑捂著胸口，有一箭穿心的錯覺。

鄔桑怎麼能這樣貴氣？梅妍不只耳朵紅了，臉都紅透了，所幸拜一臉的敷粉的福，完全看不出來。

兩人解鎖了彼此心目中的新形象，覺得新鮮又有趣。

大鄴婚禮的儀式繁冗，但因為鄔桑和梅妍的身分實在特殊，完全沒有親戚長輩添妝等步驟，論祝福，一道賜婚聖旨便足以碾壓所有，論熱鬧程度，整個清遠的百姓們都送上了祝福和心意。

而對清遠百姓來說，有生之年能看到驃騎大將軍成親的排場，能看到縣主出嫁的十里紅妝，已經算大開眼界。更重要的是，鄔將軍和梅郎中兩人，為百姓們帶來了以前作夢都不敢想的好生活。

梅妍和鄔桑坐在新房的床榻上喝完交杯酒，聽喜婆唸完所有的祝辭，撒完桂圓花生和糖，再退出去帶上門。

梅妍立刻撐住快被壓斷的頸項，扭頭看向鄔桑，可憐兮兮地問：「能幫我把這些都拆了嗎？」

鄔桑一把將梅妍抱到梳妝檯前，拆掉一根又一根珠釵、金簪，再解開繁瑣的髮髻，耐心似乎永遠用不完，拆著拆著就低頭想親她。

梅妍忍不住輕笑出聲，順勢推開鄔桑。

「怎麼了？」鄔桑佯裝生氣。「大喜之日，拒絕夫君是什麼意思？」

「等我洗完臉再親吧！」梅妍的臉有種上了漿的錯覺。「不然，一嘴粉。」

鄔桑加快了拆頭飾的速度，吩咐等候在外的侍女端洗臉水進來。

等梅妍終於神清氣爽時，梳妝更衣花了一個時辰，現在卸妝、卸首飾外加洗臉，至少半個時辰，真是身心疲憊，不由得感慨。「幸好只結一次婚，真是太累人了！」

「嗯。」鄔桑一把抱起梅妍，擱在床榻上，笑得寵溺，眼神裡帶著某些過濃的情緒。「夫人這樣想，真合我意。一生一世一雙人，有夫人如妳，足矣。」

梅妍纖細的指尖，劃過鄔桑胸膛上的每一道舊傷疤，滿眼心疼。

「有點醜……」鄔桑的心跳快得離譜，握住她的手，親吻她的指尖。
「不會。」梅妍親吻鄔桑的胸膛。「你若不離，我必不棄。」
「好，」鄔桑喘息著。「一言為定。」

番外二

春寒料峭，清遠的春天來得格外遲，山上的積雪都沒融化，野草也沒發芽。

一輛馬車在官道上徐徐而行，留下深深的車轍。

馬車內坐的不是別人，正是司馬玉川的父親司馬泊。他聯合大理寺和刑部，用了一年時間，以摧枯拉朽之勢將護國寺大案了結，引發了官場大地震。大案了結以後，司馬泊順勢將司馬玉川推入朝堂，自己則專注於輔佐。

但是，司馬泊心中一直有個疑問，兒子到底從哪兒得來的人證、物證，又怎麼會想到在整個司馬家族裡找尋護國寺秘藥的？

雖然事實證明兒子想得沒錯，司馬泊每每想起「一切盡在掌控」卻支離破碎的那日，望著滿桌的大小藥瓶時遍體生寒，差點奪門而出的瞬間，是他這輩子最狼狽、最不願意面對的場面。

後來司馬泊招來了大管家，問起司馬家信封的事情，大管家先是閃爍其辭，最後抵不過才說，司馬玉川在清遠與一位面容姣好的少女有深交。

深交這個詞回答得很妙，不深交，兒子不會把信封給她；可真說深交，兒子並沒有把這位姑娘帶回司馬家。

最關鍵的是，這位姑娘得到信封那麼久，既沒有趕去國都城，也沒對司馬家做出任何要求。怎麼會有女子瞧不上大司馬家？

直到護國寺深植勢力被徹底鏟除，調查出當年司馬澹一家遇害是護國寺大法師一手策劃，朝堂之上滿座皆驚。護國寺大法師的名聲在外，就是因為他在各大公開場合，苦勸司馬澹全家暫緩離開國都城，理由是北方大凶，有殺身之禍。

一次、兩次、三次……司馬澹為官多年，四處奔忙，哪會聽得進去？

直到司馬澹滅門噩耗傳回國都城，震驚朝野，大法師也因此聲名大噪。

想到這些，司馬泊就牙根癢癢的，這群畜牲判了斬立決還是太便宜他們了！

過了幾日，司馬玉川找到司馬泊。「父親，妍兒妹妹還活著，她就是清遠名醫，也是鄔桑的妻子。」

司馬泊目瞪口呆，當即拋開所有事務，直奔清遠。

「大人，清遠城就在前面了。」馬伕遠遠看到城門，稟報。

馬車進城，司馬泊掀開車簾，入眼是整齊寬敞的街道，排列有序的房屋和鋪子，來往路人都穿著厚實的棉衣和棉鞋，沒有乞丐，也不見遊手好閒的無賴，更見不到追著馬車要錢的孩童。

這是連國都城都沒有的風景，更是其他城郡所沒有的。

正在這時，兩名揹著布包的孩童從馬車旁跑過，大一些的是男孩。「妹妹，快點，要遲到啦！」

「哥哥，等等我……」小一些的妹妹拽著哥哥的手。「昨天的題太難了，我做不出來，先生會不會罵我？」

「不會啦，先生說每個人能力有大小，只要認真做就行。」兄妹倆手拉手去了不遠處的拐角。

馬伕和司馬洎看到，不只兄妹倆，還有其他孩子往那個方向跑去，沒多久就聽到了琅琅讀書聲，兩人有些驚訝。這是……清遠的孩子都上私塾？

司馬洎下了馬車，循聲找去，發現清遠最好的路段後面的一條街巷，有間兩進的屋子，裡面全是啟蒙的孩子們，離這間屋子不太遠的另一個街巷，有間三進的屋子，裡面全是分席而坐的少年、少女。

這……怎麼可能？

司馬洎在屋子附近看到一個推著獨輪車的賣餛飩小販，上前問道：「這位小哥，清遠這樣的小地方，怎麼會有如此大的私塾？」

餛飩小販咧嘴一笑。「鄔將軍撥的銀錢，請來了品性純良的私塾先生；這些宅子都是梅郎中和胡郎中名下的，不僅如此，太守夫人和梅婆婆還會教習女子禮儀，而太守大人和師爺，會定期到這裡來教習少年的禮儀。我們小時候沒這樣的條件，但只要願意，都可以上晚自習，燈油錢由鄉紳富戶們出，紙筆由鄔家紙業出。」

司馬泊怔住足足有五秒鐘，郋桑夫婦二人竟然把錢用在教書育人上，實在令人錯愕。

「這位客官看起來趕了不少路，要不要先吃兩碗餛飩墊一墊？然後去綠柳居吃清遠的特色美食，客房也是一等一的好。」餛飩小販很有眼力，知道這位路人身分不尋常。

「行，一人一碗。」司馬泊順勢應下，用眼神示意管家和馬伕都來嚐個鮮。

餛飩小哥熟練地卸下魯班椅，讓客人們都坐好，下了三碗餛飩，又用沸水燙了碗筷，撒蔥花和蔥油，很快，三碗熱氣騰騰的餛飩就裝好了，邊招呼。「肉餡是不賴家的，保證肉好又新鮮。」

司馬泊很久沒吃過這樣新鮮又美味的小吃了，連餛飩帶湯吃得乾乾淨淨，整個人也熱呼起來，繼續搭話。「郋將軍身體可好？」

餛飩小哥樂了。「這位客官，將軍身體越來越好，當然會好啊！架不住將軍夫人是名醫嘛。你還不知道吧？將軍夫人在秋草巷開了臨盆館，裡面光穩婆就有十幾位……」

話匣子一開，就止不住了，餛飩小哥滿是自豪。「現在不只清遠人，鄰縣甚至於巴嶺郡的孕婦們都願意到這裡來生產……哦，對了，郋將軍體恤下屬，軍士們的妻子臨盆也都往這裡送，遺孀們也都被照顧得很好！育幼堂的孩子們，女孩們都跟著將軍夫人學醫，男孩們都跟著將軍習武，如果有出眾的天賦還可以優先學習，大夥兒都過得好著呢！」

餛飩吃完，司馬泊付了九文錢，然後就被帶去了綠柳居，進門就看到了瓶插的一大捧山杜鵑，以及美豔動人的花落掌櫃。

花落是司馬家的線人之一，忽然見到主子，立刻從櫃檯裡面迎出來。「見過司馬大人。」

晚一步從櫃檯後面出來的是一位回鶻裝扮的、身材高䠷的年輕男子，樣貌十分好看，視線與司馬泊交會，很敷衍地客套。「見過司馬大人。花掌櫃，我回營地去了，還有病人呢。」

花落目送男子離開，將司馬泊迎進三樓雅間，恭敬地行了大禮。「不知司馬大人忽然到清遠，所為何事？」

司馬泊沈默片刻。「在哪兒能見到梅郎中？」

花落一怔。「鄔將軍這幾日帶著梅郎中上山打獵，不在清遠城中，也不知他們何時回來。不如，大人暫且住下？」

得，不在也沒辦法。

司馬泊順勢住下，每日都在清遠的大街小巷轉悠，最吸引他的莫過於鄔家紙業、劉記鐵匠鋪和胡梅醫館，以及那一大群認真工作的孩子們。

不知這鄔家紙業與鄔桑是什麼關係？

劉記鐵匠鋪的掌櫃是位姑娘，訥口得很，但看向高壯夥計的眼神很溫柔，司馬泊打聽以後才知道，這位高壯的不是夥計，是掌櫃的夫君，是鄔桑的親兵之一，還是有品級的武官。

沿途邊走邊打聽，司馬泊暗暗吃驚，清遠城中的女郎中很多，而且幾乎都會接生，還能處理緊急外傷。

原來，如果發生緊急軍務，清遠城的女郎中們會隨軍出征，救下無數軍士們的性命。女未嫁，男未娶，武官娶女郎中的屢見不鮮。所以，清遠的武官家眷多得有些離譜，宛如半個軍眷城，好處顯而易見，日不閉戶、路不拾遺，宵小之輩不見蹤跡。

司馬泊每天都會被清遠城裡的新鮮事震驚，第二天還會有更多的驚訝之處，半個月後，就在他以為沒什麼可以驚到自己時，鄔將軍帶著夫人打獵回城了。

與他想像中的狩獵隊伍完全不同，總共三輛馬車，六名騎馬的隨從，獵物也不多，作為從二品的驃騎大將軍，這隊伍也太寒酸了。

然後，馬車在司馬泊面前停住，鄔桑下了馬車行禮，多了三分已婚男子的從容和沈穩。

「司馬大人，別來無恙。」

司馬泊趕緊回禮。「大將軍回來了。」

鄔桑將梅妍扶下馬車，引見。「妍兒，這就是大司馬，司馬玉川的父親，大司馬家的掌門人，司馬泊大人。」

梅妍被鄔桑裹得很嚴實，只露出一雙特別美麗的大眼睛，行了福禮，嗓音悅耳。「見過司馬大人。」

日常嚴肅臉的司馬泊第一次露出慈祥長輩的笑容，差點直接伸手扶人，好歹在關鍵時刻忍住了。「將軍夫人，免禮。」

四年多沒見，鄔桑打量慈祥的司馬泊，立刻想到他來清遠是為了梅妍，眼神裡多了兩分戒備。

梅妍知道自己的真實身分，卻沒有認親的打算，只是有些好奇地望著司馬泊，年過半百的他帶著渾然天成的威嚴。

順便想了一下，不知多年以後，司馬玉川會不會也變成這樣？

司馬泊打定主意，要好好與梅妍，不，與司馬妍討論一下人生大事。「大將軍，不請鄙人上門喝一杯嗎？」

鄔桑哪會不知道這千年的狐狸打什麼算盤，就坡下驢。「司馬大人，不嫌棄的話，到鄔家喝盞茶？」

司馬泊立刻應下。「那就叨擾了。」

鄔宅花廳，地龍燒得很熱，保證哪個角落都很暖和。

鄔桑和梅妍坐在一起，司馬泊坐在客位，面前擺著燒烤料碟和長筷子。

一大盆鹿肉擱在案桌上，秀兒將切得很薄的肉片平攤在炙架上，炭火很旺，烤得肉片滋滋冒油，肉香味撲面而來。兩大盆麵片湯，一罈櫻花酒，一罈落梨酒，擱在案桌上。

司馬泊取出一份禮單，遞到鄔桑面前，誠意十足。「將軍成親時，未能登門祝賀，實在是司馬家的失禮，今日補上，還望將軍和將軍夫人不要嫌棄。」

鄔桑面上不顯，內心卻帶著三分警惕，但禮單不得不收。

梅妍接過鄔桑轉手遞來的禮單，被上面的細項驚到了。這就是大司馬家出手嗎？東珠都是按斛裝的？織錦綢緞不要錢似的。

秀兒將烤好的肉片挾到司馬泊的碗碟裡，然後再分給鄔桑和梅妍，動作流暢且令人賞心悅目。

司馬家的僕傭們都是經過嚴苛訓練的，可司馬泊發現秀兒毫不遜色，而且知道她是梅妍的第一位女郎中弟子，聰慧美麗，即使在自己面前也不卑不亢。而梅妍則更加落落大方，與鄔桑更是有不用言語的默契，偶爾兩人視線交會時，眼裡都有光。

司馬泊很久以前就見過鄔桑，對他的印象並不好，雖然看起來一表人才，但表情陰鷙，內心壓抑的暴虐和周身透出的血腥味掩蓋不住，像頭隨時可能暴怒傷人的野獸。但現在，鄔桑眼神篤定而平靜，注視梅妍的目光更是難得一見的溫柔，彷彿有她的地方就能安心。

司馬泊見過太多夫妻，也歷經世事滄桑，只一眼就知道鄔桑和梅妍情深意重，是將彼此的好惡都放在心上的夫妻，這一刻，自己更多的是安心。

無論是梅妍還是司馬妍，鄔桑都將她照顧得很好，他們將彼此都照顧得很好，成為彼此的驕傲。

這一頓午飯，司馬泊難得吃撐了，還喝多了，捏著酒盅帶著三分醉意。「將軍和夫人，能否聽我說說心裡話？」

秀兒立刻帶著侍從們退出花廳，守在門邊。

「請說。」鄔桑知道司馬泊這千年狐狸成精的特性，平日從來都是話到嘴邊留五分，特別擅長說些似是而非的話，每句話都是在腦子裡和心裡琢磨過千百次的，今兒這麼沒有耐心，真是少見。

司馬泊看向梅妍。「不知夫人能否稱我一聲伯父？」

梅妍和鄔桑在回城的路上，就知道司馬泊到了清遠城，每日都在城中閒逛打聽事情，兩人早就商議過他來的可能性，對策也想過許多，現在終於坦露心聲，此行只為認親。

梅妍笑得溫柔，還是婉拒。「司馬大人是股肱重臣，以後是要入內閣的，民女不敢高攀。」

畢竟，現在司馬家風光無限，鄔桑也是風頭正勁，如果傳出兩家實則結親的消息，只怕景帝要失眠，如果只是失眠還好，但就怕他動殺心。

司馬泊怔忡地望著梅妍。「那本就是妳的名分，為何不要？」

梅妍還是笑，只是笑意未達眼底。「司馬大人，實不相瞞，我對十二歲前的一切都不記得，如果不是梅婆婆撿到我，早就是一具凍僵的屍體了。當年發生了什麼，我並不清楚，只知道現在踩在雪地裡仍然心悸不已，看到雪景裡的火把會一身冷汗，我想，過去可能如煉獄般可怕，我不願意想起，也不願意觸及。」

梅妍話語溫柔，內容卻是十分果決。「司馬大人，我們彼此還是心照不宣吧。我現在做著自己喜歡的事情，過著心嚮往之的生活，不需要額外的記掛。」

司馬洎臉上的笑意全無，被梅妍極為通透的眼神驚到了。

鄔桑見梅妍已經表態，笑著說：「累嗎？」

梅妍笑得溫婉。「這幾日打獵實在累得很，司馬大人，容我先行告退。」

司馬洎立刻心領神會。「夫人，請。」

梅妍行禮後告退。

鄔桑目送梅妍離開以後，視線落在司馬洎身上。「妍兒的心意已經表示得很明確了，司馬大人還有何打算？」

司馬洎毫不掩飾內心的想法。「我想知道雪夜那晚發生的一切，因為大法師在天牢時，只承認司馬澹一家滅門是他為了揚名而做的，卻不吐露細節。」

鄔桑的眼神立刻危險起來。「司馬大人，清遠乃至巴嶺郡都是我的地盤，你真的不考慮後果嗎？」

兩句話就亮出了各自的底線。

司馬洎這時才意識到，鄔桑仍然是多年前按捺怒意的凶獸，只是現在有可以安撫他的人，表面上溫和了一些，僅此而已。如果有人敢動他在意的梅妍，或是司馬妍，他一定比多年前更加危險。

這樣……還不夠嗎？

司馬泊淺笑出聲，半白的頭髮閃著銀光。「鄔將軍，雖然妍兒不認我，也不願意回司馬家，但老夫知道了她，就不會坐視有人欺負她，記得你今日說的話。妍兒是大司馬家的嫡女，按縣主儀制出嫁還是委屈她了。」

鄔桑冷笑，笑而不語。

司馬泊笑得更有深意。「鄔將軍，想知道妍兒小時候的事情嗎？」他還是很在意與驃騎大將軍的私交的。

鄔桑笑得意味深長，目光卻帶著冰涼的寒意。「司馬大人，我知道那晚發生了什麼，因為我目睹了全程，那晚的妍兒是在很多人的保護下逃脫的。」

司馬泊的手指一抖，將酒盅翻倒在案桌上，酒水濕透了衣袖。「你在場?!」

鄔桑狀似隨意地岔開話題。「司馬大人，不知你可曾參觀過護國寺的地宮？那大法師似乎宣揚過，至真至純的人，才有機緣去參觀。事實上，由大法師親自帶領去參觀地宮的都是高門顯貴，不乏信佛信道的王女，作為大司馬家的執掌之人，想來司馬大人應該也在受邀之列。」

司馬泊的喉頭髮出極微弱的響動，眼神裡透出轉瞬即逝的絕望。「你說的是無相地宮裡的巨幅壁畫？」

鄔桑垂了眼睫。「司馬大人，不要避重就輕。」

司馬泊扶著桌沿的手指微微顫抖。「你說的是地獄百相浮雕？大法師自稱獨自遊歷過十八層地獄，將所見之種種繪成畫冊，後來請工匠們刻成壁畫置入地宮最底層。那些壁畫太過栩栩如生，震驚了參觀的每一個人。」

鄔桑忽然抬頭，注視著司馬泊。「司馬大人，你不覺得那裡面的受刑者有些眼熟嗎？」

司馬泊臉色慘白，整個人不受控制地顫抖。「你是說，你是說……」

「是。」鄔桑只吐出一個字，就讓司馬泊像被人抽走了魂魄。

司馬泊大口大口地喘氣，滿頭細密的汗水，胸膛劇烈起伏，布滿血絲的眼神滿是殺意，一把掀翻了案桌。「我要把他們挖出來鞭屍曝曬！我要把他們挫骨揚灰！他們怎麼敢？他們怎麼敢?!」

鄔桑面無表情地注視著司馬泊。「司馬大人，這才到哪兒啊？」

司馬泊像被無形的手掐緊了咽喉，臉色由白轉紅，絕望地注視著鄔桑，表情痛苦難當。

「司馬大人，每個參觀過地獄百相浮雕的人，都會不自覺地感到恐懼，會覺得那畫面令人毛骨悚然。」鄔桑的唇舌彷彿刀劍，無情地折磨著司馬泊。「你可知為何？」

司馬泊一個字都擠不出來，兩眼發直地盯著鄔桑，用盡全身的力氣控制自己不奪門而出。

鄔桑一字一頓地繼續。「因為浮雕裡是真正的屍骸……堂堂大司馬家的守墓人，瀆職得厲害！」

「你……」司馬泊的眼睛都顫抖起來。「你別說了！你別說了！」

鄔桑極為冷漠。「司馬大人，你以為四大世家聯手，就把護國寺大法師那一干人等鏟除乾淨了嗎？只要陛下還祈求長生，只要文武百官還去護國寺祈福許願，那些人就滅不盡、殺不絕。」

司馬泊閉上眼睛，連總是挺直的背脊都像塌了一樣，出氣多，進氣少。

「司馬大人，你們不是一直好奇，我這樣的無名之輩，如何從尋常的兵丁成為一代大將的？因為那晚我見到了人性的至善和至惡。」鄔桑無視司馬泊的顫抖，續道：「梅妍身為大司馬家的嫡女，在馬車上看到凍得發青的我們，心生憐憫，給了我們這群兵丁吃食冬衣和鞋，司馬澹大人還修書一封讓我到達軍營時交給上官。

「我們成為兵丁上路的那天起，就受盡了奚落和白眼，因為我們很窮，連兵器和馬都沒有。遇上司馬澹大人一家，讓人相信真的有菩薩心腸。可是他們一家落得什麼樣的下場？」鄔桑冷笑一聲。「那晚，如果梅妍沒有追著一頭受傷的小鹿跑出來，她也死了，十二歲花一樣的年紀，落在那群人手裡會有什麼樣的下場，司馬大人應該能想像得出來吧？我們捂住她的眼睛和耳朵，都隔絕不了最淒厲的慘叫聲，最後不得不打暈她，輪流揹著她下山，可還是被發現了，血染雪地，十一人最後只剩下我和一刀。

「後來，梅妍醒了，我們告訴她向著山下跑，不要回頭，拚命跑，會有人在山下接應她。」說到這裡，鄔桑捂臉自嘲。「我們自身難保，哪還有人會在山下接應她？我和一刀引開追兵，不過是希望她能跑得遠一些，再遠一些，能活下去。」

司馬泊臉色蒼白，卻只能繼續聽當初的悲涼。

「後來我倆摔下雪崖，昏迷了不知道多久，竟然沒死。我也不知道她在雪地跑了多久，直到現在她只要站在雪地裡就動不了。人間至美的雪景，對她來說比地獄還要可怕。」

司馬泊搖晃著起身，恭敬地向鄔桑行了大禮。「多謝鄔將軍告知這一切。」

鄔桑搖頭。「是司馬澹大人先救的我們，不過是報答而已。司馬大人，明日記得感謝林誠大將軍的遺孀，雖然現在還是稱她為梅婆婆，但之後照顧梅妍的就只有她一個人了。」

司馬泊搖頭，從衣袖裡取出另一份禮單。「玉川提起過梅婆婆，這份心意還請大將軍轉交，明日一早老夫就會離開清遠，就不去打擾了，後會有期。」

鄔桑雙手接過禮單，坦然迎上司馬泊的視線。「司馬妍乃吾此生摯愛，她若不離，我必不棄。」

司馬泊臉上毫無笑意。「大司馬家會一直注意清遠的。」

第二天一大早，司馬泊結了綠柳居的帳，起身上路。

一年後的深秋，國都城護國寺夜半失火，木塔和地宮徹底焚毀，寺中僧侶無一倖免，大理寺和刑部調查許久，也只能判定為天乾物燥、月黑風高的意外。

消息傳到清遠，梅妍看到了鄔桑嘴角的笑意，有些納悶。「你心情很好的樣子？」

鄔桑一把拉過梅妍，吻得纏綿，在兩人臉都紅了的時候才分開，嘴巴貼著她的耳朵說：

「有妻如妳，當然每天心情都很好，畢竟我可是娶了大司馬家的嫡女。」

梅妍用力捶他。「都說了，不認！」

鄔桑一把抱起梅妍。「今日休沐，夫人，我們一起去郊遊吧？妳最喜歡小鹿了，我們去森林裡找找，帶上細犬們。」

兩個時辰後，梅妍在樹林裡看到一頭小鹿，激動得不知道該怎麼高興才好，忽然扭頭看向鄔桑。「你怎麼知道我喜歡小鹿？」

鄔桑笑得可傲嬌了。「知妻莫若夫，要不要牽回家養？」

「不用了。」梅妍摸了摸小鹿頭，望著牠大而黑亮的鹿眼，只覺得心都要化了。「牠媽媽還在等牠回家呢。」

「聽妳的。」鄔桑和梅妍共騎一匹馬，將她護在懷裡，順勢偷香，看到她臉頰緋紅，很是滿足。「還想看什麼？」

「我們回家吧。」梅妍與鄔桑十指相扣，周身都很暖和。

「為何？」鄔桑有些納悶。

「最近總覺得容易累。」梅妍說著說著耳朵都紅了。「月事晚了……」

鄔桑嚇得差點摔下馬。「妳、妳……妳是有了嗎？」

「可能是吧……哎……」梅妍話還沒說完，就被鄔桑抱下馬背，像稀世珍寶一樣安放在隨行馬車上。「要不要這麼誇張啊？」

「駕！回城！」鄔桑可不管這些。「直接去胡梅醫館！不，先去和胡郎中知會一聲，讓他不要回家！」

層林盡染的森林裡，紅色楓葉，黃色櫸木，晚霞漫天，一輛馬車萬分小心地行駛著，兩匹馬兒緊隨其後，三頭細犬吐著長舌頭撒歡跟跑。

日子還很長，不知道多久的那麼長，鄔桑的眼中、心底只有梅妍，握著她的手就像擁有了整個世界。

梅妍打趣道：「我可是秋草巷臨盆館的館長，換句話說，我可是婦產科醫院的院長，你至於嗎？」

鄔桑繃著臉。「醫不自醫！」

——全書完

2023年8月出版

女子有財便是福

文創風 1189～1190

領教過爾虞我詐的現代商界，再來到商貿發達的古代社會，
林棲做生意就是如魚得水，總能贏得別人的信服。
在婚姻上挑到潛力股相公，在政治上站隊跟對皇子，
總是低調賺錢的她，還真想不到人生有輸的理由！

滿腹生意經，押寶對夫君／竹笑

林棲低調地網羅應試學子們的畫像，打算從中選個潛力股丈夫，
誰知，他一個寒門秀才不小心誤闖她家院子，還撞見她在挑對象，
既然來都來了，她也大方地向這位候選夫君提出結親的意願，
一個願娶，一個肯嫁，兩人一拍即合，說成婚就成婚。
她調侃道：「看來你還要吃幾年軟飯呀。」
「煩勞娘子了。大家都知道妳是低嫁，能娶到妳是我的福氣。」
這個丈夫也是有意思，別人家的上門女婿都知道扯條遮羞布，
他卻不好面子，還對外大大方方地承認自己靠娘子供養。
算他有眼光，有她這般會賺錢的隱形富婆作靠山，好處可多著呢～～
他不僅得以全心投入科舉考試，還有天下第一書院的大儒當老師，
半年前一文不名的小秀才，轉眼間就站在天下學子所仰望的位置，
日後更是不負眾望成為六元及第的進士，林棲很滿意這門親。
可如今朝局波譎雲詭，挑對夫婿之外，她還得押寶押對儲君……

文創風
1204

勞碌命女醫 4 完

國家圖書館出版品預行編目資料

勞碌命女醫 / 南風行著. --
初版. -- 臺北市 : 狗屋出版社有限公司, 2023.10
冊 ; 公分. --（文創風 ; 1201-1204）
ISBN 978-986-509-465-2（第4冊 : 平裝）. --

857.7　　112013832

著作者　南風行
編輯　林俐君
校對　沈毓萍
發行所　狗屋出版社有限公司
地址　台北市104中山區龍江路71巷15號1樓
電話　02-2776-5889～0
發行字號　局版台業字845號
法律顧問　蕭雄淋律師
總經銷　知遠文化事業有限公司
電話　02-2664-8800
初版　2023年10月
國際書碼　ISBN-13　978-986-509-465-2

本著作物由北京晉江原創網絡科技有限公司授權出版

定價280元
狗屋劃撥帳號：19001626
網址：love.doghouse.com.tw　E-mail：love@doghouse.com.tw